KB041926

동양의 지혜를 찾아서

동양의
지혜를
찾아서

초판 1쇄 인쇄일 2017년 6월 9일
초판 1쇄 발행일 2017년 6월 16일

지은이 조현규
펴낸이 양옥매
디자인 이수지
교　정 조준경

펴낸곳 도서출판 책과나무
출판등록 제2012-000376
주소 서울특별시 마포구 방울내로 79 이노빌딩 302호
대표전화 02.372.1537　**팩스** 02.372.1538
이메일 booknamu2007@naver.com
홈페이지 www.booknamu.com
ISBN 979-11-5776-440-2(93100)

이 도서의 국립중앙도서관 출판시도서목록(CIP)은 서지정보유통지원 시스템
홈페이지(http://seoji.nl.go.kr)와 국가자료공동목록시스템
(http://www.nl.go.kr/kolisnet)에서 이용하실 수 있습니다.
(CIP제어번호 : CIP2017013738)

동양의
지혜를
찾아서

조현규 지음

동양사상의 뿌리를 찾아서
유가사상에서 배우는 참된 인간의 삶
도가사상에서 배우는 무위의 지혜
묵가와 법가에서 배우는 공동체적 삶
불교에서 배우는 깨달음의 세계
새로운 유학에서 배우는 창조적 혁신
고증학 및 실학에서 배우는 변화의 모색

책나무

제7부 고증학 및 실학에서 배우는 변화의 모색

이 책은 동양철학 내지는 동양사상의 본질을 알고, 그 속에서 참다운 삶의 지혜를 찾아보고자 하는 사람들에게 조금이나마 갈증을 해소할 수 있도록 하기 위해 집필했다. 그러기 위해 각 사상들의 내용들을 탐색하는 여행이라는 테마로 글을 전개한다. 여행자의 기분으로 동양사상에서 삶의 지혜를 독자 스스로 찾아보고 스스로 성찰의 밑거름으로 삼기를 바람에서다.

우리는 일상의 삶 속에서 언제나 자신을 둘러싼 제반 문제들에 대해 숙고하고 그것을 성찰하여 합리적으로 대응해야만 한다. 그것은 현실 세계에 대한 근원적인 문제에 대한 회의와 삶의 가치에 대한 불안감을 해소하는 일일 것이다. 이처럼 삶의 문제에 대한 반성과 해결을 추구하면서 인간이 처한 문제 상황을 냉철하게 직시하는 현실의 눈을 이 글을 통하여 배양할 수 있었으면 한다.

그리고 선현들의 말이나 이론들이 한갓 지적 호기심을 충족시키기 위한 수단으로서의 기능이 아니라, 적어도 그 시대의 문제를 그 시대의 조건에서 가장 인간적인 모습으로 절감하고 그 문제 상황을 해결하려는 절실한 삶의 숙고였음을 직시하여, 오늘날 우리들의 문제를 해결하는 지혜로 승화되는 계기가 되었으면 한다. 단지 과거에 대한 단순한 지식 습득이 아니라 현실을 제대로 분석하고 설명해 낼 수 있는 지혜가 되었으면 한다.

글쓴이는 그동안 동양철학에 관한 저술 활동을 꾸준히 해왔지만 대부분 학술성이 강조되는 경우가 많았는데, 이 글만큼은 좀 더 대중적으로 많은 독자들과 소통하려는 마음에서 기획된 것이다. 따라서 어려운 용어들을 가능한 쉬운 필치로 서술하려 노력했고, 부주를 달아 설명하는 것도 삼갔다. 단지 좀 더 심화된 학문을 하려는 사람들을 위하여 출처를 최대한 밝히려 노력했다.

분명 글 속에는 관점의 다름과 내용의 미진함이 있을 것이다. 부족한 부분은 독자들의 따뜻한 지도와 편달을 기다려 수정·보완해 나갈 것이다. 마지막으로 교정과 출판으로 온전히 수고해 주신 '책과 나무' 출판사 식구들에게 감사의 마음 전한다.

2017년 6월, 조현규

　동양사상에서 삶의 지혜를 찾아보는 여행을 떠나 보자. 그러려면 우선적으로 동양사상의 개념부터 알아야 한다. 동양사상이라 함은 흔히 유럽 대륙과 영국과 미국을 중심으로 형성되어 온 사상에 대응하여 중국, 한국, 인도 등에서 가꾸어 온 사상적 사유 체계를 일컫는다.

　이들 사상들이 발달한 지역적 특성을 중심으로 크게 중국사상, 한국사상, 인도사상 등으로 구분할 수 있다. 그리고 그 사상 자체의 특성을 고려할 때는 크게 유가사상, 도가사상, 묵가사상, 법가사상, 불교사상 등으로 구분할 수 있다.

　이러한 사상 자체의 특성을 고려한 분류에 의하면 인도의 불교사상을 제외하고는 모두 중국에서 형성된 사상들임을 알 수 있다. 즉 유가·도가·묵가·법가의 사상이 그들인데, 이들은 중국사상을 대표하는 사상일 뿐 아니라 넓게는 동양사상을 대표하는 사상들이다. 그렇다면 중국에서는 어떻게 이렇게 다양한 사상들이 형성되고 발전하였을까? 거기에는 분명한 이유가 있다. 당시 춘추전국 시대 중국 사회는 약 9백 년 동안 유지해 오던 주(周)왕조가 무너지고 제후의 힘이 강하여 군웅할거의 상태가 된 것이다.

　본래 주(周)의 지배하에서는 봉건체제가 이루어졌기 때문에 중앙에 왕실이 있고, 그 일족의 자제를 각지의 제후에 봉하여 왕실을 지키게 했다. 이 때문에 천자(天子)와 제후 간은 친자(親子) 내지는 형제의 관계였고, 천하는 한 가족이라는 대가족적 정신을 지배의 원리로 삼았다. 소위 동족사회의 형태로 천하를 경영하였던 것이다.

　그런데 이러한 봉건제도는 커다란 약점 또한 지니고 있었다. 초기에는 그런대로 잘 유지되었으나 세대의 흐름에 따라 혈연의식이 희박해져 갔다. 그렇게 되자 종래의 혈연의 원리보다는 힘에 의한 원리가 점차 지배하게 되면서 오직 힘이 강한 자가 승리하는 사회가 되고 말았다. 강력한 힘을 지닌 제후는 왕의 권위를 능가하였고, 그 제후의 나라 안에서도 힘 있는 신하가 군주를 능가하게 되었다. 소위 하극상의 현상이 나타나게 되었을 뿐만 아니라 제후 상호 간에 실력 다툼이 성행하여 군웅할거의 현상이 벌어졌다.

　이러한 군웅할거의 사회가 되다 보니 주공(周公)이 세워 놓은 법도가 무너지고 도덕성이 상실된 사회가 되어 버렸다. 이러한 때에 공자(孔子)를 위시한 많은 인텔리유세객들이 등장하여 도덕적으로 타락한 사회를 바로잡고자 하였다. 즉, 인간의 윤리성을 회복하고자 하였던 것이다.

인간의 윤리성이란 삶의 현장에서 인간의 내·외적 요청에 의하여 발현되기도 하고 원초적인 존재 질서에 뿌리하기도 하는데, 이는 철저한 자기 인식과 성실한 실천에 의해서 결실된다. 이러한 의미를 볼 때 인간의 윤리 문제는 바로 인간 존재의 문제이며, 삶 속에서의 향유(享有)의 과제이기도 하다.

그러나 존재와 인식 그리고 향유의 사이에서 윤리의 과제는 존재의 문제에서보다 인식의 문제에서, 인식의 문제에서보다 향유의 문제에서 더더욱 진실에 접근하게 된다. 왜냐하면 존재 자체에 관한 이론이나 존재에 관한 인식도 결국은 인간의 행위를 거쳐 진실일 수 있고 향유될 수 있기 때문이다. 또한 인간이 존재에 관해서 보고 듣고 말하고 행동하는 것은 인생의 참된 향유, 참된 소요유(逍遙遊), 참된 열반(涅槃)에서 하나로 통일되기 때문이다.

이러한 관점에서 보자면 동양사상 중에서도 특히 유가, 도가, 불교의 사상은 하나의 공통된 지적 영역 안에서 이해될 수 있으며, 일관된 행위 질서 속에서 파악될 수 있다. 그것은 단적으로 말해서 불교에서 말하는 '무루(無漏; 번뇌에서 벗어남)'의 지혜와 유학에서 말하는 중화(中和)의 지혜가 하나로 통한다는 것이다.

도가에서는 이상적인 도덕의 세계로 무위(無爲)와 자연(自然) 등으로 표현하고, 불교에서는 공(空)과 중도(中道) 등으로 표현하며, 유가에서는 중용(中庸)과 중절(中節) 등으로 표현하고 있다. 그러나 그것은 모두 원융회통의 존재 질서와 인식의 논리 그리고 행위 질서의 지평에서 하나로 만난다. 이들 각 사상의 지혜의 세계는 동양인의 독특한 사유 형식에서 열리고 행위 질서에서 구현되어 삶의 방식에서 향유되는 세계이다.

본 책에서는 이러한 일련의 사상 체계를 역사적 흐름을 감안하여 총 7부로 나누어 서술한다. 그러면서 그 학술적 가치를 조명하고 오늘날 실제 삶에서도 충분히 적용할 수 있는 삶의 지혜를 찾아보고자 한다.

제1부

동양사상의
뿌리를
찾아서

동양사상에서 삶의 지혜를 찾아보는 탐구의 여행을 본격적으로 시작해 보자. 그러려면 우선적으로 동양 사회는 과연 어떠한 사상적 뿌리를 지녔는지를 알아볼 필요가 있다. 어떠한 위대한 사상들도 그 뿌리가 있게 마련이며, 그 연원은 분명 존재하기 때문이다.

동서양의 어느 민족이든 그 민족 고유의 역사와 문화가 있다. 이러한 문화는 그 민족 고유의 생활 풍습과 의식을 지배해 왔고, 그 민족의 전통으로 면면히 전해져 오면서 행위의 시비선악을 판단하고 선택하는 생활의 원리로 작용해 왔다.

고대 그리스인들은 자연을 사유의 대상으로 삼아 추상적인 세계를 동경하여 논리적인 사유 체계를 발전시켰다. 반면에 동양문화의 발상지의 중국인들은 그들의 농경 생활과 관련된 자연을 통하여 경험적이고 실용적인 사상을 발전시켰다. 서양인들이 신이나 초자연을 궁극 원인으로 설정하여 그것으로부터 가치를 도출하였다면, 중국인들은 자연을 모든 것의 원천으로 설정하고 자연과의 조화를 추구하는 가운데 삶을 영위하였다. 따라서 인간의 도리 및 윤리 문제도 자연의 조화로운 질서를 실제 삶에 적용하는 데서 찾고자 했다.

이러한 동양 문화의 뿌리를 찾아봄에 있어, 신화와 전설시대의 사상에서부터 공자 이전의 주공(周公)에 이르기까지 중국 문화의 기틀을 마련한 인물들을 중심으로 탐구를 시작한다.

1

신화와 전설상의 고대사상

한 나라의 신화나 전설은 그 나라의 종교나 사상 그리고 문화를 창출하는 데 중요한 가치를 지닌다. 따라서 어느 민족이든 그 민족 최초의 역사는 예외 없이 신화나 전설의 색채를 띠게 마련이다. 고대 동양사회의 중심이었던 중국에서는 복희(伏羲)에서부터 걸(桀)에 이르는 약 1000년의 시대가 바로 거기에 해당한다. 특히 중국 고대의 신화나 전설 속에 들어 있는 인물들의 사상은 후대 중국문화를 형성하는 데 그 뿌리가 되었다.

이 시대의 대표적인 인물로 보통 '삼황오제(三皇五帝)'를 든다. 삼황오제의 구성원에 대해서는 여러 설이 있지만 필자는 삼황으로 복희(伏羲), 신농(神農), 황제(黃帝)로, 오제로는 소호, 전욱, 제곡, 요(堯), 순(舜)으로 규정한다. 이들은 각각 문명의 한 축을 형성했다. 당시의 기록들이 거의 남아 있지 않아 그들의 사상을 정확히 알 수는 없지만 후대의 기록들을 토대로 대략 짐작할 뿐이다.

삼황(三皇)의 사상

　동양사회에서는 보통 '윤리(倫理)'라는 가치가 매우 중시된다. 여기서 '윤리'라고 하면 흔히 '예(禮; 예법)'를 떠올리게 된다. 특히 중국에서는 이러한 윤리적 의미가 역사 이전에도 있었다고 믿었다.『예기』「예운」편에 의하면 예란 태일(太一; 천지 만물의 생성 근원)에 근본 하고 있으며 천지가 나누어지기 전에 이미 예가 있었다고 한다. 이는 중국인들이 윤리를 단순히 인간 문화의 일부분으로 이해한 것이 아니라, 우주의 근원적인 질서로서 파악하고 있었음을 알게 한다. 이러한 우주의 질서에 대한 인식은 곧 인간의 외면적 행위의 질서로서의 '예'와 인간의 내면적 질서의 표현이라 할 수 있는 '악(樂; 음악)'을 창출하게 되었다. 복희가 바로 이러한 예와 악을 창제한 대표적 인물이다.

　복희는 '주역(周易)'의 창시자로서 우주의 질서를 통찰하는 팔괘(八卦)를 지어 하나의 인간 문화의 상징적 기틀을 마련했다. 이것이 곧 예(禮)의 근원적인 발단이라 할 수 있다.『사기』에 의하면 태산 위에 흙을 쌓아 제단을 만들어 하늘에 제사하여 하늘의 공에 보답했으며, 태산 아래 작은 산 위의 땅에 제사하여 땅의 공에 보답했다고 한다. 이러한 제사제도는 반드시 예와 악으로 해야 했다. 그러므로 복희는 그 행사에 합당한 예와 악을 최초로 창작한 인물로 평가된다. 또한 복희는 문자와 결혼제도를 만들어 사람들에게 가르침으로써 문화의 기틀을 마련했다.

　신농은 복희의 뒤를 이어 또 다른 문화의 기틀을 마련했다. 그는 나무를 잘라서 농기구를 만들고, 나무를 휘어서 곡괭이를 만들어 백성에게 농경을 가르쳤다. 그뿐만 아니라 신농은 낮에 장(場)을 열어 천하의 인민들이 오게 하고, 천하의 모든 물질을 모아 서로 물물교환이 이루어지게도 했다. 사실 복희시대에는 어업과 수렵 생활을 주로 하였는데, 신농시대에 와서는 농업과 그것의 교환이 이루어져서 농경 생활을 시작했다. 그리고 이때는 도끼로 토지를 개간하고 오곡을 심어 김매고 가꾸어 그 과실로 생활을 영위하기 시작했다. 이처럼 백성을 위하는 방법으로 농업과 상업을 장려하였으며 그런 가운데서도 그는 특히 삶 속에서의 예를 강조하여 제사의 예를 정비하였다.

　황제는 복희와 신농에 이어 특히 중국의 예문화를 전승·발전시켰다. 그는 길례(吉禮; 경사스러운 의식), 흉례(凶禮; 상중의 예절), 군례(軍禮; 군대 의식), 빈례(賓禮; 손님을 대하는 의식), 가례(嘉禮; 경사스러운 예식), 즉 오례를 완비했다. 그러므로 완전한 예의 이름은 황제에서 비롯된 것이다. 이는 『제왕세기』에서 "황제는 군신상하의 의리뿐만 아니라 부자형제의 예를 만들었다."라고 한 데서 더욱 분명해진다. 또한 황제는 정전제도를 창시하였고 명당을 세워 하늘에 제사하였는데, 이로 인하여 교화를 베풀었다. 이와 같이 황제는 오례의 완비뿐만 아니라 인간 생활에 필요한 문물제도를 창달함으로써 중국문화의 기틀을 잡는 데 크게 기여하였다.

요순(堯舜)의 사상

　문명의 기틀이 갖추어진 뒤 이를 보다 분명한 국가의 형태로 발전시킨 것은 후대의 인물들이었다. 즉, 전설 속의 인물들과는 달리 후대의 인물들은 모두 천하를 다스리는 권력자들이었다. 가장 대표적인 인물이 요(堯)임금이다. 요임금은 자연재해를 극복해 생산을 널리고 각종 제도와 규칙을 통해 천하를 평화롭게 만들었다.

요임금은 원래 낮은 신분이었지만 타고난 인격 덕분에 임금으로 발탁되었다. 늘 겸손하며 검소했던 요임금은 주변의 아홉 부족을 하나로 묶어 국가의 기틀을 갖추었고, 그 결과 정치는 안정되고 백성들은 생업에 전념할 수 있었다. 이렇듯 요임금이 위대한 인물로 기록된 데는 백성들의 불행과 고통을 자기 일처럼 생각했다는 데 있었다. 늘 백성들을 가족처럼 돌보고 그들의 고통에 책임감을 느끼는 도덕정치를 펼쳤다.

왕위에서 물러날 결심을 한 요임금은 자신을 이어 나라를 잘 다스릴 훌륭한 인물을 찾았다. 한 신하가 허유(許由)라는 선비를 추천하자, 요임금은 허름한 옷차림으로 그를 만났다. 한눈에 허유가 비범한 인물임을 알아차린 요임금은 허유에게 자기 대신 천하를 통치해 달라고 부탁했다. 그러자 허유는 요임금의 뜻을 거절하고 바로 다른 곳으로 떠나 버렸는데, 그가 도착한 곳은 영수(潁水)라는 강가였다. 허유는 강물에 귀를 씻고 있었다. 이때 근처를 지나던 소부(巢父)라는 은자가 자초지종을 듣고는 더러운 귀를 씻은 물을 소에게 먹일 수 없다며 상류로 올라가 버렸다는 일화가 있다. 허유와 소부는 청렴결백의 상징이며, 훌륭한 정치가 얼마나 어려운 일인지를 보여 주는 표상과도 같다.

결국 요임금은 효성이 지극하다고 소문난 순(舜)에게 왕위를 넘겼다. 이러한 평화적 정권 양도를 '선양(禪讓)'이라 한다. 선양은 세습이 아닌 능력 중심의 왕권 교체를 말한다. 능력의 핵심은 바로 '도덕성'이었다. 도덕성을 정권 교체의 명분으로 삼았다는 것은 당시의 상황으로서는 너무나 혁신적인 일이었다. 순임금 또한 요임금으로부터 제위를 선양받아 도덕정치를 함으로써 역시 나라를 태평성대로 만들었다. 그 결과 요임금과 순임금은 도덕정치의 표상으로 여겨지며, '요순의 정치(堯舜之治)'라 하여 숭상된다.

요임금과 순임금은 백성들을 다스림에 있어 옷자락 하나 움직이지 않고 가만히 앉아 있어도 잘 다스려졌다고 한다. 이는 아마도 『주역』 건곤괘에서 그 법칙을 본받은 것으로 보인다. 즉 하늘과 땅은 자연스럽고 순탄하여서 억지로 하지 않아도 천지 만물을 크게 생성화육(生成化育; 자연이 끊임없이 만물을 만들어 기름)하는 것이다. 이와 같이 요임금과 순임금은 하늘과 땅의 법칙에 준하여 천하를 다스려 만백성을 행복하게 할 수 있었다.

사실 요임금은 아홉 부족을 화친하게 함에 하늘을 공경하는 마음으로 백성을 돌보았다고 한다. 이는 요임금의 도덕과 윤리가 바로 하늘을 공경하는 데서 시작됨을 알 수 있다. 또한 순임금은 요임금의 사상을 계승하여 오상(五常; 인·의·예·지·신)을 완비하여 예교를 시행했고, 백관의 제도를 정비하여 질서와 규칙을 바로잡았다.

이와 같이 순임금은 예교 문화의 기틀을 마련하여 시행했을 뿐만 아니라 음악을 정비하여 중화(中和; 알맞게 조화를 이룸)의 덕을 함양했다. 중화의 도덕은 정직하되 온화하며, 너그럽되 씩씩하며, 굳세되 포악하지 않으며, 간결하되 거만하지 않는 것이다.

이러한 중화의 도덕은 음악과 깊은 관련이 있다. 순임금에 의하면 "시는 뜻을 말함이요, 노래는 말을 길게 함이요, 소리는 긴 데 의지함이요, 율(律)은 소리를 알맞게 함이다. 팔음이 고르게 되어 서로 차례를 빼앗음이 없어야 신과 사람이 비로소 화하게 된다."고 한다. 음악의 절주(節奏; 규칙적인 음의 흐름)는 위대한 조화의 힘을 지닌다. 따라서 음악의 정신은 예교의 정신과 더불어 성인(聖人)의 위대한 사업으로 간주되었다. 이러한 전통은 절제된 예악의 문화를 꽃피웠으며, 결국 '중용(中庸)'사상의 기틀이 되었다. 중용사상은 하·은·주 3대에 전해져 도덕의 핵심이 되었다.

2
삼대 시대의 사상

고대 중국에서 '삼대(三代)'라 하면 하(夏)나라에서 은(殷)나라를 거쳐 주(周)나라에 이르는 1900년간을 말한다. 순임금으로부터 제위를 선양받은 아들 우(禹)가 세운 나라가 바로 하나라이다. 우임금은 아버지의 뜻에 따라 물을 다스리는 데에 온 정성을 다하였다. 그리고 순임금에 이어 여러 가지 선정을 베풀어 온 세상 백성들이 모두 그의 덕을 존숭하였다.

우임금이 죽자 그의 아들 계(啓)가 또다시 황제의 자리에 올랐고, 그 역시 덕으로 어진 정치를 베풀었다고 한다. 이때부터 왕의 자손으로 세습이 이어지다 17대 걸(桀)왕 때 은나라의 탕(湯)왕에 의해 멸망하기 전까지 중국의 패권을 잡고 있었다.

하나라를 이어 중국을 통치하게 된 것은 상(商)족이 이끌던 은나라였다. 은나라는 탕왕이 하나라의 폭군 걸왕을 징벌한 뒤 세운 나라였다. 은나라는 처음에 군소 국가들의 연합체 정도였으나 후에 점차 강력한 중앙집권적 국가가 되었다. 이때부터 중국 역사의 문명은 본격적으로 제 모습을 갖추어 갔다.

'은나라' 하면 보통 '갑골문'을 떠올린다. 갑골문은 대부분 신에게 정치적 판단을 묻는 신탁의 내용이다. 신의 명령을 따르는 것을 곧 정치적 행위로 여겼고, 가장 으뜸가는 신을 상제(上帝)라 불렀다. 자연히 상제를 섬기는 선민사상으로 발전하였으며, 이를 바탕으로 다른 민족을 정복했기 때문에 끊임없이 주변 국가들과 갈등했다. 결국 31대 폭군 주(紂)왕에 와서 주나라의 무(武)왕에게 나라를 내주고 말았다. 그래서 역사는 걸과 주를 나라를 망하게 한 폭군으로 기록한다.

주나라는 처음에 은나라 변방의 작은 속국이었다. 그런데 천하를 호령하던 은나라의 기운이 쇠하자 점점 힘을 키워 갔다. 주나라가 역사에 표면으로 등장한 것은 문왕 때지만, 아들 무왕이 은나라를 물리치면서 천하의 중심으로 부상했다. 주나라는 주변 부족들을 다스릴 힘과 권위를 하늘[天]에서 찾았다. 즉, 우주 전체를 관장하는 보편적인 근원인 천이 자신들에게 통치의 정당성을 준다고 믿은 것이다.

이로써 은나라 때의 '상제' 개념이 주나라에 와서는 '천' 개념으로 바뀌었다. 따라서 왕을 하늘의 아들, 즉 천자(天子)라고 부르기 시작했다. 그리고 천명(天命)을 받은 권력자의 최대 임무는 하늘이 가진 근본적인 특성인 도덕성을 정치적으로 실현하는 것이었다.

특히 주나라에 와서는 넓은 지역과 다양한 부족들을 하나로 다스릴 효과적인 통치 방법이 필요했다. 그래서 주나라는 친족이나 공을 세운 신하들에게 거대한 영토를 나누어 주고 그들을 제후로 삼아 그 지역을 다스리게 했으며 대신 복종을 서약받았다. 이를 '봉건제도(封建制度)'라고 한다. 이러한 봉건제도는 거대한 중국을 하나의 통일제국으로 유지하기 위한 하나의 통치술이었다.

또한 혈연으로 맺어진 봉건사회에서 제후들은 천자와 마찬가지로 아들에게 통치권을 넘길 수 있는 권한을 가지고 있었다. 그리고 장자가 다른 자식들보다 더 우선권을 가졌다. 아버지와 아들, 형과 아우의 관계는 바로 정치적인 권위와 힘으로 연결되었다. 자연스럽게 가족 간의 관계와 질서를 명확히 하는 '종법제도(宗法制度)'로 발전했다. 이러한 종법제도는 곧 동양사회의 효(孝)사상으로 승화되었다.

주나라도 문왕과 무왕 때는 나라의 기틀을 튼튼히 하였으나 세대가 계속되면서 기강이 해이해져서 주나라 왕실도 점점 쇠약해져 갔다. 안으로는 제후들의 세력이 증대되어 명령이 제대로 시행되지 않았고, 밖으로는 오랑캐들이 국경을 넘보았다. 13대 평왕 때 오랑캐의 침략을 피해 낙양으로 도읍을 옮겼다. 이때부터를 흔히 '춘추시대'라 한다.

여전히 왕실은 유명무실했고 제후들 간에 세력 다툼이 심해 여러 무리들의 영웅들이 서로 다투었다. 이들 중에서도 특히 제나라의 환공(桓公), 송나라의 양공(襄公), 진(晉)나라의 문공(文公), 진(秦)나라의 목공(穆公), 초나라의 장왕(莊王) 등은 '5패'라 불리는 제후들이다. 위열왕 이후 주왕실은 더욱 쇠약해졌고, 제후들이 왕실에 속하였으나 수시로 군사를 일으켜 서로 세력을 다투었다. 중국은 이미 약육강식의 투쟁 장소가 되었다. 이 시대를 두고 '전국시대'라 한다.

하·은·주 3대는 요순시대에 버금가는 태평성대의 정치를 행하여 후대의 사람들로부터 존숭되는 현인들이 많았다. 하나라의 우임금,

은나라의 탕임금, 주나라의 문왕과 무왕이 바로 그들이다. 그리고 이러한 사람들의 가르침을 서술하여 밝혀서 유학의 기초를 세워 중국문화의 광채를 더하게 해 준 사람이 바로 '공자(孔子)'였다(공자의 사상은 장章을 달리하여 다음에 서술된다).

우(禹)의 사상

우는 홍수를 다스리고 순임금을 도와 선정을 베풀어 후에 임금이 되었다. 그는 늘 평등한 사랑으로써 백성들을 다스렸다. 이러한 우 임금은 예부터 전해 오던 정치와 도덕의 법칙들을 정리하여 『홍범구주(洪範九疇)』를 지었다. 홍범은 '큰 법'을 뜻하고, 구주는 '9개 조목'을 말한다. 즉, 제왕이 세상을 다스리는 9개 조항의 큰 법이라는 뜻이다.

이러한 『홍범구주』는 후대 정치의 강령이 되었다. 무릇 '덕을 닦아 세상에 이른다'는 유교의 근본 사상이 여기에 체계적으로 나타난다. 구주 가운데 삶의 지혜로 삼을 만한 윤리적 가치를 담고 있는 5사(五事), 황극(皇極), 3덕(三德), 5복(五福), 6극(六極)의 내용을 간단히 살펴보자.

먼저 '5사'는 단지 다섯 가지 일[事]이라기보다는 일체의 행동을 포함하는 의미를 지닌다. 예를 들어 공손한 외모, 침착한 말, 맑은 눈, 밝은 귀, 슬기로운 생각 등의 덕을 말한다. 다시 말해서 공손함이 극진하여 엄숙하고, 침착함이 극진하여 평온하며, 밝음이 극진하여 슬기롭고, 총명함이 극진하여 지혜롭고, 슬기가 극진하여 거록하게 되는 것을 의미한다. 이러한 덕의 쓰임이 있으면 어떤 일에도 좋고 아름답지 않음이 없게 된다.

'황극'에서 황(皇)은 '옳음이 큰 것'이며, 극(極)은 '옳음이 가운데 있는 것'이다. 따라서 황극이란 '지나침과 미치지 못함이 없이 가장 바름'이라는 뜻이다. 임금은 마땅히 이러한 인륜의 표준을 세워야 한다. 부모와 자식의 관계로 말하면 그 준칙은 친애함을 다하는 것이니, 부모와 자식이 된 사람들은 황극에서 행위의 준칙을 찾아야 한다. 그리고 남편과 아내의 관계로 말하면 그 준칙은 구별을 다함이니, 남편과 아내가 된 사람들은 황극에서 행위의 준칙을 찾아야 한다. 한 가지일이나 하나의 사물을 대할 때나, 한마디 말이나 한 가지 행동을 할때에 그 옳은 이치의 당연함을 다하며 조금도 지나침과 미치지 못함이 없게 해야 한다는 뜻이다.

그리고 '3덕'은 정직함, 강함, 유순함이다. 여기서 정직함의 의미는 평안하고 바로잡기를 머뭇거리지 않는 사람이 정직의 덕으로 백성을 이끌면 '중(中; 치우침이 없는 올바름)'을 얻을 수 있음을 말한다. 그러나 평안하지 못하고 바로잡기를 머뭇거리는 사람에게는 강함과 유순함의 덕이 필요하다. 즉, 강경하여 따르지 않는 사람은 강한 덕으로 다스려 그 '중'을 얻게 해야 하는데, 이것은 곧 강한 것을 가지고 강함을 다스리는 것이다. 유순하여 따르기만 하는 사람은 유순한 덕을 가지고 다스려서 그 '중'을 얻게 해야 하는데, 이는 유순한 것으로써 유순함을 다스리는 것이다. 그런데 침착하여 '중'의 유순함에 이르지 못하는 사람을 강함으로써 다스려 그 '중'을 얻게 하는 것은 강함으로써 유순함을 다스리는 것이고, 높이 올라 밝고 상쾌하여

'중'에서 지나친 사람을 유순함으로 다스려 그 '중'을 얻게 하는 것은 유순함으로써 강함을 다스리는 것이다. 요컨대 세 가지 덕을 가지고서 사람을 다스려 상황에 알맞고 마땅하게 하는 것은 모두 '치우침이 없는 올바름'을 얻는 데 그 목적이 있다.

'5복'은 장수, 부유, 강녕, 유호덕(攸好德), 고종명(考終命)을 말한다. 즉 건강히 오래 살고, 물질이 풍족하며, 몸이 건강하고 마음이 편하며, 덕을 좋아하여 즐겨 행하며, 제명대로 살다가 편안히 죽는 것을 말한다. 반면에 '6극'은 횡사요절, 질병, 근심, 빈곤, 악, 약함을 말한다. 이러한 5복과 6극은 선을 권장하고 악을 징벌함을 목적으로 한다. 5복은 사람들이 가장 좋아하는 것이며, 6극은 가장 싫어하는 것이니, 반드시 선을 행한 이후에 복을 받을 수 있고 악을 행하지 않은 이후에 6극을 피할 수 있다고 강조함이다. 즉, 삶 속에서의 선한 행위를 권장하고 있는 조항이라 할 수 있다.

탕(湯)의 사상

탕은 은나라를 세운 성왕인데, 그의 사상을 이야기하자면 그의 신하 이윤(伊尹)을 생각하지 않을 수 없다. 이윤은 탕임금을 보좌하여 여러 가지 치적을 이룬 현명한 신하였기 때문이다. 탕임금을 말하면 반드시 이윤을 연상하고 이윤을 생각하면 반드시 탕임금을 떠올리게 할 정도로 두 사람은 긴밀한 관계였다.

탕임금과 이윤의 언행은 『상서』와 『맹자』 그리고 『사기』 등에 나타난다. 그런데 요·순 이래 전해 내려오던 사상인 천인관계가 탕임금과 이윤에 이르러 보다 상세하게 제시되고 있다. 이윤은 "하늘이 백성을 있게 함은 먼저 아는 이가 뒤에 아는 이를 깨닫게 하며, 먼저 깨달은 이가 뒤에 깨달은 이를 깨닫게 하는 데 있으니, 나는 하늘의 백성 중에 먼저 깨달은 자이다. 내 장차 이 도로써 백성을 깨닫게 하리라. 내가 그들을 깨닫게 하지 않으면 누가 그렇게 하겠는가?"(『맹자』「만장하」)라고 하였다. 이는 하늘이 백성을 낳고 그들을 가르쳐 이끌지만 직접 지배하면서 가르쳐 이끌 수는 없기 때문에 반드시 천자를 세워 스승으로 삼아 백성을 지배하고 가르쳐 이끌도록 함을 밝힌 것이다.

그리고 『상서』「탕서」 편에서는 "하(夏)나라는 많은 죄가 있어 하늘이 명하여 벌하였다.", "나는 하늘이 두려워 감히 부정을 저지르지 못한다.", "너는 나 한 사람을 도와 하늘의 벌을 전한다."고 하였다. 이 모두가 하늘이 상과 벌을 내릴 수 있는 권한을 가지고 있음을 말한 것이다. 요·순·우는 평화적으로 왕위를 계승하였지만 탕임금은 하나라의 걸을 침으로써 혁명적인 수단에 의하여 나라를 세웠기 때문에 특히 천명(天命)에 관하여 강하게 강조하고 있는 듯하다.

문왕·무왕·주공(周公)의 사상

문왕, 무왕, 주공(문왕의 셋째 아들이자 무왕의 아우) 모두 후대의 유학자들이 숭상해 마지않는 이상적 인물들이다. 공자는 요임금과 순임금의 도를 본받아서 서술하였고, 문왕과 무왕의 법도를 사명으로 삼았으며, 주공을 꿈속에서 잊지 않았다고 한다. 자사와 맹자도 늘 문왕, 무왕, 주공을 극찬하며 그들의 도를 표본으로 삼았다.

앞서 언급하였듯이 요임금, 순임금, 우임금, 탕임금 역시 유학자들이 매우 숭상하는 위인들이지만 그 역사성이 애매모호하다. 그러나 문왕, 무왕, 주공 세 성인은 공자와 맹자 시대와 멀리 떨어져 있지 않아서 그 역사적 기록들과 가르침이 비교적 확실하다. 그리하여 유교의 가르침에서 볼 때 이 세 성인이 요임금, 순임금, 우임금, 탕임금보다도 더욱더 중요한 지위를 차지하고 있는 것이다. 만약 공자가 학술적인 측면에서 유학의 시조라고 한다면, 이 세 성인은 실천적인 측면에서 시조였다고 할 수 있다.

특히 문왕과 주공은 복희로부터 전해져 온 역(易)사상을 부연 설명하여 크게 발전시켰는데, 역사상이야말로 후대 유학사상의 형성에 주요한 단서를 제공했다. 주공은 또 나라의 예악(禮樂; 예법과 음악)과 법도(法度)를 제정하여 주나라 왕실 특유의 제도문물을 창시하였고, 예를 가장 중요한 사회도덕으로 삼았다.

후대의 공자·자사·맹자도 늘 주공의 예를 말하였고, 순자도 예로써 입교의 근본을 삼았다. 이처럼 예사상의 연원은 모두 주공에서 발원하였다. 결국 주공은 비록 왕은 아니었지만 중국 고대의 정치·사상·문화 등 다방면에 공헌하여 후대의 학자에 의해 성인으로 존숭되었다. 저서에 『주례(周禮)』가 있다.

제2부

유가사상에서
배우는
참된 인간의 삶

앞서 우리는 '동양 사회는 과연 어떠한 사상적 뿌리를 지녔는가?' 라는 주제로 여행길을 시작했다. 이제는 본격적으로 동양 사회의 유구한 역사를 지배했던 구체적 사상을 중심으로 지혜를 찾는 여행을 계속한다. 그 첫 번째로 오랫동안 동양 사회에서 가장 큰 영향력을 행사해 왔고, 지금까지도 중요한 사상 체계로 자리매김하고 있는 유가사상에 대한 탐색을 시작해 보자.

유가의 창시자는 물론 공자인데, 그 뒤를 이어 맹자와 순자의 사상에서 고대 유가사상의 틀이 마련된다. 이들의 사상 체계는 먼저 천(天)에 대한 이해와 '인간의 본성을 어떻게 규정할 것인가?'의 문제에서부터 시작하여, '인간은 어떻게 살아야 하는가?'라는 물음에 답하며 그 길을 제시한다. 즉, 도덕 수양의 방법론을 제시함으로써 최고의 가치 체계를 규정한다. 아울러 이상사회를 꿈꾸어 온 그들의 도덕적 위상은 오늘날 우리들에게 분명 정신적 에너지를 충분히 제공하고도 남을 만하다. 실로 우리의 마음을 충만하게 할 즐거운 여행이 될 것이다.

그러나 우리는 지나친 도덕주의적 관점에서 유가사상을 규정하는 오류를 범하지는 말아야 한다. 물론 당시에도 다른 사상가들의 눈으로 보았을 때, 유가사상이 올바른 길이라고만 단정 지을 수는 없었다. 하물며 몇 천 년의 역사적 간격을 감안한다면 오늘날의 관점에서 분명 비판적 요소도 있을 것이다. 이런 점을 감안하여 오늘날에 적용 가능한 삶의 지혜를 찾아보는 것이 바람직할 것이다.

1

공자: 참된 인간의 길과
대동의 이상사회 건설

공자(기원전 551~479)는 중국 춘추시대의 대사상가였다. 그가 생존했던 주나라 후기, 즉 춘추시대는 천하를 이끌던 주나라의 권위가 땅에 떨어지고 곳곳에서 힘을 키운 제후국들이 끊임없이 전쟁을 일으키던 혼란의 시대였다. 사회 지배층의 전횡이 극심했고, 죄 없는 백성들은 전쟁터로 내몰렸다. 농사철에도 전쟁을 해야 했으므로 늘 곡식이 부족했고, 심지어 굶어 죽는 사람들도 많았다. 세상은 더 이상 올바른 도리가 존재하는 공간이 아니었다.

이러한 시대에 무력감을 느낀 수많은 정치가들이 외진 곳으로 몸을 숨겼지만 공자는 숨지도 않았고 체념도 하지 않았다. 그는 오히려 어지러운 세상을 바로잡아야 한다는 열망에 가득 찼다. 그 이유는 분명했다. 사람은 동물과 같은 삶을 살 수 없기 때문이었다. 따라서 사람이 사람답게 살기 위해서는 사회를 이끌 올바른 도(道; 도리)가 필요하며, 모든 사람들이 그 도리에 따라 살아야 한다고 생각했다. 따라서 그는 평생 인간으로서의 올바른 도를 마음에서 내려놓지 않았다.

한편 춘추시대는 정치적으로 혼란했지만 생산력이 비약적으로 발달했던 경제 발전의 시대이기도 했다. 철제 농기구가 사용되면서 수확량이 크게 늘고 수공업과 상업이 발달하면서 물자가 풍부해지고 돈이 돌자 세상이 바뀌었다. 사람들은 더 이상 땅에 묶여 농사만 짓지 않고 돈을 벌기 위해 도시로 몰려든 것이다. 인구 이동이 늘면서 자연스럽게 계급 질서도 느슨해졌다. 당시 강력한 신분제 사회에서 경제적 능력을 바탕으로 사회적 신분이 상승될 수 있었다. 이러한 사회적 분위기에서는 힘과 권모술수가 판을 치게 마련이다. 남이 가진 것을 빼앗는 사람들이 나타났고, 제후국 간에도 이러한 현상이 빈번했다.

이러한 변화와 혼돈의 한가운데서 공자는 주나라의 작은 제후국인 노나라의 창평향 추읍에서 몰락한 귀족의 후예로 태어났다. 비록 귀족 집안이긴 했지만 그가 태어났을 당시 그의 집안은 아주 보잘것없었다. 3세 때 아버지가 돌아가시고 홀어머니 밑에서 엄격한 가정 교육을 받았을 뿐 그에게 특별한 스승은 없었다. 단지 참된 기예나 재능이 있는 사람이면 누구든 막론하고 스승으로 섬겨 배웠으며, 특히 선왕의 도를 표준으로 삼았다.

19세 때 그는 곡식 창고를 관리하는 벼슬을 하였고, 21세 때에는 축산을 관리하는 낮은 관직 생활을 했다. 30대에 접어들어 학문과 경륜이 원숙해지자, 그는 개인이나 가정의 문제를 넘어 어지러운 민심을 바로잡고 세상을 구제해야겠다는 원대한 꿈을 가졌다. 그러자 문하에 많은 제자들이 모여들어 그들을 가르쳤다. 56세가 되었을 때, 그는 제자들을 이끌고 자신의 이상을 실현할 나라의 임금을 찾아 10여 년 동안이나 열국을 순회하며 도덕정치의 실현을 역설했다. 그러나 그의 정치 이상을 받아들이는 군주는 없었다.

68세가 되어 노나라로 돌아온 공자는 국노(國老)의 대우를 받으면서 국정의 자문에 응하기도 했다. 그러나 무엇보다 그가 힘을 기울인 것은 경서(經書)를 정리하고 제자들을 가르치는 일이었다. 평생을 인류의 심성 보존과 하늘의 이치를 민중에게 알리다가 현실과의 괴리로 실의 속에 세상을 떠났으니, 그때 나이 73세였다. 지금의 곡부현 북쪽 강가에 묻혔는데, 이곳을 '공림(孔林)'이라 부른다. 저서는 없으며 그의 언행록인 『논어(論語)』만이 제자들에 의하여 편집되어 전해진다.

하늘[天]에 대한 이해

공자는 '천'에 대해 어떻게 이해했을까? 그의 천에 대한 이해는 그가 살았던 주나라 때의 일반적인 천에 대한 이해와 다르지 않았다. 그는 세계의 운동과 변화의 배후에는 그것을 주재하는 절대적인 존재가 있다고 믿었다. 그리고 그것을 '천'이라고 했다.

공자는 비록 세계와 인간의 만사를 주재하는 인격신으로서의 상제천(上帝天) 관념을 일면 계승하고 있지만, 다른 한편 신비하고 불가해한 종교적 성격이기보다는 대단히 합리적인 성격의 것임을 보여 준다. 한 예로 제자 번지가 "지혜로움이란 무엇입니까?" 하고 묻자,

공자는 "사람이 지켜야 할 도리에 힘쓰고 귀신을 공경하나 멀리하면 지혜롭다."(「옹야」)고 하였다. 즉, 공자는 귀신을 부정하지는 않았지만 그것에 대해 말하지 않았고 공경하면서도 가능한 멀리하려고 하였다.

공자가 말하는 천은 은나라를 멸하고 주나라를 세웠던 역사의 과정과 개인의 실존적 삶에서 일정한 섭리를 주재하는 천이었다. 그리고 공자는 스스로가 천에 의해 일정한 사명을 부여받았다고 믿었고, 그것을 실현하고자 힘썼다. 다음의 내용은 이를 잘 설명해 준다.

> 공자가 말하기를 문왕이 이미 돌아가셨으니 문(文; 예악제도)은 내게 있지 않은가. 천(天)이 문(文)을 없애려고 했다면 내가 이 문(文)에 참여하지 못하였을 것이다. 그러나 천이 이 문(文)을 없애려고 하지 않았으니 광(匡)땅 사람들이 나에게 어찌하겠는가?(「자한」)

천이 문이라는 예악제도를 없애지 않으려는 의지가 있으므로 광땅 사람들이 나를 어찌하겠는가라고 하였듯이, 공자는 스스로 문화의 담지자 혹은 전달자로서의 사명감을 가졌던 것으로 보인다. 천명(天命)은 곧 문으로 구체화되고, 문이란 당시 예악제도로서 곧 문화를 가리킨다.

이러한 공자의 천에 대한 생각은 역사 속의 우연성이 아니라 천의 섭리에 의해 주재되고 있다는 믿음과 연결된다. 그리고 이러한 믿음은 역사 현실에 일정한 합리성이 있음을 가정한다. 여기서 '합리성'이란 보다 이성적이며 도덕적으로 성숙되어 진정한 질서와 평화가 있는 인간적 사회의 실현을 말한다. 그가 천을 믿는 한 이러한 믿음은 변하지 않았다. 그는 자신의 사명을 자각하고 그것을 실현하고자 부단히 노력했다. 그러나 그의 열정적인 노력에도 불구하고 그것이 실현되지 못하자, 현실 역사의 과정이 합리적이지만은 않음을 알게 되었다. 설사 장기적 안목에서는 합리적이라 하더라도 단기적으로는 불합리하고 불가해한 것이 있으며, 그러한 이상의 실현은 대단히 어렵다는 것을 자각하게 되었다.

그러나 그는 역사 현실 속에서 자기의 이상이 실현 불가능함을 알면서도 최후까지 그 이상을 포기하지 않고 자신의 능력껏 최선을 다했다. 공자는 장기적 안목에서 교육을 통한 이상의 실현을 추구함으로써 '진인사대천명(盡人事待天命)'을 몸소 실천하였다. 이러한 최선은 아마도 천에 대한 그의 강한 믿음 때문이었을 것이다.

이러한 천에 대한 그의 믿음은 현실적 삶으로부터 유리되도록 하거나 불합리한 행동을 유발하기보다는, 오히려 한층 합리적이고 현실 참여적 정열의 원천으로 작용했다. 이러한 공자의 천관은 후일 유교 천관의 특징이 되었으며, 동양사회에서 천 이해의 바탕이 되었다.

인간에 대한 자각

고대 서양에서는 주로 세계의 아르케(arche; 원리)를 '물' 혹은 '불'이라는 자연철학에서 출발하여 소크라테스에 와서 제대로 '인간에 대한 자각'을 하기 시작했다. 반면에 중국에서는 공자에 와서 '인간에 대한 자각'을 하기 시작했다. 공자 이전에는 주로 신(神), 상제(上帝), 귀신(鬼神) 등의 문제에 많은 관심들을 가지다가 공자에 와서 '인간의 자각'이란 위대한 발견을 하게 된 것이다. 따라서 공자의 근본 문제는 바로 '인간'이었다. 이러한 점에서 공자의 사상을 인간학으로 분류하여 설명하기도 한다.

공자는 인간이 진리를 널리 펴는 것이지, 진리가 인간을 널리 펴는 것이 아니라고 하였다. 즉 진리는 인간의 자기 인식과 자각으로부터 파악되고 구현되는 것이지, 진리가 인간을 구원하고 인간 되게 하는 것은 아니라는 것이다. 그러므로 진리는 인간이 아니면 공허하고 맹목적일 수밖에 없다. 따라서 진리의 뿌리는 인간성에 있으며, 그 인간성에 의해서 이해되고 실현될 수 있다.

공자가 인간 그리고 인간의 삶에 애정을 갖고 다른 세계에 대해서 덜 관심을 갖는 이유가 바로 여기에 있다. 그래서 그는 신이나 내세에 대한 논의를 배격하며 제자 자로가 귀신과 죽음에 대해서 묻자, "사람도 제대로 섬기지 못하는데 어찌 귀신을 섬길 수 있겠는가? 아직 삶에 대해서도 알지 못하는데 어찌 죽음에 대해서 알 수 있겠는가?"(「선진」)라고 하였다.

인간과 삶과 죽음의 영역에서 공자는 인간과 그 삶의 세계에 주안점을 두었던 것이다. 즉, 귀신 · 신령 · 죽음의 영역은 인간 밖의 세계이지, 삶의 세계는 아니라는 것이다. 그래서 공자는 인간성과 인간 의지에 따라 결단하고 선택하고, 그것에로 지향하는 것은 자신을 규율하고 자기를 실현하는 중요한 관건이 된다고 생각했다.

어떤 이가 권유를 하지 않아도 진실한 인간성의 원리에 따라서 생활하는 사람, 또 어떤 위협을 받지 않아도 진실한 인간성의 원리에 어긋나는 일을 미워하는 사람에게 있어서는 인류 전체가 한 사람이나 마찬가지이다. 그러므로 군자는 자기 자신을 규준으로 하여 인간 행위의 모든 문제를 논의하고 거기에서 백성들이 따라오도록 법률을 제정한다.(「팔일」)

어떠한 간섭과 권유도 없이 자기 원리에 따라 자기실현을 함은 바로 자유의 문제에 속한다. 또한 자기 원리에 따라 자신을 규율하는 것도 역시 자유의 문제이다. 따라서 인간성의 실현은 자기 자신에 말미암는 것이지, 다른 사람에게서 연유하는 것이 아니다. 이러한 의미에서 공자의 인간 문제는 물론 인간 전체를 포괄하는 것이지만, 언제나 자기 자신의 인간성(자기 원리)과 자신의 의지적인 행위와 관련되는 것이다.

이와 같은 인간성의 문제는 공자에 있어서 매우 중요한 개념이다. 왜냐하면 인간의 본성은 자기 질서와 사회 질서를 포괄하며 그것을 관통하는 것이기 때문이다. 바로 이러한 인간의 본성은 공자에 있어서는 '인(仁)'이며, 이는 곧 '진실한 사랑'이다. '인'은 인간성이며 동시에 도덕성이고 우주의 근본이 된다. 그러므로 존재의 가장 근본적인 물음도 인간의 본성과 인간의 존재 방식에 두었던 것이다. 공자가 그의 제자와의 대화에서 끊임없이 인간성과 인간의 존재 방식에 대한 질문과 답변을 한 이유도 바로 여기에 있다.

공자는 제자들과의 문답 속에서 다음과 같은 말을 하였다. "다른 사람들이 나를 알아주지 않는 것을 근심하지 말고 내가 다른 사람을 알지 못하는 것을 근심하라."(『학이』), "다른 사람이 나를 알아주지 않는다고 하여도 성내지 마라."(『학이』) 이 두 공자의 말은 인간의 이해를 위한 금언으로 남아 있다.

그의 인간적인 사랑이란 인간에 대한 이해와 인간에 대한 애정으로 풀이된다. 그것은 곧 그의 사랑의 핵심이 되는 '인(仁)'인 것이다. 인간은 사랑의 존재이다. 진실한 사랑이란 인간의 본성이며 동시에 인간의 존재 방식이다. 그러므로 공자의 인이란 사람 그 자체인 것이다. 이러한 인간 이해는 '너 자신을 알라'고 외친 서양의 소크라테스와 비견된다고 할 수 있다.

그런데 공자는 인간의 본성 문제, 즉 인간의 본성이 선한가 악한가의 문제에 대해서는 분명하게 말하지 않았다. 단지 "진실로 인에 뜻을 둔 사람은 악함이 없다."(『이인』), "본성은 서로 가까우나 습관에 따라 서로 멀어진다."(『양화』)고 하였다. 이를 볼 때 공자는 비록 인간의 선악 문제를 분명하게 말하지는 않았으나 은연중에 '성선설'의 입장임을 내비치고 있음을 알 수 있다.

본성이 선하다면 어떤 사람이 다른 사람을 가르쳐서 선하게 만드는 것에 관해 말할 필요가 없게 된다. 그런데 공자는 "가르침에는 차별이 없다."(『위령공』)고 하였고 "뛰어난 지혜를 가진 사람과 매우 어리석은 사람은 서로 옮겨질 수 없다."(『양화』)는 말도 하였다. 여기서 공자는 서로 상반된 말을 하였다. 이러한 점은 공자 인성론의 모순점으로 남아 있다.

인(仁), 즉 사람다움

공자는 특히 '인'을 강조했다. '인'이야말로 공자 사상의 정수이며 극치이다. 그런데 공자는 상대방에 따라 인에 대해 달리 말했다. 그리고 언제나 인의 일부분을 말하든지 인을 행하는 방법을 말할지언정, 인 전체를 명쾌히 밝힌 적이 없다. 그래서 공자의 인을 정확히 정의하기란 쉽지 않다.

공자는 인을 인간의 본성이며 인간이 태어나면서부터 타고난 성품으로 이해했다. 즉, 인이란 인간의 선천적 본질이며 보편적인 본성이다. 이러한 인은 인간만이 가지고 있는 실천윤리의 최고 가치이며, 인간들이 현실적으로 추구하고자 하는 최고 목표이다. 그러므로 인이란 완전한 인격을 구비한 인간상을 의미한다.

이러한 인의 의미를 좀 더 구체적으로 살펴보면 크게 두 가지의 가치를 담고 있다. 그 하나는 향내적 가치로서의 인이고, 또 하나는 향외적 가치로서의 인이다. 먼저 향내적 가치로서의 인의 의미를 살펴보자. 이것은 '극기(克己)'의 방향에서 설명할 수 있는데, 자기 수양과 자기완성을 의미한다. 즉, 도덕적 자기완성을 통하여 자기 본유의 덕성을 자각하는 내면적 각성의 경지로서 인격이 완성되는 경지이다. 이에 대하여 공자는 「안연」 편에서 다음과 같이 말하였다.

자기를 이겨 내어 예로 돌아감이 인을 실천하는 것이니 하루라도 자기를 이겨 내어 예로 돌아간다면 천하 사람들이 모두 그 인을 인정할 것이다. 인을 실천하는 것은 나에게 달린 것이지, 남에게 달린 일이겠는가.

이와 같이 공자는 '자기를 이겨 내어 예로 돌아감', 즉 극기복례(克己復禮)를 인으로 풀이하여 자기를 완성함에 있어서 중요한 가치로 삼았다. 또한 제자 안연이 그 조목에 대해 묻자, 공자는 "예가 아니거든 보지도 말고, 예가 아니거든 듣지도 말고, 예가 아니거든 말하지도 말고, 예가 아니거든 움직이지도 마라."(『안연』)고 답하였다. 이는 결국 개인의 내적 심신의 수양을 추구하는 가운데 본심의 덕을 온전하게 간직하기 위해 사욕을 버리고 인욕을 극복해야 함을 강조한 것이다.

그밖에도 『논어』에는 극기의 방향에서 인을 논한 부분이 많이 있다. 제자 중궁이 인에 대해서 묻자, 공자는 "문을 나갔을 때에는 큰손님을 뵌 듯하며, 백성에게 일을 시킬 때에는 큰제사를 받들 듯하고, 자신이 하기 싫은 것을 남에게 시키지 말아야 하며[恕], 나라를 원망하지 말아야 한다."(『안연』)고 하였다. 즉, 몸가짐을 경건히 하고 서(恕)로써 사물에까지 미치면 사사로움이 사라져 마음의 덕이 온전하게 된다는 것이다.

또한 사마우가 인에 대해 묻자, "인이란 그 말하는 것을 조심하는 것이다."(『안연』)라고 하였고, 자로가 인을 물었을 때는 "강하고 굳세고 질박하고 어눌함이 인에 가깝다."(『자로』)고 하였다. 그리고 "교활한 말과 아첨하는 얼굴빛에는 인자함이 적다."(『술이』)라고 하여 인을 숭상하고 말재주를 가볍게 여겼다. 또한 공자는 인과 사람의 소박한 기질은 서로 상충한다고 생각했다. 그래서 그는 "어진 이는 말하기를 어려워한다."(『안연』)라고 하여 그릇된 말이나 거짓말을 하지 않는 것이 인의 품덕(品德)에 부합됨을 강조하였다. 결국 말을 재미있게 잘

하는 것보다는 어눌하게 하고, 재치 있게 아부하는 사람보다는 말을 조심하는 충직한 사람이 인에 가깝다는 것이다.

결국 공자의 인이란 자신의 사욕을 극복하는 자기 수양의 과정을 통하여 인격 완성을 이루어 간다는 의미를 담고 있다. 즉, 도덕적 자기반성을 통하여 자기 본유의 덕성을 자각하는 내면적 각성의 경지가 요구되는 것이다.

또한 인은 '애인(愛人)'의 방향에서도 설명된다. 나와 남과의 관계로 부모에 효도하고 형제간에 우애하고 윗사람을 공경하고 나아가서는 모든 사람을 사랑하는 것이다. 즉 '애민(愛民)'의 뜻을 담고 있어 결국 정치적ㆍ도덕적으로 임금의 덕을 갖추는 경지라 할 수 있다.

이에 대하여 공자는 「안연」편에서 번지가 인에 대해 묻자, "사람을 사랑하는 것이다."라고 하여 인을 사랑으로 풀이하였고, "오직 인자만이 남을 좋아할 수 있고 남을 미워할 수 있다."(「이인」)라고 하여 자기의 행동에 인이 바탕 되고, 인의 도에서 벗어나지 않는 마음을 가지며 정신적인 위치를 인에 두는 것이 인간의 마음가짐이라고 하였다. 또한 그는 "백성에게 널리 은혜를 베풀어 많은 사람을 구제하는 것"(「옹야」)이 인의 극치라고 하였다. 즉, 나로부터 남에게 미치고 안으로부터 밖으로 미치는 인도주의 정신인 것이다. 공자는 이러한 인도, 즉 애인정신이야말로 인간애의 발현이며, 인의 궁극적 목적임을 강조하였다.

여기서 인을 '애인'의 의미로 보면 묵가에서 말하는 '겸애'나 기독교의 '사랑'과 서로 통하는 것으로 이해하기 쉽다. 그러나 묵자가 말하는 "남의 몸을 나의 몸과 같이 생각하고, 남의 부모를 나의 부모와 같이 생각하라"는 무차별적 사랑이나, 기독교에서 "이웃 사랑하기를 내 몸과 같이 하라"는 무조건적 사랑과는 구별된다. 공자가 말하는 애인은 가장 친한 사람을 사랑하여 다른 사람에게까지 미치는, 차등과 질서가 있는 사랑을 의미한다. 따라서 묵가의 겸애나 기독교의 사랑과는 본질적으로 다르다.

공자가 말하는 애인의 순서를 살펴보면, 첫째는 '효제(孝悌)'이다. 공자가 말하는 인은 사람을 사랑하는 것이기 때문에 인의 실현은 가장 우선적으로 부모에게 효도하고 형제간에 우애 있게 지내는 것이다. 즉, 인을 실현하는 데는 가장 먼저 가정생활에서 부모와 형제를 사랑하는 데서 비롯됨을 강조하고 있다. 이러한 점에서 효제야말로 인의 근본이 된다.

둘째는 '충서(忠恕)'이다. 여기서 '충서'란 자기 본래의 진실 된 마음을 미루어 타인의 마음을 헤아리는 이타의 경지를 말한다. 그런데 충서는 '충(忠)'과 '서(恕)'의 의미를 함께 담고 있다. 공자는 제자 번지가 인을 묻자, "애국지사나 인(仁)의 사람은 삶을 위하여 인을 해하지 않고 몸을 죽여 인을 이룬다."(「위령공」)고 하였다. 이는 사람들이 가장 귀하다고 생각하는 목숨보다도 더욱 귀한 것이 인(仁)인데, 인을 이루기 위해서는 경우에 따라 목숨도 과감히 버릴 줄 알아야 함을 말하고 있다. 즉, 충(忠; 흔들림이 없는 마음)의 의미를 담고 있다는 것이다. 또한 공자는 자공이 인에 대해 묻자, "인한 자는 자신이 서고자 하면 남도 서게 하고, 자신이 통하고자 하면 남도 통하게 한다."(「옹야」)고 하였다. 이는 곧 서(恕; 자기의 마음과 같이)의 의미를 말하는 것이다. 이와 같이 공자의 인은 '충'과 '서'가 합쳐진 충서의 의미로 이해된다.

셋째는 '인류애'이다. 공자의 제자 자하는 "옛날 순임금이 천하를 다스릴 때 고도(皐陶)라는 어진 자를 등용하니 어질지 못한 자들이 사라졌고, 탕임금이 천하를 다스릴 때 이윤(伊尹)이라는 어진 자를 등용하니 어질지 못한 자들이 멀리 사라졌다."(「안연」)고 하였다. 이는 곧 어진 사람을 등용하면 천하에 교화가 행하여지고 사악한 무리들이 자취를 감추게 됨을 강조한 말이다. 그리고 은나라가 망하고 주나라가 흥할 때에 백이(伯夷)와 숙제(叔齊)는 수양산에서 굶어 죽었는데, 공자는 "인을 구하여 인을 얻었다."(「술이」)고 하였다. 이러한 예화들은 모두 인을 행함으로써 세상 사람들을 구하는 참사랑의 의미를 담고 있는 것들이다.

결국 공자의 인은 인간된 까닭의 본질적 요소임이 분명하다. 그리고 자신의 완성뿐만 아니라 타인의 완성까지도 가능케 하는 실천적 덕이다. 즉, 공자의 인은 군자가 지녀야 할 모든 도덕적 속성을 포괄하는 의미를 지니고 있다. 다시 말해서 자기 자신의 극복에서 출발하여 인간이 인간으로서의 구실을 할 수 있는 효제와 충서로 확대되어 모든 사람을 사랑하는 인류애의 경지까지 이르는 것이다.

예(禮), 즉 자율적 도덕성

공자는 인과 더불어 '예' 또한 매우 중시했다. 왜냐하면 예는 인의 자연스런 발로이며, 동시에 인을 실현하는 질서이기 때문이다. 다시 말해서 인을 '내면적인 도덕성'이라 한다면, 예는 '외면적인 사회 규범'이라 할 수 있다. 결국 인은 예를 통하여 겉으로 드러나게 된다. 그래서 인을 실천하는 데는 예가 꼭 필요한 것이다.

따라서 공자는 '자기를 이기고 예로 돌아갈 것[극기복례 · 克己復禮]'을 주장하고, 그 세목으로 "예가 아니거든 보지도 말고, 예가 아니거든 듣지도 말고, 예가 아니거든 말하지도 말고, 예가 아니거든 움직이지도 마라."(『팔일』)고 하였다. 여기서 그가 말하는 '극기'는 이기적 주체로서의 자기를 버리고 자기의 욕망이나 감정을 극복하라는 것이다. 그리고 '복례'란 예를 따른다는 것이다.

본래 '예'란 천지 질서이며, 인간이 마땅히 실천해야 할 당위의 법칙이다. 따라서 예는 우주의 질서에 뿌리하고 있을 뿐만 아니라, 인간이 주체적으로 구현해야 할 행위의 질서에 근거한다. 여기서 전자는 자연의 질서로 이해되며, 후자는 인간의 모든 예절을 포함하는 것으로 이해된다. 따라서 후자의 경우에는 당위의 법칙에 합당해야 하는 것이므로 절제라는 덕목이 요구된다. 즉, 극기가 필요한 것이다. 그러한 까닭에 예는 정치의 근본으로 부각되기도 하고, 가정에서는 효의 질서로 부각되기도 한다.

또한 예는 인의 질서이기 때문에 인의 의미인 사랑함에 그 뿌리를 둔다. 그리고 인을 떠나서는 예는 형식에 지나지 않는다. 그래서 공자는 "인하지 않으면 예가 있다 한들 무엇 하겠는가."(『팔일』)라고 하였다. 사랑이 없는 예는 빈껍데기와 같은 형식에 지나지 않기 때문이다.

그리고 공자는 예에는 충(忠)과 신(信)이 없으면 역시 허례에 지나지 않는다고 보았다. 여기서 '충'은 바로 자기 성실이요, 자신의 몸과 마음을 다하는 진실의 의미를 담고 있음을 뜻한다. 그리고 '신(믿음)'은 마치 큰 수레의 양 바퀴를 연결하는 받침대와 같이 두 바퀴를 연결하여 굴러가게 하는 작용을 하는 것과 같다. 그러므로 자기 성실과 믿음이 없으면 예는 구현될 수 없고, 그러한 예는 곧 허례에 불과하다.

그러므로 예는 그 바탕이 중요하고 그 바탕이 견실할 때 그 형식이 아름답게 나타난다. 따라서 공자는 임방이 예의 근본을 묻자, "예는 사치스러움보다는 오히려 검박한 것이 좋고, 장사지내는 데는 그 다스림보다는 오히려 슬퍼하는 것이 좋다."(「팔일」)고 하였다. 바탕이 없고 성실이 없는 예는 겉치레에 지나지 않기 때문이다. 그러므로 아름다운 바탕이 있은 뒤에 겉모습이 필요한 것이다.

그렇다고 하여 예의 형식이 중요하지 않은 것은 아니다. 그래서 공자는 "바탕이 외관을 이기면 촌스럽고 외관이 바탕을 이기면 호화스럽다. 외관과 바탕이 어울린 후에야 군자이다."(「옹야」)고 하였다. 그러므로 예는 '중용(中庸)의 예' 또는 '중도(中道)의 예'로 표현된다. 그뿐만 아니라 예는 곧 '중화(中和)의 예'이며, '중절(中節)의 예'인 것이다. 그래서 예의 바탕은 중(中)이고, 예의 형식은 절도(節度)이다. 공자가 중용의 도덕을 극찬하고 또 중용의 도덕이 실현되지 않음을 크게 탄식한 이유도 바로 여기에 있다.

여기서 중용이란 치우침이 없고 의지함도 없으며, 지나침도 없고 못 미침도 없는 상태, 즉 과불급이 없는 상태를 의미한다. 그러므로 예는 항상 중용을 핵심으로 하지 않으면 안 된다. 다시 말해서 예의 형식이 조금이라도 지나치거나 못 미치면 이미 예가 예로서 성립되지 못하기 때문에 예가 중용을 잃으면 예가 아닌 것이다.

그래서 공자는 중용의 미덕과 반중용의 악덕에 대해서도 말한다. 즉, 중용의 5가지 미덕으로는 "은혜를 베풀되 낭비하지 않고, 노역을 시키되 원망사지 않으며, 무엇을 하고자 하되 탐내지 않고, 태연하되 교만하지 않고, 위엄이 있으되 사납지 않는 것"(「요왈」)을 들고 있다. 또한 공자는 반중용의 4가지 악덕도 얘기했다. 즉 "가르치지도 않고서 죄를 범했다고 죽이는 잔혹, 미리 알려주지 않고서 일을 재촉하는 난폭, 지시를 소홀히 하고서 기약을 엄수할 것을 요구하는 도적, 사람들에게 고루 나누어 주어야 할 때 그것을 내주는 데 인색한 유사(有司)"(「요왈」)를 들고 있다. 이 4가지 악덕은 중용에 반하는 것으로서 공자는 크게 경계하였다.

이와 같이 공자는 예의 세계를 중용의 세계로 파악하여 중용의 예의 세계를 이상적인 윤리 도덕의 세계로 제시하였던 것이다. 그러나 이러한 예의 세계는 인(仁)의 질서가 훤히 빛나는 세계에 불과하다. 그러므로 공자의 윤리 도덕세계는 '인'과 '예'에서 그 극점을 이룬다.

대동사회를 향한 도덕정치

공자는 당시 문란한 사회 현실을 직시하고 인(仁)의 도덕을 세상에 실현하여 그 세상을 바르게 다스리고자 하였다. 당시의 정치는 폭력의 정치이며, 권력의 정치이며, 술수의 정치였다. 이러한 정치는 법령을 강화하여 백성들을 강제로 다스릴 수는 있을지 몰라도 결코 민심을 얻지는 못한다. 그래서 공자는 "법령으로 지도하고 형벌로 통제한다면 백성들이 법망을 벗어나고도 부끄러워 할 줄을 모른다. 도덕으로 인도하고 예의로 통제한다면 부끄러워하는 마음이 있고 또 바르게 된다."(「위정」)고 하였다.

공자는 백성들이 아무리 무지해도 그 정치가 백성들을 위하는 정치인지 백성들을 해하는 정치인지를 안다고 생각했다. 정치는 현실의 삶이기에 늘 눈에 보이기 때문이다. 그런데 어찌 폭력의 정치, 권력의 정치, 술수의 정치에 백성들이 따르겠는가? 그러나 위정자가 법과 형벌이 아닌 덕과 예로 다스리면 백성들은 감복하여 따르게 된다고 믿었다.

따라서 공자는 애민(愛民)사상을 바탕으로 인재를 발탁하고 정직한 자를 등용해야 한다고 생각했다. 그리고 사악한 자를 배척하고 백성이 심복하는 위민정치를 펼치는 것이 인정(仁政)과 덕치를 실현하는 중요 과제라고 생각했다. 그래서 공자는 '정자정야(政者正也)'라 하여 '정치란 바르게 하는 것'이라고 하였다.

또한 공자는 제경공이 '정치'에 대해 묻자, "군주는 군주답고, 신하는 신하답고, 부모는 부모답고, 자식은 자식다워야 한다."(「안연」)고 하였다. 이는 곧 자신의 위치에 합당한 역할과 책임을 다할 때 사회 전체의 유기적 조화와 평화가 실현된다는 '정명사상(正名思想)'으로 발전했다.

또한 공자는 민생 문제에 있어서 경제적 균등을 매우 중시했다. 그래서 그는 "내가 듣건대 나라를 다스리는 사람은 모자람을 걱정하지 아니하고, 고르지 못함을 먼저 걱정한다.〞(『위정』)고 하였다. 즉, 균등한 분배를 통한 백성들의 평안을 걱정하고 있는 것이다. 그래야만 백성들이 안심하고 일할 수 있을 뿐만 아니라 위정자에 대한 믿음이 생기는 법이다.

이러한 사회가 되면 이웃 간에 서로 사랑하고 권모술수나 편법이 사라져 백성들이 평안하게 살 수 있는 태평천하의 세상이 도래하게 된다. 이것이 곧 그가 꿈꾸었던 '대동사회(大同社會)', 즉 크게 더불어 하나 되는 사회의 모습이다.

이상적인 인간의 모습 '군자'

유가에서는 최고의 인간상으로 흔히 '성인(聖人)'을 든다. 그런데 공자는 인격 완성의 최고 경지에 이른 사람을 성인이라 하고, 비록 성인에는 못 미치지만 도덕적 인격자를 '군자(君子)'라 하였다. 좀 더 구체적으로 표현하면, 성인이란 천인합일의 경지에 도달한 자로서 지덕(智德)이 높고 사리에 정통하며 만고에 사표가 되는 가장 이상적인 완전한 인간상을 의미한다. 반면에 군자는 학행과 덕행이 고루 겸비된 사람을 말한다.

즉, 학문적으로는 사람으로서 마땅히 걸어야 할 길을 찾는 사람이요, 도덕적으로는 원만한 인격을 이룬 사람이요, 사회 신분으로는 치자(治者) 계급에 속하며, 개인적으로는 수기치인(修己治人)의 사람이다. 따라서 군자란 사회생활을 하는 데 있어서 자기의 입장보다는 남의 입장을 먼저 고려할 줄 알고, 자기의 심성 계발과 인격 도야에 부단히 노력하고, 인덕을 갖추고 도를 품어 행하여 사회에 기여하는 자세를 지닌 사람을 말한다.

공자는 이러한 군자가 갖추어야 할 덕목으로 인(仁), 지(智), 용(勇), 의(義), 예(禮), 신(信) 등을 들었다. 즉 어진 사람은 근심하지 않고, 슬기로운 사람은 당황하지 않고, 용기 있는 사람은 두려워하지 않는다고 하였다. 그리고 "군자는 의로움으로써 바탕을 삼고, 예를 따라 행동하고, 공손하게 나아가며, 믿음을 이루게 한다."(「이인」)고 하였다. 그런데 공자는 이들 중에서도 인이 가장 근본이 된다고 강조했다.

그리고 공자는 군자를 소인과 비교함으로써 군자가 갖추어야 할 덕 혹은 품성을 말하였다. 그에 의하면 "군자는 의에 밝고 소인은 잇속에 밝다."(「이인」)고 하여, 소인은 이익을 추구하는 데 반해 군자는 덕을 추구하고 의로움을 중시한다고 하였다. 그리고 "군자는 화합하고 뇌동하지 않지만 소인은 뇌동하고 화합하지 못한다."(「이인」)고 하였다. 또한 "군자는 남의 훌륭한 것을 이룩하게 하고 남의 악한 것을 이룩하지 못하게 하지만 소인은 이와 반대이다."(「이인」)고 하였으며, "군자는 원만하고 편벽되지 아니하지만 소인은 편벽되고 원만하지 못하다."(「이인」)고 하였다.

또한 자신의 허물에 있어서도 "군자는 자신을 반성하지만 소인은 도리어 남에게서 그 원인을 찾는다."(「이인」)고 하였다. 그리하여 "군자는 언제나 마음이 평화롭고 소인은 항상 마음에 근심 걱정이 쌓여 있다."(「이인」)고 하였다. 그리고 그는 이러한 덕을 마음속에 간직하는 것만으로는 군자가 될 수 없으며 그것을 실천해야 함을 강조하였다.

따라서 공자가 그렸던 이상적인 도덕인인 군자의 모습은 중용의 덕을 체득하고 실천하는 사람이었다. 그는 "군자가 천하에서 해야만 된다는 것도 없고, 하면 안 된다는 것도 없으며, 의(義)에 더불어 따른다."(「이인」)고 하여 '의'라는 중용의 덕을 실천하는 것이 군자라고 하였다. 그래서 그는 "부와 귀는 사람들이 바라는 바이나 그 중용의 도로써 얻지 않으면 취하지 아니하고, 가난과 천함은 사람들이 싫어하는 바이나 그 중용의 도로써 얻지 않았으면 그를 떠나지 아니한다."(「이인」)고 하였다. 철저하게 중용의 도를 지킴으로써 군자가 될 수 있음을 강조한 것이다.

군자의 기상은 늘 진실하며 지혜롭다. 이는 군자는 늘 철저한 자기반성과 성찰로써 중용의 도를 견지하고 실천하기 때문이다. 증자(曾子)가 하루에 세 번이나 반성한다는 것이나, 공자가 다른 사람이 나를 알아주지 않아도 근심하지 아니하고, 자신이 다른 사람을 알지 못하는 것을 근심하였던 것은 모두 철저한 자기반성과 성찰을 통하여 내실에 충실하려는 도덕적 의지인 것이다. 그러므로 공자는 모름지기 군자란 모든 일을 자기 자신에게서 강구하고 소인은 모든 일을 남의 이목에서 찾는다고 하였다.

이와 같이 공자가 이상으로 하는 도덕적인 인간상은 바로 군자였다. 그러나 군자가 되기 위해서는 철저한 자기반성과 자기 성실로써 부단히 노력하지 않으면 안 된다. 그리고 군자의 도를 체득하여 실천하지 않으면 안 된다. 이러한 군자만이, 즉 도덕적으로 각성한 개인만이 사회를 바꿀 수 있다고 공자는 굳게 믿었다. 이러한 공자의 군자상이야말로 오늘날 사회에서도 여전히 요청되는 인간의 바람직한 모습일 것이다.

공자 사상의 가치

공자의 사상이 위대한 것은 개인과 사회를 변화시키는 힘이 거대한 정치적 힘이 아니라 스스로를 닦아 나가는 개인의 내적 수양에 있기 때문이다. 사람의 가치는 사회적 신분이나 재산 등에 의해 결정되는 것이 아니라, 오로지 그가 얼마나 도덕적으로 수양된 사람인가에 달려 있다.

공자는 개인이 도덕적 수양을 통해 자신과 사회를 변화시킬 중심에 서야 한다고 강조했다. 외부의 힘에 휘둘리지 않는 내적인 주체성과 능동성을 갖추어 진정한 인간으로 살아야 한다고 주장했다. 그는 당시 힘이 지배하던 시대에 도덕적 개인을 발견한 시대를 앞서간 '진보적 사상가'였다. 힘에 의해 움직여지던 시대를 거슬러 도덕에 의해 움직이는 세계를 꿈꾸었고, 그 과정에서 신분이 아니라 도덕적 능력을 사회 운영의 기준으로 삼았다. 그러한 도덕적 능력을 갖춘 자를 그는 '군자'라 칭했다.

물론 공자의 사상이 진보적이라는 평가에는 한계가 있다. 도덕성을 갖추었다 해도 모든 사람이 정치에 나갈 수 없듯 당ㅈ시 사회에서 계급성을 뛰어넘기란 거의 불가능했다. 그리고 그의 사상이 유학의 정통으로 자리매김하였는데, 정통이란 곧 보수성을 띠게 마련이다. 그러나 적어도 권력자가 마음대로 결정하는 지배 구조를 거부했다는 점과 도덕적 인격을 갖춘 인물이 정치에 나서야 함을 강조하여 정치의 새로운 기준을 마련하였다는 점에서 그를 진보적이라 평가할 수 있을 것이다.

한편 공자는 신적인 세계나 자연적인 세계와는 다른 인간만의 독특한 영역과 삶의 방식이 있다고 보았다. 그런 의미에서 그를 '인문주의자'로 평가한다. 그는 '우주는 어떻게 구성되어 있으며, 자연계는 어떻게 변화하고 발전하는가?' 등의 객관적인 세계에 대한 궁금증보다 늘 '인간은 어떻게 살아야 하는가?'를 물었다.

당시에는 어떻게 하면 더 많이 차지하고, 어떻게 하면 더 강한 나라를 만들 것인가를 따지던 시대였기에 그가 던진 '인간다움이란 무엇인가?', '인간다움을 실천하는 방법은 무엇인가?' 등의 질문은 당시로서는 아주 비현실적이었을 것이다. 공자는 그의 신념을 굽히지 않고 열국의 군주들을 찾아다녔으나 그의 뜻을 받아들이는 군주는 없었다.

그러나 우리는 기억한다. 공자는 '군자'였음을…….

맹자: 도덕적 인간의 모습과
대장부의 왕도정치

공자의 사상을 계승하여 유학의 기틀을 마련한 사람은 바로 맹자(B.C.372~B.C.289)였다. 그는 올바른 문화와 전통을 계승한다는 자부심과 사명감이 넘쳤던 인물이다. 그는 정권 다툼으로 혼란이 극에 달했던 전국시대에 약소국가 중의 하나였던 추나라에서 가난한 귀족의 후예로 태어났다. 몰락한 귀족의 후예였기에 그의 성장 과정은 평탄치 않았다. 그의 아버지는 4살 때 돌아가시고, 어머니 급(伋)씨의 헌신적인 사랑과 훈도 속에서 성장했다. 그래서 그의 사상 속에는 그의 어머니의 가르침이 그대로 배어 있다.

한나라 때 유향이 지은 『열녀전』에 맹모삼천(孟母三遷)의 일화가 있다. 맹자가 어렸을 때 그의 집은 공동묘지 근처에 있었는데, 그가 다른 아이들과 함께 장례식 놀이만 하는 것을 본 어머니는 이곳이 아이들을 기를 만한 곳이 못 된다고 판단하여 시장 근처로 이사하였다. 여기서도 장사꾼 흉내만 내는지라 다시 글방 근처로 이사하였다. 여기서는 서생(書生)들을 본받아 공부하는 흉내를 냈다고 한다.

그의 어머니는 비로소 마음을 놓고 '이곳이야말로 자식을 기를 만한 곳이로구나!' 하고 정착하였다는 것이다. 이를 '맹모삼천지교(孟母三遷之敎)'라고 한다.

『열녀전』에는 또 하나의 유명한 일화가 전해진다. 맹자는 스승의 권유에 따라 노나라 곡부로 가서 공자의 손자인 자사에게서 육례(六禮)를 배웠는데, 그는 늘 공자를 공경하여 공자와 같은 성인이 되는 것을 목표로 삼았다고 한다. 그런데 얼마 후 말을 타다 떨어져 팔을 다쳤을 때 어머니가 그리워 고향집으로 갔다. 때마침 베를 짜고 있던 어머니가 아들에게 "배울 것을 다 배웠느냐?"고 물었다. 이에 맹자는 "평생을 두고 배워야 할 것을 어찌 그동안에 다 배웠겠습니까?" 하고 대답했다. 이 말을 들은 어머니는 짜고 있던 베를 칼로 끊으며 말하기를 "네가 공부를 하다가 중단하는 것은 마치 내가 여태껏 애써서 짜던 이 베를 끊는 것과 같다."고 하였다. 이에 크게 깨달은 맹자는 바로 돌아가서 경서(經書)를 모두 통달한 후에야 고향집을 다시 찾았다고 한다. 이것이 '맹모단기지교(孟母斷機之敎)'이다. 그런데 이러한 일화들은 청(淸)의 고증학자들에 의하면 사실로 보기 어렵다고 한다.

맹자는 학문을 성취한 후에 고향으로 돌아와 제자들을 모아 가르치며 지냈다. 그런데 당시 사회가 혼란하고 그릇된 학설들이 유행하여 세상이 어지럽게 되자, 인의(仁義)로써 세상을 바로잡아 보려고 유세에 나섰다. 제나라, 송나라, 양나라를 전전하였지만 그는 등용되지 못했다. 인의(仁義)를 바탕으로 한 그의 왕도정치(王道政治)는 당시 현실의 상황과는 많은 거리가 있었기에 그의 주장은 배척당하기만 했다.

단지 등나라 문공이 그를 신임하여 등용하였으나 문공은 일찍 죽고 말았다. 맹자는 끝내 그의 이상을 실천에 옮기지 못한 채 25년간의 유랑 생활을 마치고 귀국했다. 그 후 그는 제자들을 모아 가르치고 그들과 문답하며 『맹자』 7편을 지어 공자의 교의를 밝혔다.

그는 공자의 사상을 계승하여 더욱 체계화시켰고, 당시 상당한 세력을 형성하였던 묵가의 학설을 배척하였으며, 고자(告子)와는 인간 본성의 문제로 논쟁을 벌이기도 했다. 성학(聖學)의 본뜻을 강도 높게 천명하면서 세상을 향해 부르짖은 정치가적 면목도 있었다. 공자에게 원만하고 온후함이 있었다면, 맹자에게는 늠름한 기상이 있었다.

하늘[天]에 대한 이해

공자를 계승한 맹자 역시 천에 대한 확고한 믿음을 가지고 있었다. 그에게 천은 자연과 인간 세계를 주재하는 존재였으며 단순한 물리적 자연이 아니었다. 뒤에 언급될 순자의 천은 물리적 자연의 의미가 강하나, 맹자에 있어 천은 인간 도덕성의 원천으로 형이상학적 · 도덕적 의미를 함축한다. 따라서 천도(天道)는 인간 삶의 모범이 된다. 이러한 천이 인간에게 인(仁), 의(義), 예(禮), 지(智)라는 사단(四端)의 선한 성품을 부여했기 때문에 선할 수밖에 없으며 결코 악할 수 없다고 주장한다.

그런데 맹자에 있어 천은 바로 우리의 마음 깊은 곳에 자리한다. 우리는 마음을 통해 본성을 알 수 있고, 본성을 알면 그러한 본성을 부여한 천도 알 수 있게 된다. 천이 준 본래의 마음을 잘 보존하고 천이 부여한 선한 본성을 잘 기르는 것이 곧 천을 섬기는 방법이기도 하다. 다음의 글은 이에 대한 이해를 돕는다.

> 맹자가 말하기를, 마음을 지극히 다하는 사람은 본성을 알고 본성을 알면 하늘을 알게 된다. 본래의 마음을 잘 보존하고 본래의 성품을 잘 기르는 것이 하늘을 섬기는 것이다.(「진심상」)

이와 같이 맹자에 있어서 천은 인간에게 선한 성품을 부여한 '도덕적 천'이며, 인간으로 하여금 부여받은 도덕적 성품을 실현할 것을 강하게 요구하는 '형이상학적 존재'이기도 하다. 따라서 인간은 천의 부름에 항상 귀를 기울이고, 참된 자기 존재를 반성하고, 하늘이 부여한 가치, 즉 인의예지를 당위적으로 구현해야만 한다고 생각했다.

인간의 본성은 선하다

앞서 언급하였듯이 공자는 인간에 대한 자각을 하면서도 인간의 본성에 대해서 명확히 말하지는 않았다. 단지 본성은 서로 가까우나 습관에 따라 서로 멀어진다고만 했다. 즉, 인간의 본성은 본래 서로 차이가 적지만 후천적인 경험의 내용에 따라 차이가 발생한다는 것이었다.

그런데 맹자는 "인간의 본성은 선하다"고 분명히 밝혔다. 그래서 사람은 본래 도덕적인 존재라는 것이다. 따라서 맹자는 인간의 도덕적 기준을 '인의(仁義)'에 두고 도덕 성립의 근거로서 성선설을 제창했다. 그의 성선설은 인간의 존재 가치를 선 지향의 도덕성에 두고 있는 인간관을 바탕으로, 인간의 모든 행위는 성선의 실천적 의지로 표현되고 있다.

맹자에 의하면 인간은 생득적으로 '불인지심(不忍之心; 참지 못하는 마음)'을 지녔다고 한다. 즉, 갑자기 어린아이가 우물에 빠지려고 하는 것을 보게 되면 모두 깜짝 놀라고 측은하게 여기는 마음을 갖는다는 것이다. 다시 말해서 다른 사람의 불행을 차마 보지 못하는 인간의 순수한 마음이 있다는 것이다. 이러한 불인지심을 인간이면 누구나 생득적으로 구유하기 때문에 인간의 본성은 선하다는 것이다. 이는 결국 사람마다 도덕적으로 스스로 선한 요소를 구유하고 있음을 뜻하며, 그러한 단서[端; 싹]가 있다는 것을 의미한다.

따라서 맹자에 있어 사람의 본성이 선함은 4가지 사람의 마음을 통하여 알 수 있다. 즉 측은한 마음이 없으면 사람이 아니며, 부끄러워하는 마음이 없으면 사람이 아니며, 사양하는 마음이 없으면 사람이 아니며, 옳고 그름을 가리는 마음이 없으면 사람이 아니라고 한다. 여기서 측은히 여기는 마음은 '인(仁)'의 시초요, 부끄러워하고 미워하는 마음은 '의(義)'의 시초요 사양하는 마음은 '예(禮)'의 시초요, 옳고 그름을 가리는 마음은 '지(智)'의 시초이다.

이렇듯 맹자는 사람은 누구나 이러한 사단을 선천적으로 가지고 태어난다고 하였다. 그래서 그는 만약 이러한 사단의 마음을 지니고 있지 아니한 사람이 있다면 그는 인간이 아니라고 하였다. 그리고 이러한 측은·수오·사양·시비의 사단의 인간 본성은 인·의·예·지의 사덕이 도덕적 심리 작용으로 인해 나타난 단서로서, 이는 덕행의 시발점이 된다고 하였다.

그리고 맹자는 사람이라면 누구나 자연스럽게 우러나오는 사양과 공경의 마음이 있다고 하였다. 그런데 이러한 사양과 공경의 마음은 선천적으로 인성에 내재한다고 보았다. 그래서 맹자는 "어려서 손을 잡고 가는 아이는 그 어버이를 사랑할 줄 모르는 이가 없으며, 그 자라남에 미쳐서는 그 형을 공경할 줄 모르는 이가 없다."(『진심상』)고 하였다.

즉, 어버이를 사랑하고 어른을 공경할 줄 아는 것은 선천적으로 지니고 있는 사람의 '양지(良知)'와 '양능(良能)' 때문이라는 것이다. 여기에서 양지는 '생각하지 않고도 아는 것'을 말하고, 양능은 '사람이 학습하지 않고도 능한 것'을 말한다. 이는 인간의 앎에는 반드시 경험이나 교육을 통해서 아는 것만이 아니라 인간으로서 선천적으로 갖는 앎도 존재한다는 것이다.

그렇다면 그 본성이 선해야 할 인간이 왕왕 나쁜 짓을 하는 것은 무엇 때문인가? 그것은 인간에게 주어진 환경 때문이다. 예컨대 흉작이 들었을 때 불량소년이 많이 생기는 경향이 있는데, 이것은 빈곤이라고 하는 환경이 본성이 선한 인간을 악으로 빠뜨리는 증거이다.

그런데 여기에는 문제가 있다. '아무리 외부 환경에 의해서 악에 빠진다고 하지만, 결국 인간성 가운데에 악으로 향하는 성질이 있는 것이 아닐까?' 하는 의문이다. 만약 인간이 악으로 향하는 성질을 완전히 가지고 있지 않다면 어떠한 환경에서도 악한 일을 행하지 말아야 하는 것이 아닐까. 이 문제에 대한 맹자의 대답은 없다. 즉, 맹자는 악의 기원에 대한 충분한 설명을 하지 못했다. 이 때문에 송대의 주자는 맹자의 성선설을 계승하면서도 인간의 본성을 본연지성과 기질지성으로 나누어 봄으로써 이 문제를 극복하려 했다.

이러한 맹자의 성선설을 두고 당시 고자는 '성무선악설(性無善惡說)', 즉 '인간은 본래 선하지도 악하지도 않다'는 입장에서 맹렬히 반박했다. 그 논쟁점은 대체로 다음과 같다.

먼저 고자가 "성(性)은 버드나무와 같고, 의(義)는 그것을 구부려 만든 그릇과 같다. 인성이 인의(人義)라 함은 버드나무로 그릇을 만드는 것과 같다."(『고자상』)고 하였다. 즉, 사람이 태어나면서 선천적으로 인의를 지니는 것이 아니라, 인의는 버드나무를 구부려 그릇을 만드는 것처럼 후천적으로 생겨날 뿐이라는 것이다.

이에 대해 맹자는 "당신은 버드나무의 본성에 따라서 그릇을 만들었는가? 아니면 버드나무의 본성을 상하게 해서 그릇을 만들었는가? 만일 버드나무를 상하게 해서 그릇을 만들었다면, 당신은 사람도 상하게 해서 인의를 갖게 할 것인가?"(『진심상』)라고 반문했다. 즉, 인성이 비록 인의가 아니라 하더라도 만약 인의의 소질이 없다면 인위적인 교화가 주어지더라도 인의가 있을 수 없을 것이라는 논리다.

이에 고자가 다시 반박하여 "성은 소용돌이치는 물과 같아서 동쪽으로 터면 동쪽으로 흐르고 서쪽으로 터면 서쪽으로 흐른다. 인성에 선과 악의 구분이 없는 것은 물에 동서의 구분이 없는 것과 같다."(『고자상』)고 하였다. 즉, 인성은 소용돌이치는 물과 같아서 동쪽으로도 서쪽으로도 흘러갈 수 있듯이 본래 선악의 구분이 없는데, 그것을 어떻게 유도하느냐에 따라 선악의 구분이 있게 된다는 것이다.

이에 대해 맹자는 "물이 진실로 동서의 구분이 없으나 상하의 구분도 없겠는가? 인성의 선함은 물이 아래로 흐름과 같은 것이다."(『만장하』)고 반박했다. 즉, 인성의 선함은 물이 아래로 흐름과 같고, 선하지 않은 것은 물결치는 것과 같아서, 한때의 기세는 그 본성이 아니라고 하였다. 그런데 맹자의 반박은 이미 궤변의 수준이다.

그리고 고자가 "삶의 본능이 성이다."(『고자상』)라고 하자, 맹자는 "삶의 본능이 성이라 한다면 그것은 흰 것을 희다고 하는 것과 같은 것인가?"(『진심상』)라고 반문하였다. 그러면서 맹자는 "그렇다면 개의 성은 소의 성과 같고, 소의 성은 사람의 성과 같은 것인가?"(『진심상』)라고 하였다. 여기서도 고자는 성의 본질을 감각 · 지각 · 운동 등에 돌리고 있는 데 반해, 맹자의 논박은 그 요점을 제대로 공박하지 못하고 있다.

또한 고자는 "식색(食色)이 성이다. 인은 안에 있는 것이고 밖에 있는 것이 아니다. 의는 밖에 있는 것이고 안에 있는 것이 아니다."(『고자상』)고 하였다. 즉, 고자는 인(仁)의 주관적인 측면을 고려하여 성을 내적인 것으로 여겼으며 의(義)의 객관적인 측면에 주목하여 성 밖에 있는 것으로 여겼다. 반면에 맹자는 의 또한 마음속에 있는 것으로 생각했다. 즉, 맹자는 의(義)의 객관성을 인정하면서도 심성 속에 본래 갖추어져 있는 것으로 보았던 것이다. 이 부분만은 실로 맹자의 독창적인 견해라 여겨진다.

이러한 논쟁의 내용을 볼 때, 맹자는 대체로 기지가 뛰어나고 말재주가 있어 상대방의 자료를 이용하여 논박하는 데 뛰어났음을 알 수 있다. 그러나 그의 논지는 독단적인 부분이 많았고 고자의 진의를 제대로 이해하지 못한 부분이 있었으며, 끝내 공리공론에서 벗어나지 못했다는 평을 듣는다.

인의(仁義)의 도덕정치 '인정(仁政)'

맹자는 공자의 인과 예에 의한 도덕학설을 계승했다. 그리고 공자의 인에 의를 더한 '인의(仁義)'를 최고의 도덕 이념으로 삼았다. 그런 가운데서도 맹자는 인보다 의를 더욱 중시했다. 그 이유는 공자가 살았던 춘추시대보다 더욱 혼란해진 전국시대의 상황에서는 옳고 그름을 판단하여 밝힘으로써 사회 혼란을 극복할 수 있다고 보았기 때문이다. 따라서 맹자에 있어서의 인은 공자로부터 전승된 덕목인 반면, 의는 시대적으로 요청된 덕목이라 할 수 있다.

맹자에 있어 인은 '따뜻하고 포용적인 사랑'으로 공자의 그것과 다를 바 없다. 그런데 의는 '옳고 그름을 분명하게 구분하는 사회적 정의'라 할 수 있다. 이러한 관점에서 맹자는 "인이란 사람의 마음이요, 의란 사람이 마땅히 가야 할 길이다."(『만장하』)라고 하였다. 인이 인간의 내면적 심성의 바탕이라면 의는 인간의 외면적 실천 원리인 것이다. 그리고 그는 "사람마다 모두 하지 못할 것이 있고, 할 만한 것이 있는 법인데, 그 할 만한 것을 잘 해내는 것이 의이다."(『만장하』)라고 하였다. 마땅히 해야 할 도리를 다하여 떳떳한 것이 바로 의라는 것이다.

그런가 하면 맹자는 '어버이를 친애하는 마음'이 곧 인이요, '웃어른을 공경하는 마음'이 곧 의라고도 했다. 이는 공자가 '부모님께 효도하고 웃어른을 공경하는 것이 인의 근본'이라고 한 말에 의거하여 어버이를 잘 섬기는 마음을 인의 근본으로 삼고, 형님을 공경하여 잘 따르는 마음을 의(義)의 근본으로 삼은 것이다. 이러한 인의에 대한 학설은 맹자가 얼마나 가족적 도덕관념을 강조하고 있는지를 알 수 있게 한다. 그런데 어버이를 친애한다는 것은 단지 자신의 어버이만을 친애한다는 것이 아니라 다른 사람의 어버이도 친애함을 포괄한다. 이는 곧 맹자의 가족적 도덕관념이 가족이라는 범위 내에 한정되어 있는 것이 아니라, 사회적 도덕규범으로 확대되고 있음을 알 수 있다.

그리고 맹자가 웃어른을 공경한다는 것은 형을 위시하여 어른들을 존경하고 공경한다는 의미 외에 특별히 임금을 공경해야 한다는 뜻을 내포하고 있다. 그러나 임금을 공경한다고 하여 무조건적으로 명령에 순종하는 것은 아니다. 임금에게 선을 행하고 의를 행하도록 권유하는 것을 포함한다. 즉, 임금이 선정을 베풀 수 있도록 간해야 함을 강조함이다. 이것이 곧 올바른 충성이라는 것이다.

그런데 올바로 간하였음에도 불구하고 인의를 실행하지 않는 군주가 있으면 결코 그냥 두어서는 안 된다고도 하였다. 이는 경우에 따라서는 '역성혁명'도 가능하다는 태도이다. 그리고 군신관계에 있어서 물론 신하는 임금을 공경해야 하지만 이보다 먼저 임금이 신하를 공경해야 한다고 역설하였다. 이는 곧 임금과 신하 모두가 의를 지녀야 함을 말한 것이며, 이때 임금과 신하의 의는 서로 상대적이다.

이러한 역성혁명의 정당성은 그들이 인의의 도덕에 입각한 인정(仁政; '王道政治'라고도 함)을 하느냐 못하느냐에 달렸다. 그리고 백성들의 여망에 부응하는가 못하는가에 따라서 그가 군주인가 범부인가가 결정된다. 만약 범부일 경우 그 사람은 이미 임금이 아니며, 그것은 인(仁)의 잔적일 뿐이다. 이는 공자의 정명사상과도 통한다.

통치자에게는 백성을 보호하는 것이 가장 시급한 문제이다. 이러한 보민의 정신은 주공(周公)을 시발로 공자에서 다시 맹자로 계승되었다. 그러나 공자의 보민은 군주의 인예(仁禮)가 기초가 되었으나, 맹자에 와서는 민위귀(民爲貴)로까지 발전했다. 즉 "백성이 가장 귀하고, 사직은 그다음이요, 임금은 가장 경미하다. 그러므로 백성들의 환영을 받은 자가 천자가 되며, 천자에게 환영을 받은 자가 제후가 되며, 제후에게 환영받은 자가 대부가 된다. 제후가 사직을 위협하면 폐위시킨다."(「진심하」)고 하였다.

이러한 임금을 경시하는 맹자의 민본사상은 후에 많은 사람들로부터 미움을 샀다. 심지어 명의 태조는 민위귀를 불경한 것으로 간주하여 그 대목을 삭제케 하였으며, 그의 사묘(祀廟)를 금지하기도 했다.

이러한 맹자의 인정론은 크게 두 가지로 정리할 수 있다. 하나는 통치자는 백성들의 고통에 관심을 가져 백성들에게 생업을 마련해주어 위로는 부모님을 섬기고 아래로는 처자를 부양케 하며, 흉년에도 굶어 죽는 자가 없게 해야 한다는 것이다. 또 하나는 전쟁이란 수단을 통해 천하를 통일하는 것과 법가의 힘으로 인을 가장하는 것을 패도정치라 하여 경계했다.

반면에 인을 행하는 정치를 왕도정치라 하여 이상적인 정치 형태로 삼았다. 이러한 정치 형태야말로 오늘날 우리의 정치 현실에서도 너무나 귀중하게 받아들여야 할 이상적인 모습이 아닐 수 없다.

도덕과 경제의 조화

맹자는 대체로 공자의 사상을 계승했지만 공자와는 달리 도덕과 경제와의 관계 문제에 대한 또 다른 측면의 탁견이 있었다. 맹자는 도덕과 경제는 조화를 이룰 수밖에 없다는 생각이었다. 어느 날 제나라 선왕이 맹자에게 정치에 대하여 물었다. 이때 맹자는 백성들이 배부르게 먹고 따뜻하게 지내면 왕도의 길은 자연히 열리게 된다고 하였다.

그러면서 그는 '무항산(無恒産)이면 무항심(無恒心)이요, 유항산(有恒産)이면 유항심(有恒心)이라'는 유명한 명제를 남겼다. 즉, 항상 된 생산이 없으면 항산 된 마음을 유지할 수가 없고, 항상 된 생산이 있을 때 항상 된 마음이 있게 된다는 것이다. 다시 말해서 생활이 안정되지 않으면 올바른 마음을 견지하기 어렵고, 생활이 안정되어야 항상 올바른 마음을 유지할 수 있음을 강조하였다. 따라서 항상 된 도덕심을 유지하려면 최소한의 항상 된 물질이 있어야 한다는 것이 맹자의 생각이었다. 여기서 맹자는 도덕의 문제와 경제의 문제가 밀접한 관계 속에 있음을 강조하고 있음을 알 수 있다.

이와 같이 맹자는 경제 문제를 절대 가볍게 여겨서는 안 된다고 생각했다. 그렇다고 하여 경제만을 너무 중시하여 부귀를 억지로 얻으려고 하는 것 또한 옳지 않은 일이라고 하였다. 원래 이익을 좇는 것과 선(善)을 좇는 것이 조금도 차이가 없었다고 한다. 그런데 순임금과 척(蹠; 진나라의 큰 도적)이 태어난 이후부터 큰 선과 큰 악의 구별이 생겨났다는 것이다.

그래서 맹자는 "닭이 울면 일어나서 부지런히 힘써 이익을 좇는 사람은 척의 무리이다. 순과 척의 구별은 다름이 아니라 이익과 선의 구분인 것이다."(「진심상」)라고 하였다. 또 경제만을 너무 중시하는 자에 대해 맹자는 "음식을 좋아하는 사람을 천하게 여기니, 그 까닭은 작은 것을 기르기 위해 큰 것을 잃게 되기 때문이다."(「고자상」)라고 경고하였다. 이와 같이 맹자는 지나치게 이익을 좇는 것을 천하게 여겼던 것이다.

임금의 자리는 하늘이 내린 것이라고 생각하던 시대에 백성을 하늘로 생각하고 그들에게 얼마만큼 안정된 생활을 제공하느냐 하는 것이 맹자가 생각한 정치의 요체였다. 그리고 백성들의 실생활을 돌보는 것이 임금의 도리라고 생각했다. 맹자의 이러한 생각은 민본사상을 바탕으로 한 깊은 통찰력의 결과로, 역성혁명의 주체는 항상 백성들이었다는 사실과도 일치한다. 오늘날에도 국민들의 생활 안정이 통치의 근본이라는 의미에서 '항산이 있어야 항심이 있다'는 맹자의 사상은 시사하는 바가 적지 않다.

이상적인 인간의 모습 '대장부'

맹자는 성선설을 주장하여 '모든 인간은 선한 본성을 가졌다'고 하였다. 그렇다면 인간에게는 별 다른 수양이 필요 없는 것인가? 그렇지 않다는 것이 맹자의 입장이다. 아무리 순한 본성을 지니고 태어나지만 환경의 영향을 받아 악행을 저지를 수 있게 된다. 따라서 맹자는 끊임없이 선한 본성을 지켜 나가는 수양을 해야 하며, 특히 선한 본성 위에 호연지기의 도덕적 기개를 갖추어야 한다고 강조했다. 그러한 기개를 갖춘 사람을 '대인' 또는 '대장부'라 하여 가장 이상적인 인간의 모습으로 삼았다.

이러한 이상적인 인간이 되려면 다음과 같은 수양이 필요했다. 먼저 존심양성(存心養性)부터 해야 한다. 즉, 하늘로부터 부여받은 선한 본성을 잃지 않고 잘 보존하고 확충해 나가야 한다. 사람이 비록 '사단', '양지', '양능' 등의 선한 본성을 타고났다 하더라도 이를 잘 보전하지 않으면 그 선한 본성을 계속 유지하기가 쉽지 않다.

그래서 맹자는 "군자는 선한 본성을 능히 보존할 수 있는 자요, 서민은 이를 상실한 자이다."(「이루하」)라고 하여 군자가 범인과 다른 점은 바로 인간 본유의 선한 마음을 보전하는 것이라고 하였다. 즉 '존심'하는 데 있다는 것이다. 그리고 '양성'이란 욕심과 두려움으로 인하여 가려지기 쉬운 선한 본성의 실현을 촉진하는 부단한 노력을 말한다. 즉, 선한 본성을 잘 길러서 삶 속에 잘 드러날 수 있도록 하는 노력이 양성인 것이다.

그리고 맹자는 전심치지(專心致知)할 것을 강조했다. '전심치지'란 주의를 집중하여 학업에 열중함을 말한다. 그는 학업을 성취하는 데는 끈기 있는 정진보다 더 좋은 방법은 없다고 한다. 총명한 재주꾼도 우직하게 노력하는 사람을 당할 수 없는 이유가 바로 여기에 있다. 따라서 맹자는 "혁추라는 사람은 전국에서 가장 바둑을 잘 두는 사람이라 그를 시켜서 사람에게 바둑을 가르치는데, 한 사람은 전심치지하여 혁추의 말에 따르고, 다른 한 사람은 고니를 잡으려고 활 메우는 생각만 한다면, 비록 함께 배운다고 해도 그 결과는 다를 것이다."(「고자상」)라고 하여 전심의 태도가 얼마나 중요한 것인가를 강조했다.

또한 맹자는 대장부가 되기 위해서는 부동심하는 마음으로 호연지기(浩然之氣)를 길러야 한다고 강조했다. 인간의 마음을 보전하고 수양하기 위해서는 개인의 내면적 자질과 의지를 굳게 세워 유혹에 이끌리지 않는 부동심의 마음 자세를 확립해야 한다는 것이다. 그리고 호연지기를 기르기 위해서는 자기반성적 태도가 우선되어야 한다고 강조했다. 여기서 그는 '반구제기(反求諸己)'라는 표현을 사용했는데, 이는 모든 허물의 근원을 자신 속에서 찾는다는 의미이다. 이런 태도를 통하여 호연지기가 길러지며 호연지기를 지녀야 대장부의 삶을 살 수 있기 때문이다.

오늘날 사회의 모습은 물질적으로는 너무나 풍요함을 누리지만, 이에 반해 정신적 · 도덕적으로는 너무나 나약하고 피폐해져 있는 실정이다. 이러한 실상을 감안할 때 맹자가 강조한 호연지기를 지닌 대장부의 모습은 이러한 문제를 해결할 수 있는 대안적인 인물로 충분할 것이다.

맹자 사상의 가치

사실 맹자는 살아 있을 때에는 크게 인정받지 못했다. 그가 주장한 도덕정치인 인정(왕도정치)은 당시 권력자들에게는 너무나 먼 길로 보였기 때문이다. 그러나 정치와 도덕을 연결하는 그의 발상은 보편적 인간에 대한 신뢰를 바탕으로 한다는 점에서 시대를 넘어서는 의미를 지닌다. 당시 전국시대가 민권이나 개인의 자유와 같은 개념이 전혀 없었던 시대였음을 감안한다면, 맹자의 주장은 실로 '진보적인 선언적 가치'가 있다. 그래서 어떤 사람들은 맹자를 민본주의와 인간 평등을 주장한 사상가로 평가하기도 한다.

물론 맹자가 현대적 의미의 민주주의자나 민본주의자라고 보기는 어렵다. 맹자가 주장한 도덕은 근본적으로 상하 관계의 질서를 위한 것이었고, 유학자들이 강조한 도덕적 규칙들은 상하의 분명한 위계를 바탕으로 하는 불평등적 요소를 지니기 때문이다.

그럼에도 불구하고 맹자는 분명 시대를 앞서간 사상가였음에 틀림없다. 중요한 것은 그가 사회적 조건과 제도를 벗어나지 않으면서도 바깥의 힘에 무조건적으로 종속되지 않는 실천적 주체를 꿈꾸었고, 모든 인간에게서 그 가능성을 발견했다는 점이다. 다시 말해서 일상의 평범한 사람들에게서 성인의 가능성을 발견했던 것이다. 바로 이러한 점이 맹자 사상의 위대함으로 간주되며, 후대 유학의 발전 과정에서 크나큰 위치를 점하는 이유이다.

3

순자: '예'를 통한 인간 교화

순자(B.C.325~B.C.227)는 제자백가 가운데 비교적 후기의 인물이다. 그래서 그는 여러 사상을 서로 비교해 보고 각각의 장단점을 파악할 수 있었다. 그래서 각 사상의 장점들을 종합하여 독자적인 사상 체계를 구축했다. 따라서 그를 '중국 고대철학의 집대성자'라 부르기도 한다.

한편으로는 맹자의 성선설에 반대하여 성악설을 주장했다는 것과 강제적인 힘에 의한 법치를 주장하는 한비자나 이사(李斯) 같은 사상가들이 그의 문하에서 배출되었다는 사실 때문에 '유가의 이단자'로 간주되기도 한다. 그러나 공자와 맹자를 이어 유가철학을 발전시킨 장본인임에는 틀림없다.

순자는 혼란이 극에 달해 서서히 진나라에 의해 통일의 기반이 조성되어 가던 전국시대 말기에 조(趙)나라에서 태어났다. 그의 생애에 관한 기록은 거의 없다. 특히 젊은 시절에 관한 일은 알 수 없다. 어려서는 향리의 글방에서 배웠을 것으로 추측되며, 청년 시절 제나라의 직하(稷下)에 유학한 것으로 보인다. 당시의 직하는 학술의 중심지였으며, 각 학파는 자신들의 이론을 정립하여 집필하였다. 자연스럽게 순자는 다른 학파의 영향을 받게 되었다.

후에 그는 초나라로 건너가서 노사(老師)로서 높은 대우를 받았으며, 제주(祭酒)라는 벼슬을 지냈다. 그러나 그를 모함하는 자들이 있어 B.C.265년에는 진나라로 갔다. 거기서 그는 소왕(昭王)과 만나고 응후(應候)와도 문답을 나누었다. 그는 유학자가 조정에 있어야 나라의 정치가 잘되고, 특히 낮은 자세로 임할 때 사람들을 교화하여 풍속을 아름답게 할 수 있다고 하였다. 즉, 유교의 덕치를 권하였던 것이다.

그러나 받아들여지지 않으므로 그곳을 떠나 조나라로 갔다. 거기서도 그는 임금에게 나아가 인정으로 국민들의 사기를 높여 주는 정치가 힘으로 하는 정치보다 낫다고 주장하였으나 여전히 받아들여지지 않았다. 그 후 그는 다시 초나라에 가서 난릉현의 수령이 되었다. 그를 등용했던 춘신군의 죽음과 함께 그도 사직하고, 제자 양성과 저술 활동에만 몰두하다 B.C.227년경 그곳에서 죽은 것으로 보인다.

순자의 학통은 맹자와는 달랐다. 즉, 맹자가 선진유학의 정통이라 하는 '공자→증자(曾子)→자사(子思)→맹자'의 학통을 계승했다면, 순자는 '공자→자하(子夏)→자궁(子弓)→순자'로 이어지는 비정통의 학통을 계승하였다. 증자의 학통이 도덕에 치우치고 내성(內省)을 중시했다면, 자하의 학통은 문학에 치우치고 외적인 것(벼슬이나 명성 등)을 향하였다. 따라서 증자를 '군자의 선비'라 하고, 자하를 '소인의 선비'

라 부르는 경향이 있었다. 결국 자하의 학통을 계승한 순자는 맹자와는 다른 학문적 형태를 취할 수밖에 없었다. 그러나 그의 사상 역시 유교 전통에 속한다는 것은 분명하다.

저서로는 『순자』 20권이 있다. 대화록인 『논어』, 언행록인 『맹자』, 운문 형식인 『노자』, 우화로 되어 있는 『묵자』 등 이전의 대부분의 저작들이 대체로 비체계적이고 비논리적이었다. 그러나 순자의 저술은 매우 조리 있고 체계적이며 종합적이다. 이러한 맥락에서 본다면, 그의 사상사적 위치는 서양철학사의 아리스토텔레스와 비유된다 하겠다.

하늘[天]에 대한 색다른 이해

공자와 맹자의 견해가 그랬듯이 고대 중국인들은 천이 자연과 인간의 세계를 주재한다고 보았다. 그런데 전국시대에 이르러 합리적 사유가 발달하면서 천의 관념도 다양하게 전개되었다. 이때 순자는 기존의 유학자와는 달리 '천의 자연성'을 강조했다.

공맹으로 이어지는 정통 유학에서는 천은 인간에게 도덕적 가치를 부여하는 주재자였다. 그리고 천은 사람의 위에서 자연과 함께 이 세상을 지배하는 섭리였다. 즉, 인간 사회의 문제는 늘 천명과의 관계 속에서 말해졌다. 그러나 순자는 다른 견해를 가지고 있었다.

하늘의 운행에는 일정한 법칙이 있다. 그것은 요임금을 위해서 존재하는 것도 아니고, 걸임금 때문에 없어지는 것도 아니다. 다스림으로 대응하면 길하고 어지럽힘으로 대응하면 흉하다.(「천론」)

즉, 천은 의지를 지닌 인격적 존재가 아니라 객관적 법칙에 의해 지배되는 '자연 현상'으로 보았다. 그런데 그 자연 현상의 작용은 신비롭게도 불변의 법칙을 지닌다. 따라서 "농사에 힘쓰고 쓰는 것을 절약하여 사용하면 하늘이 가난하게 할 수 없고, 도를 닦아 어긋남이 없게 하면 하늘은 화를 줄 수 없다."(「천론」). 이는 곧 천이 인간의 화복의 주재자가 아니라 인간 스스로 의지와 행동에 의해 자신의 운명을 개척할 수 있음을 말한 것이다.

또한 이는 곧 천과 인간을 분리시키고, 천에 의지가 있음을 인정하지 않는 것이다. 예를 들어 "사람이 추위를 싫어한다고 하여 하늘이 겨울을 없애지는 못할 것이며, 사람이 먼 길을 싫어한다고 하여 땅이 그 넓음을 줄이지 못한다."(「천론」)는 것이다. 다시 말해서 하늘과 땅의 운행 원리나 법칙은 사람의 의지나 행위와는 무관하게 객관적인 것으로 파악한 것이다.

순자에 있어서는 이제 더 이상 천은 신비하게 존중되는 관념이 아니었다. 인간의 도덕적 가치를 부여하는 그러한 형이상학적 존재가 아니었다. 따라서 인간은 그냥 자연의 일부분으로 태어난다. 그러면서 독립적인 존재로서 천과 대등해진다. 천으로부터 더 이상 지배받지 않는 독자적인 가치 체계를 지닌다. 그리하여 인간의 가치 규범은 천에 의해 품부받는 것이 아니라 인간 스스로가 만들어 내는 것이다. 이러한 인식을 통해 순자는 하늘과 사람의 구분을 명확히 하였고, 결국 인간을 하늘의 권위로부터 해방시켰다.

이러한 순자의 천에 대한 견해는 당시로서는 아주 색다른 것이었다. 그의 천관은 자연에 대한 독특한 인식에서 출발한다. 공자와 맹자로 이어지는 전통 유학에서는 인간의 도덕적 근원이 하늘에 있다고 보았다. 맹자는 인간의 착한 본성은 하늘로부터 주어진 것이며, 왕도정치는 도덕의 근원인 하늘의 뜻을 실현하는 동시에 하늘로부터 부여받은 인간의 착한 본성을 실현하는 것이라고 하였다.

그런데 순자만이 홀로 하늘과 인간은 서로 분리되어 있음을 주장하고 나선 것이다. 그가 말하는 하늘은 종교적인 측면도 아니며 형이상학적인 의미도 없다. 단지 자연 현상이며 과학의 대상일 뿐이었다.

인간의 본성은 악하다

맹자와 순자는 선진유학이라는 한 계통에는 속하지만 그들의 학설은 완전히 상반된다. 그것은 그들의 사상적 기초인 인성론에 관한 견해가 서로 다르기 때문이다. 맹자가 성선설의 입장을 취한 반면에 순자는 성악설의 입장을 취하였다. 따라서 맹자는 인간의 본성을 선한 것으로 보아 사단(四端)의 확충을 주장한 반면에, 순자는 성을 악한 것으로 보아 '예(예법)'의 필요성을 역설하였다.

순자가 선과 악을 나누는 것은 맹자와는 크게 다르다. 맹자는 인간과 동물을 구별 짓는 특성을 본성으로 간주하였다. 그리하여 4덕(인·의·예·지)을 인간 고유의 본성으로 보아 인간이 도덕적 존재임을 천명하였다. 반면에 순자는 인간의 본성이 동물의 본능과 확연히 구별되지 않는다고 하여 '인간의 본성은 악하다'고 하였다. 즉, 사람의 본성은 배가 고프면 먹고자 하고, 추우면 따뜻하고자 하고, 피곤하면 쉬고자 하고, 이익을 좋아하여 얻고자 한다는 것이다.

이와 같이 사람은 태어나면서부터 자기 한 몸을 존속시키려는 욕구를 본능적으로 가지고 있다고 한다. 이러한 본능을 좇아 욕구를 충족시키려면 자연히 서로 다투게 되고 어지럽고 포악한 상태가 된다고 하였다. 이는 서양의 홉스(T. Hobbes)가 말한 '자연 상태', 즉 '만인의 만인에 대한 투쟁의 상태'와 다를 바 없다. 그래서 자연 그대로의 인간을 방치하면 사회는 혼란에 빠지고 만다. 즉, 인간의 본성을 방임하면 반드시 악으로 향하여 만인이 투쟁하는 현상만 초래한다는 것이다.

그래서 순자는 맹자식의 성선설로써는 평화로운 사회질서를 만들 수 없다고 보았다. 따라서 개인이나 집단이 그들의 욕구를 충족시키도록 하는 사회적 합의 장치가 필요하며, 그 장치에는 어느 누구도 예외 없이 복종할 수 있어야 한다고 했다. 그러한 합의 장치에 바로 그가 강조하는 '예'라는 공리적이고 객관적인 가치 기준이 필요했다.

도덕의 최고 표준 '예(禮)'

순자는 '인간은 악하다'는 관점에서 '예'의 필요성을 피력했다. 그의 '예' 개념은 바로 순자 사상을 종합하고 있기도 하다. 일반적으로 순자 사상은 현실성이 강한 철학으로 평가하여 맹자의 도덕철학과 구분하기도 하며, 종합적 성격의 철학으로 이해하기도 한다. 이러한 종합적 성격을 가장 분명하게 나타내고 있는 것이 바로 그의 '예' 사상이다.

순자는 공자의 사상을 계승하여 사회생활을 하는 데 있어서 '예'를 그 표준으로 삼았다. 그래서 그는 "인간은 예가 없으면 살아갈 수 없고, 일에 예가 없으면 이루어짐이 없고, 국가도 예가 없으면 평안이 없다."(「수신」)라고 하여 예를 개인의 생존 원리와 국가를 다스리는 근본으로 삼았다. 공자가 인을 모든 도덕의 근본으로 삼았다면, 순자는 예에 모든 도덕을 포괄하였다. 또한 맹자가 도덕의식을 강조했다면, 순자는 도덕규범을 강조하였다.

도덕의식과 도덕규범은 분명 구분되는 것으로서 공자의 인은 이 두 측면을 다 포함하는 포괄적 개념이었으나, 맹자와 순자에 와서 서로 분리되었다. 맹자의 도덕의식은 내재적이고 자유 의지적인 것인 데 반하여, 순자의 도덕규범은 외재적이라 개인의 기호에 따라 달라질 수 있는 성질의 것이 아니다. 순자는 도덕의식이 사회 규범이나 인간과 인간 사이의 관계인 사회관계를 벗어날 수 없다고 인식했다. 즉, 순자 또한 도덕론자임에는 틀림없으나 도덕을 개인의 의식에 국한시키지 않고 사회관계 문제로 확대시켰다. 이러한 논지가 바로 그의 '예' 관념이다.

이와 같은 순자의 '예'는 어디에서 기원하는가? 인간은 나면서부터 이기적 욕망을 가지고 있다. 이 욕망을 채우지 못할 때 그것을 추구하게 되고, 추구하는 데 제한과 절도가 없으면 서로 다투게 되며,

다투면 사회는 혼란해진다. 옛 성왕은 이러한 혼란을 싫어하여 예의를 제정하여 분별이 있도록 하였다. 즉, 사람의 욕망을 기르고 만족하게 하였으며, 또한 물욕에 빠지지 않고 물욕에 굴하지도 않게 하였다. 결국 양자를 서로 견제하면서 균형 있게 발전시키려고 하였는데, 이것이 곧 예의 발단이었다.

그렇다면 '예'의 본질은 과연 어떤 것인가? 크게 두 가지로 나누어 볼 수 있다. 그 하나는 '사람을 기르는 것'이다. 이에 대하여 순자는 "예란 사람을 기르는 것이다. 오미(五味)의 조화를 얻은 음식은 입맛을 기르는 것이고, 난(蘭)의 향기는 코의 즐거움을 기르는 것이고, 뛰어난 색채 문양은 아름다움을 기르는 것이며, 좋은 음악은 귀의 즐거움을 기르는 것이고, 좋은 집은 몸의 즐거움을 기르는 것이니, 그러므로 예란 기르는 것이다."(「예론」)고 하였다. 즉, 예의 본질의 하나는 인간의 오관의 욕구를 기르는 것임을 말해 주고 있다.

또 하나의 본질은 '분별'이다. 이는 귀천의 구분, 장유의 차별, 빈부의 경중 등이다. 즉, 순자의 예는 사회의 신분제도, 인간관계의 질서, 신분제도의 장식 등을 모두 포함한다. 이러한 제도 질서는 모두 인간의 성정을 절제하고 어느 정도의 욕망을 기르는 데 필요한 것이다.

그렇다면 순자는 왜 이처럼 예를 중시했을까? 첫째, 순자가 말한 예는 예의나 의식을 가리키기도 하지만, 더욱 중요한 것은 예가 최고의 사회 규범이기 때문이다. 특히 「예론」 편에서 예를 만물을 척도하는 먹줄이나 저울에 비유한 것은 예가 최고의 사회 규범임을 말해 준다. 그리고 「권학」 편에서 "예는 사람으로서 마땅히 지켜야 할 법도의 근본이요, 사회의 기강이다."라고 한 것도 이러한 뜻을 함축하고 있다. 곧 예라고 하는 것은 인류가 살아가는 데 있어서 필요한 법도 내지는 기강으로서 오륜(군신·부자·형제·부부·붕우)의 관계를 확실히 정해 주는 가치 표준이 된다는 것이다.

둘째, 순자의 예는 모든 도덕을 포괄하는 의미를 지니기 때문이다. 공자는 인을 모든 도덕을 포괄하는 의미로 보았는데, 순자는 예에 모든 도덕을 포괄시켰다. 즉, 순자는 예가 기타의 덕목을 포괄할 뿐만 아니라 기타의 덕목을 거느리는 으뜸이 된다고 인식했다. 순자는 "예라고 하는 것은 고귀한 사람에게는 존경을 다하고, 노인에게는 효행을 다하고, 나이 많은 어른에게는 공경을 다하고, 나이 어린 사람에게는 자애하는 마음을, 그리고 신분이 낮은 사람에게는 은혜를 베푸는 것이다."(『대략』)라고 하였다. 이는 예가 충(忠)·효(孝)·제(悌)·혜(惠) 등의 여러 가지 덕목을 거느리는 으뜸이 됨을 강조함이다.

악한 본성의 교화

순자는 인간의 본성이 악하므로 이러한 악한 본성은 성인의 예법에 의해 선으로 변화시켜야 한다는 '화성기위(化性起偽)'를 주장하였다. 이러한 '화성기위'야말로 순자 학설의 주요 명제라 할 수 있다.

화성기위는 두 가지의 의미를 담고 있다. 하나는 자연적 세계를 인간이 지배해야 한다는 의미이다. 어떠한 주재자에 의해 종속되는 인간이 아니라 인간 스스로 인간의 문제를 주체적으로 해결하고 자연적 세계를 지배한다는 것이다. 또 하나는 인간의 탐욕 등 나쁜 본성을 성인의 가르침과 적습(積習; 좋은 습성을 쌓아 감)의 공부에 의해 교정해야 한다는 것이다. 이는 곧 예를 바탕으로 하는 도덕 교육의 필요성을 강조한 것이며, 교육 가능성의 문제까지 제기하고 있다.

여기서 순자는 인간의 본성을 악으로 규정하였지만 구제 불능적 시각으로 본 것이 아니라, 오히려 선하고자 하는 노력을 할 수 있다는 희망적 시각으로 보았다. 이러한 논리는 특히 오늘날 교육의 현장에서 귀담아들어야 할 귀중한 교훈이 아닐 수 없다.

순자는 적습의 공부에는 다음과 같은 태도가 요구된다고 하였다. 먼저 초지일관적 태도를 지녀야 한다. 순자는 객관 세계의 지식은 무한하며 변화무쌍한 것이어서 유한한 인간이 만물의 이치를 추구하고 깨닫는 것은 힘든 일이라 보았다. 그러므로 반드시 지식을 구함에 있어 분명한 목적의식을 가져야 하는데, 학습의 목적이 분명치 않거나 시시때때로 변하는 것을 경계했다. 그리고 목적의식이 분명하면 그 목적 달성을 위해서 끊임없이 노력을 계속해야 한다고 말한다. 다시 말해서 도덕 교육은 점차적으로 쌓아 감화하도록 가르쳐야지, 결코 짧은 시간에 이루어지는 훈련과 같은 방법을 사용하면 안 된다는 것이다.

그리고 개방적 태도를 가져야 한다. 순자는 도덕성을 함양함에 있어 토론을 통한 개방적 학습법을 강조했다. 즉, 자기의 의견을 자유롭게 발표하고 토의하는 것을 중요한 과정으로 생각했던 것이다. 아무리 많은 것을 알고 있다 하더라도 입을 다물고 있으면 훌륭한 학자의 자세가 아니다. 기꺼이 자기의 아는 바를 발표하고 토의하기를 즐겨야 좋은 수양의 결과를 기대할 수 있기 때문이다.

또한 객관적 태도로 임해야 한다. 순자는 객관적인 태도에 입각하여 한쪽에 치우침이 없는 학문적 자세를 강조했다. 학문의 편중성은 다른 한편을 소홀히 하여 문제의 본질을 외면하게 하고 그 결과 판단 착오를 범하게 된다는 것이다. 그는 여러 학자들의 객관적이지 못한 학설을 다음과 같이 지적하였다. 즉, 묵자는 실용에 가려져 문(文)을 모르고, 한비자는 법에 가려져 정(情)을 몰랐으며, 혜자는 언사(言辭)에 가려져 실체를 알지 못했고, 장자는 자연에 가려져 인간의 주체성을 인식하지 못했다고 하였다. 이처럼 전체를 알지 못하고 한쪽만을 보며 도를 얘기하면 학문이 어지럽게 되고 질서가 무너지는 과오를 범하게 된다는 것이다.

순자는 이러한 적습의 과정을 통하여 학습이 이루어졌다면 그 학습한 것을 실천하는 것이 더욱 중요하다고 했다. 앎과 행함의 관계에 대해 순자는 "실천함이 아는 것보다 우월하다."(「유효」)고 했다. 여기서 실천함이 아는 것보다 우월하다는 것은 실천을 통하여 알고 있는 지식이 더욱 명확해지기 때문이다. 그리고 이미 알고 있는 지식이 실천을 통하여 더욱더 진리로서 깨달아지기 때문이다. 곧 실천은 이미 알고 있는 지식을 검증하는 작용을 한다는 것이다. 이는 결국 지행합일을 말함이다.

이러한 순자의 지행관은 언행일치의 정신으로 발전될 수 있다. 즉 알기 위한 지식, 교육을 위한 교육에 그치지 않고 언행일치로써 배운 것을 실제 생활 속에서 충분히 응용하고 실천해야 한다는 것이다. 이러한 순자의 교육관은 오늘날 교육에서도 그 방향이 어떠해야 하는지를 알려 주는 금언이 된다.

순자 사상의 가치

순자 사상의 가치를 논변하기란 그리 쉽지 않다. 늘 유가의 이단
자로 취급받았고, 심지어 『순자』라는 책 자체가 금서로 취급되기도
했기 때문이다. 순자는 유가의 정통 계승자로 인정받는 맹자의 학
설을 심하게 비난했다. 그의 안목으로 보았을 때, 맹자는 글과 말만
뛰어났을 뿐 현실에 대한 이해가 부족한 사람이었는지 모른다.

그러나 순자의 관점은 정통 유학의 입장에서는 이단자의 모습 그
자체였다. 순자는 그동안 도덕의 근본으로 받들어져 온 하늘의 권위
를 부정하였고, 사람의 본성이 본래 악하다고 주장하여 예의와 함께
형벌의 올바른 사용을 강조한 법가에 가까운 사상을 주장했기 때문
이다. 그러나 그의 학문은 봉건국가를 통일할 수 있는 이론적 근거를
제공했고, 제자백가의 사상들을 비판적으로 종합했다는 평가를 받으
며, 당시의 상황에서는 상당한 진보적 성향을 지녔다고 평가된다.

오래 지속된 봉건사회에서 순자의 이러한 진보적 성향의 이론은
유가발전사에서 줄곧 정통의 위치를 점하지 못하였다. 늘 도통(道統)
의 반열에 끼지 못한 채 이차적인 위치에서 평가되었다. 심지어 이
단의 학설로 여겨져 냉대를 받았다. 단지 그가 혼란한 정치 상황에
서 객관적이고 현실적인 예(禮)에 의한 통치를 주장한 것이 제자들,
즉 한비자와 이사를 통해서 결실을 보게 된 것이 유일한 위안이다.

제3부

도가사상에서
배우는
무위의 지혜

이제는 고대 동양 사회에서 유가사상과 쌍벽을 이루며 또 다른 정신세계를 형성했던 도가사상을 탐색하며 삶의 지혜를 찾아보자.

　도가사상가들은 당시 사회의 혼란 원인을 인위적으로 하려는 유위(有爲)에 있다고 진단하고 무위(無爲)야말로 혼란한 사회를 바로잡을 수 있는 유일한 수단이라고 생각했다. 그 중심에 물론 노자가 있었고, 뒤를 이어 장자로 이어지는 학맥을 형성했다. 그들은 당시 성행하던 유가와 묵가적 방법으로는 사회 문제를 해결할 수 없을 뿐 아니라, 오히려 혼란을 더욱 심화시킬 뿐이라고 비판했다. 따라서 그들은 유가와 묵가와는 상반되는 무위를 도덕 기준으로 제시하고 삶에 적용해야 한다고 주장했다.

　노자에 대해서는 여러 학설이 있지만 실존했던 인물임에는 분명해 보이며, 그가 남겼다는 『노자』라는 책은 오늘날까지도 심오한 사유 체계를 지닌 것으로 여전히 많은 사람들에게 읽힌다. 특히 '도(道)'와 '덕(德)'에 대한 그의 관점은 오늘날 우주관과 도덕관의 관점에서 보더라도 실로 놀라운 지적 소산이 아닐 수 없다. 아울러 무위이치(無爲而治)의 지혜와 소국과민(小國寡民) 사회 건설이라는 그의 이상에 대한 탐구는 우리들의 여행길을 더욱 흥미진진하게 만들기에 충분하다.

　또한 장자는 노자보다 더욱 심오한 도가사상을 전개함으로써 무위자연의 세계관과 절대자유의 삶의 지혜를 제시한다. 특히 그가 제시한 '지인(至人)'의 이상적인 인간 모습과 독특한 수양법인 '심재(心齋)'와 '좌망(坐忘)'은 그의 사유 체계의 극치를 맛보게 한다.

1
노자: 말없는 가르침

주나라 말의 사상계에는 유가에 대항하여 또 하나 주목할 만한 조류가 형성되었다. 그것은 바로 도가(道家)였다. 도가의 시조를 흔히 노자(老子)라고 한다. 그런데 노자의 전기는 너무나 불분명하여 그 실재를 의심하는 설조차 있다.

노자라는 인물에 관한 최초의 기록이 나오는 것은 사마천의 『사기』이다. 『사기』에 의하면 노자는 중국 남쪽의 초나라 사람으로 성은 이(李)이고, 이름은 이(耳), 자는 담(聃)이라고 한다. 노자의 노(老)는 '늙었다'는 뜻이고, 자(子)는 존칭이다. 그는 주나라 왕실의 수장실(도서관)의 사서(司書)를 맡아 오랫동안 종사하였다. 그곳에 있을 때 어느 날 공자가 찾아와 '예(禮)'에 대해 묻자, 노자는 다음과 같이 답했다고 한다.

그대가 지금 말하는 예라는 것은 그것을 만든 사람은 이미 죽어서 뼈다귀까지 썩어 없어져 버렸고, 오직 그 말만 남아 있을 뿐인데, 그것이 도대체 무슨 소용이 있겠소! … 훌륭한 장사치는 귀중한 물건은 깊이 간직하여 밖에서 보기에는 아무것도 없는 것처럼 하고, 군자는 훌륭한 덕을 깊이 간직하여 용모는 어리석은 사람같이 보이게 하는 법이오! 그대의 허영심과 야심 그리고 거만한 태도와 호기심을 버리시오! 그것들은 당신에게 아무런 소용도 없을 것이오!

이와 같이 노자는 공자에게 크게 면박하였으나 공자는 태연히 돌아와 제자들에게 다음과 같이 전했다고 한다.

새는 잘 날고, 물고기는 잘 헤엄치며, 짐승은 잘 달린다는 것을 나는 알고 있다. 헤엄치는 것은 그물을 쳐서 잡을 수 있고, 달리는 것은 덫을 놓아 잡을 수 있고, 나는 것은 활을 쏘아 잡을 수 있다. 그러나 용에 이르러서는 바람과 구름을 타고 하늘에 오른다고 하니 나로서는 그 실체를 알 길이 없다. 나는 오늘 노자를 만났는데, 그는 마치 용과 같더라!

이러한 구절이 전해진다고 하여 이를 역사적 사실로 보기는 어렵고 당시 유학을 견제하려는 도가들의 학문적 대응이었을 가능성이 높다. 그 후 노자는 주나라가 쇠미해져서 천자의 권위가 떨어지고 전쟁과 쟁탈로 사회가 혼란해지자, 그곳을 떠나 양나라로 갔다.

그 후 70세경에 진나라에 은둔하기 위하여 황하를 건너 함곡산에 이르렀을 때, 그곳을 수비하던 관령인 윤희(尹喜)가 그를 보고 "선생은 세상을 숨으려 합니다만 그 전에 제발 저를 위해서 가르침을 남겨 주소서!"라고 간청하였다. 이에 그는 죽간에 5천여 자의 글을 써 주고 그곳을 떠났다. 이것이 바로 『노자(老子)』이다. 그 후 그의 행적은 알 수가 없다. 노자가 200살까지 살았다는 설도 있지만 믿을 수 없는 이야기일 뿐이다.

일설에는 그의 생존 연대에 대해서 공자보다 선배라고 하는 사람도 있고, 공자보다 후배라고 하는 사람도 있다. 그리고 초나라에 공자와 동시대의 인물로 노래자(老萊子)라는 인물이 있어 그를 노자라고도 하며, 또한 서주에 태사담(太史儋)이라는 인물이 있어 그를 노자로 보는 사람도 있다. 그리고 『노자』라는 책에 대해서도 그것을 노자의 저술로 보는 사람도 있고, 아니라고 하는 사람도 있다. 이에 대하여 사마천은 기본적으로 노자를 공자와 동시대의 인물로 보았고, 또한 그의 저술로 보는 입장이었다.

어쨌든 『노자』는 제자백가들의 글 중에서도 가장 심오하고 우아하며, 가장 많은 사람들에게 회자되었다. 구절마다 깊은 철학적 문제의식을 담고 있지만 자구만 이해하고 풀어도 그 맛을 느낄 수 있기 때문에 명상시(冥想詩)처럼 읽기도 한다. 그러나 『노자』는 단순한 명상시 차원을 넘어 고대 중국의 거대하고 복잡한 사유 체계를 담고 있다. 심오하고 복잡한 만큼 이에 대한 입장과 해석도 다양하다는 점이 아직까지도 『노자』라는 책의 묘미를 더하는 이유다.

또 일각에서는 『노자』를 『도덕경』이라고도 한다. 이는 전반부에서는 주로 '도(道)'에 대해 논하였고, 후반부에서는 주로 '덕(德)'에 대해 논하고 있기 때문이다. 결국 노자의 철학적(혹은 윤리적) 가치체계는 도와 덕으로 구성되어 있음을 알 수 있다.

도(道)의 실체와 기능

'노자' 하면 제일 먼저 '도(道)'가 떠오른다. 서양에서도 'Tao(道)'라고 하면 대부분 알아들을 정도로 유명하다. 그런데 누군가 그 의미를 물으면 답하기가 난감해진다. 그만치 동양인의 입장에서도 설명하기 어려운 철학적 개념이기 때문이다. 원래 도는 사람이 다니는 길을 의미했지만 점차 도리나 법칙을 의미하는 말로 바뀌었다. 그러면서 도는 동양의 고대 철학자들에게 공통적인 개념이었다. 공자는 도를 인간 사회가 지켜야 할 보편적인 원리로 여겼다. 반면에 노자는 도를 우주 만물의 근원이라는 형이상학적인 개념으로 생각했다.

그렇지만 노자가 말한 '도'가 과연 무엇인지 한마디로 정의하기는 어렵다. 왜냐하면 『도덕경』에는 '도'자가 76회나 나오는데, 그 쓰이는 곳에 따라 여러 가지 의미로 사용되고 있기 때문이다. 즉 도를 무(無), 허(虛), 기(氣), 정(靜), 정(精), 대(大), 무극(無極), 박(樸) 등으로 표현하고 있다. 그것은 원래 우리의 인식능력으로 도의 실체를 파악하기 어려운 것도 있지만, 한계가 있는 우리의 언어로써 표현하고 전달하기가 어렵기 때문일 것이다.

우리가 어떤 사물에 대하여 이름을 짓거나 설명하려면 그것이 어떠한 속성을 가지고 있어야 한다. 그런데 도라는 것은 어떠한 속성도 가지고 있지 않기 때문에 인간의 인식 능력으로는 전혀 인식할 수 없다. 따라서 도는 어떤 것이라고 규정할 수도 없고, 분별할 수도 없으며, 이름을 붙이기도 곤란하다. 그리하여 도라는 것 자체도 억지로 붙여진 이름에 불과하다고 한다. 『도덕경』의 내용을 바탕으로 도(道)의 의미를 좀 더 구체적으로 유추해 보자.

먼저 도는 천지 만물을 발생하게 하고 변화시키는 근원이다. 이에 대해 노자는 『도덕경』 25장에서 "어떤 물건이 혼동이 이루어져 있었는데, 그것은 하늘과 땅의 생성보다 앞서 있었다. 아무 소리도 없고, 아무 형체도 없지만, 홀로 존재하며, 변화하지 않고, 모든 것에 두루 행하여지면서도 위태롭지 않으니, 천하의 모체라 할 만하다. 나는 그것의 이름을 알지 못하므로 그냥 도라 이름 지었다."고 하였다.

이와 같이 노자는 현상적으로 보이는 사물 외에도 사물의 존재를 가능하게 하는 어떤 실재가 존재한다고 보았다. 그리고 이렇게 눈에 보이지 않는 사물의 근거를 도라고 표현하여 도를 형이상학적 개념으로 생각하였다. 그러므로 노자의 도는 천지 만물을 생기게 한 근원으로 천하 만물의 어머니라 할 수 있으며, 끊임없이 존재하면서 발생하게 하고 변화시키는 근원적 존재이다.

그리고 도는 사람의 지각으로 인지할 수 없다. 도는 천지 만물을 생성하고 양육하는 근원이지만, 그것을 인간의 감각으로는 감지되지 않는다. 그래서 노자는 도를 "보아도 보이지 않는 것이어서 형체도 없는 것이라 한다. 그것은 들어도 들리지 않는 것이어서 소리도 없는 것이라 한다. 또한 그것은 만지려 해도 만져지지 않는 것이어서 은미한 것이라 한다. 이 세 가지 것들은 감각으로써 하나씩 구명할 수가 없는 것이며, 본시 이것들은 뒤섞이어 하나가 되는 것이다."(『도덕경』 14장)라고 하였다.

즉, 도가 천지 만물의 존재, 변화 및 모든 것을 지배하고 있지만 사람의 감각기관으로는 보아도 보이지 않고 들어도 들리지 않으며 쥐어도 잡히지 않는다는 것이다. 결국 도는 인간의 상대적인 지식이나 언어로서는 이해될 수 없는 근원적 자존의 존재이기에 감각할 수도 인지할 수도 없는 것이다.

또한 도는 규정되거나 이름 지어질 수 없다. 이에 대해 노자는 "도라고 불리는 도는 늘 그러한 도가 아니다. 특정하게 붙여지는 이름은 늘 그러한 이름이 아니다."(『도덕경』 1장)라고 하였다. 즉, 노자에게서의 도란 어떤 이름 붙여지지 아니한 근원으로 흔히 산, 바다, 돌, 물이라고 이름 붙여지거나 흐르다, 그르다, 빠르다 등과 같이 서술되기 이전의 존재다. 그래서 노자는 "도는 늘 이름이 없다."(『도덕경』 32장)고 하면서 도가 변하지 않는 까닭은 이름이 없기 때문이며, 이름이 있는 것은 변한다고 보았다.

이러한 의미를 지니고 있는 노자의 도는 또한 어떠한 기능을 할까? 노자는 도가 무(無)하고 허(虛)하지만 그것은 무한한 힘을 가지고 있어서 만물에게 그 힘을 빌려주고 또 만물을 이루어 준다고 하였다. 그리고 그것은 풀무처럼 움직일수록 더욱 힘이 나온다고 하였다. 또한 능히 하늘을 낳고 땅을 낳으며 천지 사이에 만물이 끝없이 생성된다고 하였다. 요컨대 도의 신비스럽고 무궁한 기능에 의하여 모든 사물이 영원히 끊이지 않고 생성되고 존재한다는 것이다.

그러면 도는 구체적으로 어떤 기능을 가지고 있어서 만물을 생성하는 것일까? 이에 대해서도 노자는 "큰 도는 흘러넘치니 좌우 어디로든지 흐를 수 있다. 만물이 그에 의지하여 생성되었건만 도는 말로 떠들지 않고, 공을 이루어도 이름을 드러내거나 소유하지 않으며, 만물을 길러내지만 지배하지 않는다."(『도덕경』 34장)고 하였다. 즉, 도는 아무런 목적이나 의지 작용도 없이 만물을 생성한다는 것이다. 그리하여 도는 영원불멸하여 아무것도 하지 않지만 성취되지 않는 바가 없다고 하였다.

이와 같이 노자의 도는 무어라 규정하고 이름 지을 수 없으며, 사람의 지각으로는 인지할 수도 없는 것이지만, 천지 만물을 있게 하는 근원적인 것이다. 그리고 그것은 무한한 힘을 가지고 있어서 만물에 힘을 불어넣어 만물을 생성케 하고 변화·발전시키는 기능을 하며, 늘 만물과 함께 존재한다.

덕(德)의 의미와 실현

노자에 있어 '도'는 만물을 생성·변화시키는 근원적 개념이었다. 그런데 이러한 도의 개념은 실제적 현상에 대한 정확한 통찰이 없으면 그저 추상적이고 공허한 사변에 불과하다. 그래서 이러한 현상에 대한 통찰에서 나온 개념이 바로 '덕'이다. 다시 말해서 덕이란 현실 및 현상에 대한 구체적 인식으로부터 나온 개념이다.

그렇다면 노자가 말하는 덕이란 과연 무엇인가? 덕이란 사람이나 사물을 통하여 발휘되는 도의 공능을 말한다. 따라서 덕이란 도의 공능이기 때문에 도에 대한 개념이 곧 덕을 결정하게 된다. 노자가 "위대한 덕의 모습은 오직 도만을 따른다."(『도덕경』 21장)라고 한 것은 바로 그 때문이다. 곧 도를 따르고 도를 지키는 것이 곧 덕인 것이다.

그런데 노자는 덕을 '상덕(上德)'과 '하덕(下德)'으로 구분했다. 여기서 상덕이란 도에 합치되는 완전히 무위·무욕한 덕을 말한다. 그러한 덕을 지닌 사람은 덕 자체를 의식하지 않으며 비록 덕이 있는 행동을 하더라도 어떠한 목적 없이 무의도적으로 한다. 반면에 하덕을 지닌 사람은 덕을 닦으려고 의식적으로 노력하며 그의 행동은 뚜렷한 목표를 지닌다. 이렇듯 노자는 무위를 기준으로 덕을 평가한다.

흔히 최상급의 사랑을 뜻하는 '상인(上仁)'은 남을 위하고 사랑하는 것이지만, 거기에는 비록 보답 같은 것은 없으나 이는 훌륭한 일이므로 해야 한다는 의식이 분명 있다. 그리고 '상의(上義)'는 자기와 남 사이에 일어나는 문제들을 올바로 판단하고 올바로 해결할 수 있는 최상급의 정의지만, 그러한 행동에도 뚜렷한 목표와 신념이 있다. 또한 '상례(上禮)'는 자기와 남들 사이의 관계를 적절히 구별하여 사회에서 올바른 몸가짐과 적절한 행위를 하는 최상급의 예이지만, 이것 역시 자기뿐만 아니라 남의 행동이나 생각까지도 규제하게 된다.

노자에 의하면 이러한 상인·상의·상례까지도 모두 인위적인 측면이 있기에 하덕에 속한다고 한다. 게다가 유가에서 훌륭한 덕으로 취급되는 인·의·예·지는 의식적인 행동에 속하기 때문에 노자에 있어서는 상인·상의·상례보다 훨씬 못한 하덕이다. 따라서 노자에 의하면 진실한 덕이란 오직 도를 따르는 것이어야 하며 도처럼 완전히 무위하여야만 한다. 아무리 훌륭하다고 생각되는 행위라도 일단 유위하기만 하면 그것은 덕이 될 수 없다.

그리고 노자는 진실한 덕을 실현한 인간은 지고한 조화의 경계에 이르게 된다고 하였다. 그러면 진실한 덕을 실현한 자의 심정의 양상은 어떠한 것일까? 이에 대해 노자는 "나는 세 가지 보물을 가지고 있다. 이것을 잘 가지고서 보존하고 있다. 첫째는 자애로움[慈]이요, 둘째는 검소함[儉]이요, 셋째는 감히 세상 앞에 나서지 [禮; 겸손]이다."(『도덕경』 67장)라고 하였다.

여기서 '자애로움'은 보통 사랑, 친절, 동정심 등으로 이해되고 있으나 이것은 올바른 이해라 보기 어렵다. 공자의 인 역시 사랑, 동정심 등으로 이해되는데, 그의 인은 어디까지나 가족에 대한 사랑에서 시작하여 그 사랑의 마음을 멀리까지 미쳐 나가는 분별적이고 차별적인 사랑이다. 이러한 차원의 사랑은 가까운 것과 먼 것, 가치있는 것과 가치 없는 것, 우월한 것과 열등한 것의 거리와 차별화를 만든다. 이러한 차별화는 사람들 사이에 직접적이고도 가까운 동질감에의 기대를 헛되게 만들어 본래적인 따스함도 상실하고 만다.

유가의 인이 조화의 성격을 가지고 있으면서도 거리감과 차별화를 야기하는 것은 바로 인위와 냉정 때문이다. 그러나 노자가 말하는 자애로움은 구별이나 차별화를 동반하지 않고 인간 본래의 존재 형상에 뿌리하고 있는 직접적 심정으로서 사랑과 동정심을 말한다. 이러한 자애로움이야말로 구별과 차별이 없이 즉각적이고 무의도적으로 이루어진다. 그러므로 여기서는 주관과 객관, 자아와 타자의 구별이 없다. 이러한 자애로움을 통하여 주관과 객관은 주체적으로 즉각적으로 융합하며 지고한 조화의 경계에 이르게 된다.

노자는 이러한 조화의 경지에 이르게 되면 "거처함에 있어서 비천한 곳을 좋아하고, 마음에 있어서는 심원한 것을 좋아하며, 말에 있어서는 성실을 좋아하며, 행함에 있어서는 바른 때를 맞춘다."(『도덕경』 8장)고 하였다. 즉, 덕의 인간은 자신의 부정 속에서 마음속은 비어있으므로 매일의 활동에 있어서 마치 봄이 되면 꽃이 피고 밤이 되면 달이 호수에 비치듯이 자연스럽게 행위 하게 된다는 것이다. 이러한 행위는 곧 비성취의 성취, 비명성의 명성을 얻는 것이 된다.

여기서 우리가 간과해서는 안 될 것이 있다. 흔히 노자가 주장하는 덕을 지닌 인간은 모든 것을 부정적 방법 위에 올려놓고서 마치 세상을 달관하여 자연에 맡겨져서 살아가는 운명주의적인 사상을 견지하는 것이 아닌가 하는 의구심이다. 그러나 덕 있는 사람의 태도는 허무적·운명적인 것이 아니라 진정으로 적극적인 결과를 낳는다.

도(道)와 자연의 관계

노자에 있어 도는 천지 만물의 근원으로서의 의미를 지닌다고 했다. 그렇다면 도는 자연과는 어떠한 관계일까? 노자는 도가 운동하며 나타내는 천지 만물의 발생 원리를 '자연(自然)'이라고 했다. 도가 아무런 작위를 가하지 않고 천지 만물을 발생하게 하는데, 노자는 이것을 '저절로 그러한 것'이라는 말로 표현했다. 그렇다면 도에 의해서 만물이 저절로 그러한 듯이 있는 현상계의 모습을 볼 때, 도는 바로 '스스로 있는 것'이라 할 수 있다. 즉, 자연은 명사로서의 'nature'가 아니라 도가 아무런 작위를 가하지 않고 천지 만물을 발생하는 상태를 말한다.

우리가 흔히 자연이라고 하면 산, 바다, 들, 바람 등을 떠올리지만, 노자에게서 이러한 것들은 '자연'이라기보다는 '천지(天地)'라고 표현하는 것이 더 적절할 것이다. 여기서 천지란 경험 세계의 만물을 가리키는 것이므로 천지와 만물은 같은 의미로 이해할 수 있다. 이에 반해 노자가 말하는 자연은 천지 만물 그 자체의 의미가 아니라 근원으로서의 도가 움직이며 천지 만물을 발생하는 원리를 말한다. 다시 말해서 노자에게서의 도와 천지 만물과의 관계는 사람에 비유하면 영혼(靈魂)과 몸[身]의 관계로 볼 수 있다. 즉, 인간의 영혼에 해당하는 도가 기능하여 나타내는 천지 만물의 발생 원리를 자연이라고 한다.

이러한 노자의 자연은 바로 도의 상태이며, 도의 상태는 또한 저절로 그러한 무위의 상태이다. 그러므로 도에 의해 생성된 만물은 스스로 생성하고 스스로 변화하는 자연으로 존재케 된다. 그리고 세상의 인위는 나날이 지식을 증가시키지만, 자연의 도는 인위를 나날이 덜어내어 마침내 완전한 무위에 도달하게 된다. 여기서 무위는 인위가 제거된 자연한 상태를 의미한다. 그리고 무위는 그러한 완전한 자연 상태에 이르도록 하며, 만물이 스스로 생성하고 스스로 변화하도록 하여 스스로 이루지 못함이 없음을 의미한다. 따라서 노자는 굳이 무엇을 해야만 한다는 목적의식, 즉 인위를 버리고 스스로 그러한 자연의 이치에 맡길 때 일을 이룰 수 있다고 보았다. 이러한 맥락에서 본다면 노자의 자연은 곧 무위이다.

따라서 무위는 자연에 따르는 행위이며, 도에 따라 있는 그대로 살아가는 행위이다. 특히 『도덕경』에 자주 등장하는 무위에 대한 용례는 대부분 성인의 행위나 백성을 다스리는 내용들인 만큼 실천윤리로서 중요한 의미를 지닌다. 여기서 성인은 자연성을 회복하여 도를 자각한 사람으로서 그의 행동은 자연한 도의 법칙에 따르므로 억지로 작위하지 않는다. 그래서 성인의 행동은 질박하고 허정하다. 그러므로 백성들은 자연스럽게 감화되고 스스로 변화하여 소박한 모습으로 돌아가게 된다. 결국 성인의 행위는 백성들로 하여금 억지로 작위하여 일을 꾀하지 못하게 하며, 무지 무욕하게 하여 허정한 상태에 이르도록 하는 것이다.

이와 같이 노자는 무지무욕으로서 도의 자연한 모습을 보고 인간 사회 역시 그러한 상태에 이르러야 한다고 주장했다. 그리고 천하가 스스로 바르게 할 수 있는 구체적 방안으로서 무위를 제시했다. 이렇게 볼 때 노자에 있어 자연은 도와 만물의 관계에 대한 논의였고, 무위는 자연이라는 개념의 상태를 묘사하고 있음을 알 수 있다. 그러므로 자연과 무위 양자는 둘이면서도 하나의 개념으로 이해된다. 이는 또한 자연이 도의 운동과 변화에 대한 개념이라면, 그에 따르는 자연한 행위가 바로 무위라는 것이다.

결국 노자가 말하는 자연이란 천지 만물을 표현하는 존재의 의미라기보다는 근원으로서의 도가 운동하는 상황을 말하는 것임을 알 수 있다. 그리고 이것은 인위적 조작은 없지만 천지 만물을 생성케 하는 것으로 단지 아무것도 없는 텅 비어 있는 무(無)가 아니라 살아 있는 것이다. 즉, 노자에게서 자연은 천지 만물을 대립 없이 생성케 하는 순수 활동인 것이다.

무위(無爲)의 도덕규범

노자가 살던 춘추시대는 큰 도가 무너져 자연에 합일해야 할 인간의 행위 원칙이 이미 무너진 사회였다. 이러한 사회에서는 인간들은 단지 빈정대고 서로 다툼만 일삼는다. 그러한 사회일수록 인의(仁義)·효자(孝慈)·충신(忠信) 등의 윤리적 덕목들이 강조되는데, 그러한 덕목들은 모두 인위·불화·혼란의 원인이 될 뿐 정작 중요한 것은 잃어버리게 된다. 그래서 노자는 자연에 일치하는 무위의 구체적 인간 행위를 요구했다. 노자가 요구했던 인간 행위의 구체적 모습은 과연 어떤 것인가?

먼저 유약(柔弱; 부드럽고 약함)하라고 했다. 노자는 유약한 것이야말로 도의 쓰임이라고 했다. 즉, 도는 유약을 통해 자신의 작용을 드러내게 된다고 하였다. 그래서 그는 도의 궁극적 작용의 원리인 유약을 어린아이나 물에 비유하여 "기(氣)를 전일하게 하고 지극히 부드럽게 하여 어린아이와 같이 할 수 있겠는가."(『도덕경』 10장)라고 하였다. 이는 자연의 의미, 즉 순수함을 보존하는 상태의 무위를 어린아이와 같은 상태로 묘사하고 있는 것이다.

따라서 노자는 부드러운 조화와 순수한 정신을 알게 되면 밝게 된다고 말하며, 유약으로 인생 과정에 나타나는 강함의 요소들을 제어하는 무위의 적극적 실천, 즉 위무위(爲無爲)를 주장했다. 그러므로 유약은 항상 생기 있는 모습으로, 강함은 생기를 잃어 가는 모습으로 나타난다. 그러나 노자는 유약이 강함을 이긴다는 사실을 세상이 모두 다 알지만 실천하지 못한다고 하여 천하에 도의 자연한 모습, 즉 무위가 실천되지 못함을 지적했다. 이렇게 볼 때 유약은 인간 사회에 있어서 적극적으로 실행해야 할 무위의 구체적 실천 규범인 것이다.

그리고 부쟁(不爭), 처하(處下), 이만물(利萬物)하라고 했다. 이에 대해 노자는 "최상의 선은 물과 같다. 물은 만물을 아주 이롭게 해 주면서도 다투지 않고 뭇 사람들이 싫어하는 곳에 머문다."(『도덕경』8장)고 했다. 여기서 노자는 '최상의 선은 물과 같다(上善若水)', 즉 가장 고귀한 선의 경지는 물의 작용과 같다고 하였다. 따라서 물은 만물을 이롭게 하고, 다투지 않으며, 자신을 높은 곳에 머물게 하려고 하지 않으므로 시냇물이 강이나 바다로 흘러가는 것처럼 낮은 곳에 머문다고 하였다.

이는 우리가 구체적으로 어떻게 행위 해야 하는지를 물에 비유하여 말하고 있다. 그것은 궁극적 존재의 자기실현 모습이 물과 같으므로 인간 사회도 역시 이렇게 되도록 해야 만물과 천하가 안정된다는 것을 강조함이다. 그러므로 인간이 행해야 할 구체적 행위의 내용도 이와 같이 서로 다투지 않고, 낮은 곳에 임하며, 만물을 이롭게 해야 한다는 것이다.

또한 소박(素樸)해야 한다고 했다. 노자는 인간이 타락하고 도덕이 타락한 것은 순박한 경지를 잃었기 때문이라고 진단했다. 그래서 그는 "큰 도가 없어짐에 인의가 생겨났고, 지혜를 짜냄으로써 큰 거짓이 생겨났으며, 가족 사이가 화목하지 못하므로 자효의 윤리를 주장하게 되었으며, 국가가 혼란함에 충신이 나오게 되었다."(『도덕경』18장)고 하였다. 즉, 노자는 유가의 인의예지 같은 윤리 규범은 사회적 · 인간적 타락에서 나온 소산이므로 이것을 버리고 소박한 자연 상태로 돌아가라고 주장했다.

소박한 경지는 선도 악도 없으며 일체의 차별도 없고 옳고 그름도 없는 상태를 말한다. 그러나 순박성을 잃게 되면 선악이 생긴다. 그래서 노자는 "도를 잃자 덕이 있게 되었고, 덕이 없어지자 인이 생겨났으며, 인이 없어지자 의가 생겨났고, 의가 없어지자 예가 생겨났다. 무릇 예란 충신이 희박해지므로 해서 나타났으니 환란의 시초이다."(『도덕경』 38장)라고 하였다.

그러면 참된 도는 어떻게 얻는 것인가? 노자는 학문이나 지혜를 추구하려는 마음을 없애고 소박한 경지로 돌아가서 진실에 귀착해야 한다고 했다. 즉, 학문이나 지혜를 버리고 인의를 버리면 백성들의 본성이 효자로 되돌아갈 것이며, 기교나 명리(名利)를 버리면 도적도 없어질 것이라고 했다. 이러한 버릴 것들은 모두가 인간들이 조작해서 꾸민 가식적인 것이므로 그것으로는 백성을 잘 다스릴 수 없다는 것이다. 따라서 소박하게 욕심을 적게 해야 한다고 했다. 여기서 소박은 문명의 허식과 허구를 버리고 자연 상태로 돌아가는 것이고, 허정에로 돌아가는 것이며, 인간의 본래 상태인 무위자연으로 돌아가는 것이다. 이러한 경지가 곧 성인의 경지이며 도에 합치된 이상적인 인간의 경지이다.

무위 정치

노자는 이러한 성인의 경지인 무위의 경지에서 백성들을 돌보아야 한다고 주장했다. 노자가 생활했던 춘추 말기는 사회적 · 경제적 방면에서 생산 수단의 획기적 변화에 의한 근본적 전환기였다. 그리고 신정적 세계관이 이성적 세계관으로 대체되어 간 매우 혼란한 시기였다. 이러한 시기를 살아간 노자는 당시 유가나 법가식의 윤리 규범과 형식화에 강한 거부감을 보였다. 그러면서 사회 혼란의 근원적 원인에 대한 치유 방법으로 '무위론'을 제기했다. 이는 인간을 비롯한 천하 만물이 무위자연 할 때 비로소 소박한 본래의 모습으로 회귀하여 이상적 상태에 이를 수 있음을 강조한 것이다.

노자는 그의 무위론의 입장에서 예치, 덕치, 법치를 강하게 부정했다. 예나 법의 본래 목적은 백성들이 선하게 되고 정치가 안정되도록 하는 데 있다. 그런데 통치자가 백성들의 요구와 원망을 무시하고 예나 법의 외적 구속력만을 강조하여 백성들이 이에 강제로 끌려감으로써 본래의 의도와는 반대의 결과만 초래한다는 것이다. 그러므로 정치는 문란해지고 사회의 윤리의식이 파괴되는 현상을 초래하였다고 보았다.

그래서 노자는 예를 충성함과 믿음이 날로 줄어들게 하는 혼란의 주원인으로 진단하고 특히 예의 형식성을 거부했다. 즉, 충신의 행위가 날로 줄어들게 하는 으뜸의 원인이 형식적인 예라는 것이다. 그러므로 통치자는 예를 표방함으로써 백성을 강제할 것이 아니라 오히려 통치자 자신이 무위하라고 말한다. 따라서 통치자는 '무위로 다스림'을 정책의 원칙으로 삼아야 한다. 세상이 어지럽게 된 것은 통치자가 인위하고 작위하기 때문이다.

덕치 또한 노자는 매우 부정적으로 보았다. 중국에서는 주나라 때 상제에 대한 제사와 더불어 조상에 대한 제사를 지내는 일이 시작되어 무왕과 주공 때 보편화되었다. 주나라의 통치자는 천자로 군림하여 천자에게만 천명이 주어졌다고 여겼으므로 상제와 인간의 교섭을 주재했다. 그러므로 주나라에는 천명을 받은 자는 그 스스로 고유한 덕을 갖추어야만 했다. 주왕조의 권위는 이러한 덕의 개념을 받아들임으로써 정당화되고 보장되어, 주왕만이 천자로서 상제에게 제물을 바칠 수 있었다. 그러나 정치·경제·사회적 변화에 따라 덕의 위상은 변하면서 강대한 제후국은 자신들 스스로 상제와 선조에게 제사지낼 수 있다고 주장했다.

이러한 주나라의 사회 질서의 붕괴, 즉 통치자 자신에 의한 예의 붕괴는 그들의 지배체제의 약화만이 아니라 백성들의 저항까지 야기했다. 이러한 상황이 되자, 정치적 과제는 백성의 수(곧 노동력)를 늘리고 보존하는 것이었다. 즉, 덕은 단지 노동력을 확보하기 위한 최고의 덕목일 뿐이었다. 당시 통치자에게 있어서 중요한 문제는 덕의 윤리적 실천이 아니라 부역과 조세를 위한 노동력 확보에 있었다. 그러므로 백성들의 삶은 궁핍해졌고 백성들은 수단으로만 간주되었다. 이러한 덕에 의한 정치는 노자에게서는 피폐한 사회를 바로잡을 수 있는 수단이 되지 못했다.

이러한 맥락에서 노자는 예치·덕치·법치의 방법으로 정치를 할 것이 아니라, 오직 무위의 정치를 통해서만 어지러운 사회를 바로잡을 수 있다고 주장했다.

소국과민(小國寡民)의 이상사회

노자는 무위로 다스려 궁극적 이상사회를 추구해야 한다고 주장했다. 그가 추구했던 이상사회는 '소국과민'으로 잘 표현되고 있다.

> 나라를 작게 하고 백성의 수를 적게 하라. 그리하여 백성들로 하여금 많은 기물이 있어도 사용할 필요가 없게 만들고 죽음을 중히 여겨 먼 곳으로 옮겨 다니지도 않게 하라. 그러면 비록 배와 수레 같은 교통수단이 있어도 탈 필요가 없고 병장기가 있어도 사용할 필요가 없게 된다. 사람들이 인위적인 문명으로부터 다시 자연스러운 삶으로 돌아가 문자가 아닌 노끈을 묶어 의사소통을 하게 하라. 그러면 그들은 소박한 음식을 달게 먹고, 질박한 옷을 아름답게 여기며, 자신의 집을 가장 편안한 안식처로 사랑하고, 그 풍속을 즐길 것이다. 그러면 이웃 나라와 서로 마주 보고 닭과 개가 짖는 소리가 들려도 사람들은 늙어 죽을 때까지 서로 왕래하지 않을 것이다.(『도덕경』 80장)

'소국과민'이란 말 그대로 '작은 나라 적은 백성'이라는 뜻이다. 노자는 서로 뺏고 뺏기는 패권 쟁탈의 시대를 살았다. 누가 더 큰 힘을 키워 나머지를 복속시키느냐가 문제였다. 이에 비해 적은 백성으로 유지되는 작은 나라는 다른 것들을 복속시키기 위해 투쟁할 필요가 없다. 남에게 의존할 필요도 남을 정복할 필요도 없이 오직 자신들의 생활 방식대로 살아가면 된다. 이웃과 왕래하지 않고 자기의 본성과 상황에 만족하면 된다. 자기 밖의 것을 욕망하는 순간, 개인도

국가도 갈등과 투쟁을 반복하게 된다. 갈등과 투쟁을 끊기 위해 노자는 남과의 왕래를 끊고 자연적 욕망만으로 작은 사회를 운영해야 한다고 보았던 것이다.

노자는 이러한 작은 소박한 사회와 삶의 모습으로 그려지는 소국과민의 이상 국가에서는 예법이나 인의에 대한 형식이 없이 자유롭게 살게 된다고 한다. 인간의 생명 유지에 필요한 최소한의 문명만이 필요할 뿐이다. 이러한 국가야말로 완전한 무위가 실현된 무위자연의 국가이며, 노자가 지향했던 이상적인 사회의 모습이다.

노자의 작위 없는 정치, 즉 무위의 정치는 인간의 자연한 행위에 의해 이룩될 정치의 완전한 형태이다. 그 자연한 행위는 어린아이나 물과 같이 유약의 자연함에 맡기는 것이었다. 그에 따라 행위 할 때 이상적 국가가 이루어질 것이라고 보았다.

그리고 노자에게 있어서 이상 국가의 전체적 내용은 자연적 행위에 바탕을 둔 애민치국(愛民治國)에 있다. 애민치국은 국가가 자연과 조화를 이룬 소국과민의 국가이다. 그러므로 노자는 인간에게 자연의 상태로 복귀하라고 말한다. 『도덕경』 28장에서 주장하고 있는 '복귀어영아(復歸於嬰兒)', '복귀어박(復歸於樸)'이 그것이다. 즉, 영아의 상태와 소박한 상태로 복귀하라는 것이다.

노자는 이러한 상태에 복귀할 때 영원한 덕이 함께한다고 말한다. 인간이 돌아가야 할 사회는 천하가 스스로 바르게 함을 위주로 함으로써 백성을 사랑하는 사회라는 것이다. 그러므로 소국과민은 원시공동체국가나 과거의 고대국가에로의 복귀와는 다른 의미를 갖는 것으로 무위를 행할 때 이루어지는 사회를 의미한다.

이와 같이 노자는 소국과민의 이상사회를 이루기 위해서는 무위의 정치가 필요하다고 강조했다. 여기서 무위의 정치란 욕망을 없애는 것을 욕망으로 삼는 통치자가 감히 작위하지 않는 정치를 말한다. 왜냐하면 당시의 시대적 문제는 만족하지 못하는 정치가들이 자제력을 잃고 자신들의 욕망을 채우려 하는 데서 발생되었다고 보았기 때문이다. 그래서 그는 "사람에게 가장 큰 화근은 만족할 줄 모르는 것보다 큰 것이 없고, 사람이 짓는 허물 가운데 꼭 얻어야겠다는 욕구보다 더 큰 것은 없다."(『도덕경』 46장)고 지적하여 위정자가 먼저 무욕해야 함을 강조하였다.

따라서 노자는 자연의 도를 체득한 자에 의한 정치를 주장했다. 자연의 도를 체득한 자가 다스리는 국가는 무위의 다스림이 이루어지는 국가로서 병사가 있어도 그것을 사용할 필요가 없는 무장이 해제된 국가이다. 이런 국가에서 예법이나 형벌은 차라리 구차한 것이 된다. 이러한 국가는 인간과 천하 만물이 자연한 상태로 복귀하여 자연한 본래성을 회복한 허정의 상태에 이르는 국가를 말한다. 즉, 백성이 온전히 생명을 유지하고 자신을 발전시켜 천하를 스스로 바르게 하는 소국과민의 국가인 것이다.

또한 이러한 소국과민의 국가에서는 배나 수레와 같은 생활의 편리를 위한 도구가 필요 없다. 생산력 증대를 위한 노동 도구의 발전도 필요 없으며, 상품 교환 경제의 발전도 필요 없다. 그런 것들은 사욕만 자극하는 지식의 발달을 부르고 인간의 이기적 욕구만 크게 하여 소박의 순수한 자연 상태에서 백성을 멀어지게 할 뿐이다.

따라서 통치자는 백성들이 무욕하고 소박하게 살도록 해야 한다.

즉, 자연의 도에 따르도록 해야 한다. 천명이나 예법, 덕치에 따르도록 하는 것은 백성이 작위 하도록 하는 것이다. 그래서 노자는 무지몽매한 백성들에게 인의예지에 대한 논의는 간사한 말에 불과하다고 보았다. 단지 필요한 것은 백성들을 허심무위하게 하여 본질적인 것, 즉 자연함을 따르도록 하는 것이다. 그렇다고 하여 백성들을 금수와 같은 상태로 내버려두라는 뜻이 아니다. 백성들로 하여금 무사무욕하게 하여 소박함에 복귀하게 함으로써 자연의 도에 따라 살도록 하는 것이다.

따라서 노자의 이상 국가는 원시적 형태의 국가나 무정부 상태를 주장하는 것이 아니며, 백성을 우민화시키는 정책과는 더더욱 거리가 멀다. 노자의 무위자연에 바탕을 둔 소국과민의 국가와 정치는 통치자가 백성들의 본성을 그대로 두지 않고 인위적 제도로만 백성을 다스려 죽음의 구덩이로 몰아넣으려는 당시의 국가 행태와는 달랐다. 즉, 당시의 국가들이 인간을 포함한 만물의 본래적 가치 및 내재적 생명으로서의 도를 왜곡하는 행태에 대한 염려의 차원에서 나온 국가 형태라 할 수 있다.

노자 사상의 가치

노자의 사상은 유가의 예제(禮制)나 실천도덕에 반대하여 모든 인위적인 것을 부정하고 무위자연의 도에 따를 것을 주장했다. 이러한 노자의 사상은 사람들의 이성은 불완전한 것이고 사람들의 판단은 상대적인 것이어서 절대적인 가치를 평가할 수 없다는 인식으로부터 출발한다. 사람들은 이처럼 상대적인 판단(행복과 불행, 아름다움과 추함 등)에서 얻어진 불완전한 가치를 추구하기 때문에 불행해진다. 따라서 그는 감정이나 욕망을 초월하여 오직 무위자연 할 것을 강조했다.

노자의 사상은 일반적이고 상대적인 가치판단을 무의미한 것으로 규정하여 세상에서 추구하는 가치들은 덧없는 것으로 보았다. 그리고 모든 인위적인 행동이나 성취의 가치를 부정했다. 특히 공자가 추구한 인의의 덕목들은 더 큰 거짓만 만들 뿐이라고 생각했다. 그에게 유일한 가치는 도(道)였다. 그래서 그는 허위와 가식에 빠져든 인간 자신에 대한 냉철한 자기반성으로부터 출발하여 절대적 원리로서 도를 추구하는 '무'사상과 '자연'으로 되돌아가야 한다고 주장했다. 무란 근원적 존재인 도의 본원적 상태를 의미한다. 노자는 다시 무의 사상을 인간과 현실 사회에 적용하여 무지·무욕·무위 등으로 확대하였고, 인간의 인위적이고 자의적인 모든 것을 버릴 것을 주장했다.

이처럼 인위를 부정하고 상대적인 가치 평가를 무시하는 노자의 사상은 초현실적이다. 그래서 거친 음식을 먹고 살면서도 행복을 누릴 수 있으며, 인간 사회에서 뜻을 얻지 못하면 물러나 자연 속에서 소박한 삶을 누릴 수 있었다. 이러한 지혜야말로 오늘날 인위적인 문명 속에서 풍족한 삶을 살면서도 행복을 느끼지 못하는 우리들에게 진정한 삶의 행복을 느끼게 하는 지혜를 제공해 준다.

2

장자: 절대자유의 삶

    노자는 공자와 비슷한 춘추시대에 활동했던 인물이다. 반면에 장자는 힘의 균형이 깨지면서 권력을 향한 각 나라의 다툼이 극에 달했던 전국시대에 활동했다. 그런데 이 당시에 활동했던 도가 사상가들의 전기는 대체로 분명치 못하다. 이것은 그들이 이름을 드러내지 않은 채 삶을 마감하는 것을 염원했기 때문일 것이다.

    장자의 전기도 노자 정도로 심하지는 않지만 역시 불명확한 점이 많다. 그의 전기로 가장 믿을 만한 『사기』「노장신한열전」의 내용을 보면 "장자는 몽(蒙)지방의 사람으로 이름은 주(周)이고, 옻나무 밭을 관리하는 관리였다."고 적고 있다. 여기서 사마천은 몽지역에 대해서 구체적으로 언급하지 않고 있기에 그가 어느 나라 사람인지는 정확히 알 수 없다. 단지 후대에 몽이라는 지명을 어떻게 해석하느냐에 따라 의견이 분분할 뿐이다.

    장주는 현명하고 박학했지만 자유분방하고 거침없는 성품 때문에 당시 제후들에게는 인기가 없었다고 한다. 초나라의 위왕만이 장자를 존경해 그를 재상으로 맞이하려 했다. 그런데 그는 '제사 지낼 때의 소처럼 희생이 되는 것은 거절한다. 나는 더러운 시궁창에 파묻혀 지내는 쪽이 훨씬 성미에 맞는다.'면서 거절했다. 세계를 장악해야겠다는 욕망이 가득한 권력자들을 돕는 것은 그가 갈 길이 아니었다. 결국 그는 평생 정치에는 관여하지 않은 채 독자적인 철학 세계를 펼쳤다.

그가 남긴 사상적 결과물들은 『장자』라는 한 편의 책에 담겨 있다. 그런데 『장자』가 장주 한 사람의 저작인 것은 아니다. 그동안의 연구에 따르면 『장자』는 집단적 창작물이다. 한 사람의 개인적 저작이 아니라 시간적 차이를 두고 여러 사람에 의해서 쓰인 산물이라는 것이다. 따라서 여기서 말하는 장자는 장주 한 사람이 아니라 여러 명의 장자일 수 있음을 가정한다. 그리고 『장자』에는 우화와 비유가 자주 등장한다. 이는 그가 살던 몽지방이 매우 아름다운 자연환경이었고, 그곳에서 어린 시절을 보내면서 풍부한 상상력이 배양될 수 있었을 것으로 짐작된다.

도(道)의 실체와 기능

장자는 노자의 도를 받아들여 이것을 자신의 중심 사상으로 삼았다. 따라서 그의 도는 노자의 그것과 대체로 일치한다. 즉, 장자의 도란 형체가 없어서 눈으로 볼 수는 없지만 다른 것에 의탁함이 없이 스스로 영원히 존재한다. 그리고 도는 하려고 하는 의지도 없이 천지 만물을 생성·변화시키는 근원적 존재로서 만물 속에 내재되어 있다. 장자의 말을 빌려 그가 말한 도의 의미를 좀 더 구체적으로 살펴보자.

먼저 도는 무위 무형하며, 그것으로부터 만물이 생겨나므로 만물의 근원이라 한다. 여기서 무위는 도의 기능적 속성을 나타내고, 무형은 도의 양태를 나타내는 말이다. 또한 무위란 도가 깊고 은밀하여 흔들림이 없는 조용한 상태를 의미하고, 무형이란 현상적인 물(物)의 형태를 초월하여 나타나는 도를 뜻한다.

그리고 도는 형체가 없으므로 우리의 감각으로는 인식할 수 없으며, 그것을 비유할 수는 있으나 정확하게 말로 표현할 수도, 이름 붙일 수도 없다. 그래서 장자는 도는 들을 수가 없는 것인데 그것을 들을 수 있다면 이미 도가 아니고, 도는 볼 수가 없는 것인데 그것을 볼 수 있다면 이미 도가 아니고, 도는 말로 표현할 수 없는 것인데 그것을 말로 표현할 수 있다면 이미 도가 아니라고 하였다. 그리고 도는 다른 어떤 존재에도 의지함이 없이 스스로 생겨난 절대적 존재이다. 따라서 천지보다 먼저 있었고, 시작도 끝도 없는 영원한 존재이다.

또한 도는 시간과 공간을 초월하여 차별이 없다고 하였다. 즉 위도 아래도 없고, 높음도 깊음도 없고, 앞도 뒤도 없고, 안도 밖도 없다. 그래서 장자는 하늘 위에 있으나 높다 하지 않고, 땅 밑에 있으나 깊다 하지 않고, 천지보다 앞서 생겼으나 오래되었다고 하지 않으며, 오랜 옛날보다 나이가 많지만 늙었다 하지 않는다고 하였다.

그리고 도는 모든 만물 속에 두루 퍼져 있다. 즉, 도는 모든 만물 속에 존재하므로 도는 없는 곳이 없다. 이에 관한 좋은 일화가 있다. 동곽자가 도가 어디에 있느냐고 묻자, 장자는 "도는 어디에나 없는 곳이 없다."고 하였다. 좀 더 구체적으로 말해 달라고 하자 그는 "도는 땅강아지나 개미에게도 있다."고 하였다. 또한 도가 그렇게 보잘것없는 것에 있느냐고 반문하자 그는 "도는 가라지 풀이나 피에도 있다."고 하였다. 왜 그렇게 하급으로 내려가느냐고 하자 그는 "기와장이나 벽돌에도 있다."고 하였다. 어떻게 더욱 심하냐고 하자, 그는 "똥이나 오줌에도 있다."고 하였다(「천지」). 즉, 도는 사물을 초월하여 존재하면서도 또한 사물 속에 내재되어 있음을 뜻한다.

이러한 의미를 지닌 도는 과연 어떠한 기능을 하는 것인가? 도는 무위의 기능을 가지고 있다. 그는 "하늘은 하려고 하지 않음으로써 맑다. 땅도 하려고 하지 않음으로써 안정되어 있다. 그러므로 이들 두 가지 하려고 하지 않음이 서로 합쳐서 만물이 모두 변화하고 있다. … 만물이 번성하고 있는데, 그것은 모두 하려고 하지 않음으로 말미암은 것이다. 그러므로 도는 하려고 하지 않으면서도 하지 않는 것이 없다고 한다."(「천운」)고 하였다.

그리고 도는 한순간도 정지하는 법이 없이 끊임없이 모이고 흩어지며 대립 전화하고 반복 순환하는 기능을 가지고 있다. 그러므로 기(氣)가 모여서 사물을 생성하며 다시 흩어져서 하나의 기로 돌아간다고 한다.

그리고 만물의 생성과 변화와 소멸은 흘러가는 대자연의 파도와 같이 끊임없이 계속된다고 한다. 그래서 그는 도에는 시작도 끝도 없다고 하였다. 즉, 만물의 생성과 소멸은 대자연의 위에서 보면 낮이 지나면 밤이 오는 것과 같으므로 구분할 것이 못 된다고 하였다.

덕(德)의 의미와 성격

노자의 덕은 주로 자연적인 소박성에 있었다. 장자가 말하는 덕역시 순수한 자연의 본성에 근거하는 수양의 극치를 의미한다는 점에서 노자의 그것과 크게 다르지 않다. 장자는 사물이 있기 이전, 사물은 있으나 아직 구별되지 않은 상태, 그리고 구별은 있으나 옳고 그름이 나타나지 않는 상태를 도의 상태로 보았다. 그리고 그것에 기원하는 것이 곧 '덕'이라 하였다.

장자는 주로 우화를 들어 덕을 우회적으로 설명했다. 즉, 노나라에 형벌로 발 하나가 잘린 왕태(王駘)라는 사람이 있었는데, 그는 발하나가 없어진 것을 흙 한 줌을 버리는 것 같이 생각하여 그의 신체적 장애를 전혀 마음에 두지 않았다고 한다. 또한 정나라에 다리가잘린 형벌을 받은 신도가(申徒嘉)라는 사람은 형체 안에서 노니는 것을 우습게 여겨 조금도 인간의 존엄과 비천에 대하여 생각하지 않았다고 한다. 그리고 노나라에 역시 다리가 잘리는 형벌을 받은 바 있는 숙산무지(叔山無趾)라는 사람은 생사를 같이 보았고, 가불가(可不可)를 같다고 하였다.

또 위나라에는 아주 못생긴 애태타(哀駘它)라는 사내가 살았는데, 그는 못생긴 외모로 천하를 놀라게 하면서도 자신만의 멋과 덕을 지니고 있었다. 그래서 그를 한 번 본 적이 있는 여인네들은 다른 사람의 정처가 되기보다는 이 사람의 첩이 되겠다고 하여 그 수가 수십명이나 되었다고 한다. 이외에도 장자는 꼽추나 언청이 등의 인물을우화로 들었다.

장자는 이와 같이 세속 사람들이 싫어하는 절름발이, 꼽추, 언청이 같은 신체장애인을 내세워 그들을 통해서 덕을 말하고 있다. 이러한 사람들을 통해서 도를 말하는 것은 형상을 초월하고 외형에 집착하지 않는 것이 참다운 덕임을 강조하기 위함이었다.

또한 장자는 수양을 이룬 사람으로 지인(至人)을 등장시켰다. 설결(齧缺)이 지인으로 유명한 왕예(王倪)를 찾아 도에 관하여 물었으나, 네 번 다 모른다고 했다. 설결은 여기서 모른다고 하는 것이 바로 참 앎이라고 생각하면서 포의자(蒲衣子)에게 달려가 그것을 알렸다. 그때 포의자는 다음과 같이 말했다.

그대는 지금에야 그것을 알았는가? 유우씨(有虞氏)는 태씨(泰氏)에 미치지 못하는 분이었다. 유우씨는 인을 지닌 채 사람들을 모으려 하였고 그런대로 인심을 얻었다. 그러나 아직 시비의 영역에서 벗어나지는 못하였다. 태씨는 누워 잠잘 때는 편안하였고, 깨어 있을 때는 멍청하여 스스로를 말[馬]이라고도 하고, 혹은 스스로를 소[牛]라고도 하였다. 그의 지혜는 참으로 믿을 수 있었고, 그의 덕은 참으로 진실하였다. 처음부터 시비의 영역에는 아예 빠져들지 않았다.(「응제왕」)

여기서도 장자는 세속 사람들이 소[牛]라 하든 말[馬]이라 하든 따지지 않고, 물(物)·아(我)를 하나로 느끼고 상응하면서 아무런 것도 알지 못하는 무지무식한 상태, 즉 순박한 상태가 바로 참된 덕이라고 설명하고 있다.

이러한 의미를 지닌 덕은 결국 도와 동일한 성격을 지녔다고 할 수 있다. 「천지」 편에 보면 "천지에 통하는 것은 덕이며, 만물에 유행하는 것은 도이다."라고 하였다. 여기서 덕은 도와 동일성을 가진다. 즉 도가 만물의 근원이라면, 덕은 개체에 내재해 있는 도를 말하는 것이니, 덕과 도는 본질적으로 같은 것이다.

천지 만물은 동등하다

장자는 일상적 차별적인 관념을 무너뜨리고 일체를 평등한 관점에서 사물을 보려 했다. 모든 사물이나 인간들은 제각기 나름대로의 시비 분별을 갖고 있다. 이러한 시비 분별이 있는 한 만물은 차별성을 갖게 되고 불평등을 초래한다.

이러한 문제의식에서 장자는 '천예(天倪)'와 '천균(天鈞)'의 개념을 도입하여 '천예(天倪)로써 조화해야 한다'고 강조했다. 여기서 천예로써 조화한다는 말은 결국 자연의 분계를 없애고 시비, 선악, 귀천과 같은 상대적 편견을 없앤다는 말이다. 천균(天鈞) 역시 시비, 선악, 귀천과 같은 차별적 요소가 없는 세계를 말한다. 이러한 무차별의 경지를 체득하기 위해서는 반드시 도의 속성인 무위로서 사물을 대하여야 한다.

장자는 상대주의적 입장에서 사물과 나를 차별 없이 보고 옳고 그름을 동일하게 보았다. 즉, 온 천지에 두루 차 있는 것은 단지 기(氣)일 뿐이다. 사람과 사물은 모두 바로 이 기로 이루어져 있다는 점에서 동일하다. 그러므로 만물은 모두 하나라는 만물제동(萬物齊同)의 원리를 말한다. 타인과 나는 모두 만물 가운데 존재하는 하나의 사물이며, 자연 또한 만물과 하나가 될 수 있다. 이것이 바로 사물과 나를 차별 없이 본다는 의미이다.

결국 나와 천지 만물은 동등하며 함께 존재한다. 그렇다면 우리들이 '옳다'고 생각하는 것은 만물도 역시 '옳다'고 여길까? 반드시 그렇지는 않다. 저것 또한 하나의 옳고 그름이 있고, 이것 또한 하나의 옳고 그름이 있다. 결국 도의 관점에서 보면 옳고 그름이란 존재하지 않으며, 단지 개별 사물 나름의 옳고 그름만이 존재한다. 따라서 옳고 그름의 구별은 무의미하다.

그리고 장자는 인간 내면에 있는 자연성을 인위적인 요소로써 손상하지 말 것을 주장했다. 이는 장자의 내적 자연성을 중시한다는 측면에서 루소(Rousseau)의 자연관과 일맥상통한다. 특히 그의 호접몽(胡蝶夢) 우화는 인간이 자연과 일치되는 경지를 잘 말해 주고 있다. 우화의 내용은 다음과 같다.

어느 화창한 봄날, 장자는 양지바른 창가의 책상 앞에 앉아 있었는데, 어느 틈엔가 꿈길을 더듬고 있었다. 그런데 잠들어 있는 동안에 그만 자신이 나비가 되어 버렸다. 그러자 어느새 그 나비는 이제 장자 자신이 되어 버리고 장자가 나비가 되었다는 생각은 완전히 없어져 버렸다. 그런데 얼마간 시간이 지나자 그 나비가 또 눈을 떠서 어느 틈에 예전의 장자로 되돌아가 버렸다. 거기서 비로소 깨달은 것인데, "도대체 이건 어찌된 것인가? 장자가 나비가 된 것일까? 아니면 나비가 장자가 된 것일까? 꿈이라고 생각한 것인가, 현실일까? 현실이라고 생각하는 것이 꿈이었을까? 아무래도 그 점을 알 수 없구나."

결국 사람과 사물이 물화(物化)함으로써 합일될 수 있음을 잘 말해 주고 있다. 그런데 이것은 인간 정신의 고도의 자각을 전제로 한 정신세계에서나 가능한 일이다. 이러한 정신적 경지는 결국 '자연(自然)=물(物)=인간(人間)'이라는 등식을 만든다.

인간 본성은 동물의 본성과 다르지 않다

장자는 인간 본성에 대한 논의에서 유가식의 인간 중심의 논의는 그 자체가 무의미할 뿐만 아니라 오히려 해악한 것으로 보았다. 그렇다면 장자는 인간의 본성을 어떻게 보았을까? 그는 사람이 모든 만물과 마찬가지로 도로부터 본성을 얻어서 태어나므로 동물과 다름없는 본성을 가진다고 보았다. 그래서 장자는 의식되지 않는 삶, 즉 생명 활동만이 인간의 자연적이고 본질적인 삶의 방식인데, 이것은 동물의 그것과 구별되지 않는다고 하였다.

그러면서 장자는 자연공동체 사회에서 생활하는 사람들의 특징으로 두 가지를 들어 설명한다. 하나는 구성원 모두가 자급자족한 생활을 한다는 것이고, 또 하나는 인간과 자연 그리고 인간과 인간에 대한 차별의식이 없다는 것이다. 이러한 특징들을 장자는 자연 상태에서 생활하는 인간의 본성으로 보았다. 여기서 자급자족한 생활은 '자연적 본성과의 일치'를 유지할 수 있도록 하며, 차별의식을 갖지 않는 것은 '자연으로부터 부여받은 자유'를 가능하게 한다는 의미를 담고 있다. 그것은 인간이 가지고 있는 모든 사회적 의식이 부정되었을 때만 가능하다.

그러므로 장자가 주장하는 인간의 자연적 본성은 사회적 의식의 부정을 가정한다. 따라서 "자연적 본성에 따라 사는 사람들은 행동이 단정하면서도 그것이 의(義)라는 것을 모르고, 서로 사랑하면서도 그것이 인(仁)이라는 것을 모르며, 진실되면서도 그것이 충(忠)이라는 것을 알지 못하고, 동물처럼 아무 생각 없이 움직이면서 서로 도와주더라도 고맙게 생각하지 않는다. 이 때문에 어떤 행위를 하더라도 흔적이 없고 일을 하더라도 전해지지 않는다."(『천지』)고 하였다. 그것이 바로 자기 행위에 대한 의식이나 자각이 없기 때문이다.

　장자가 즐겨 쓰는 무위자연이라는 개념이 인간에게 적용될 때는 바로 이러한 무의도적 행위, 즉 생명 활동을 의미한다. 장자는 이러한 인간의 본성, 즉 인간과 자연, 인간과 인간, 인간과 동물을 구분하지 않는 자연 상태의 인간의 특성을 근거로 하여 인간의 자연적 본성은 동물의 그것과 다르지 않다는 결론을 내린다.

　그리고 장자는 어린아이와 같은 무지·무욕의 상태를 가장 이상적인 삶의 방식으로 생각했다. 말하자면 장자는 태어난 그대로의 상태 혹은 타고난 본래의 상태 속에서만 인간의 진정한 본성이 발견된다고 하였다. 그것은 어떠한 욕망이나 인의예지 등 사회적 의식이 배제됨을 말한다. 그러한 상태를 장자는 자연적 질서와의 완전한 일치라고 한다.

　따라서 장자는 도(道)의 자연스러운 흐름에 따르는 것과 본성을 따르는 것은 결국 통하는 것이라 하였다. 또한 도의 흐름에 따른다는 것은 스스로의 본성에 따르는 것일 뿐만 아니라, 천도(天道)와 인도(人道)가 모두 자연스러운 것임을 알아서 만물의 본성에 맞게 응한다는 의미이기도 하다. 결국 장자는 인위적인 요소를 보태지 않고 항상 자연스러운 본성에 따라야만 스스로의 본성에서 편안함을 느낄 수 있다고 하였다.

자연적 삶의 태도

장자에 있어 '자연적 삶'이란 자연의 이법에 맞게 살아가는 것을 의미한다. 이는 결국 자연과 조화하여 살아가는 삶을 말한다. 즉, 절대자유의 정신적 세계를 지향하고 자연스러운 덕성을 발휘하는 삶을 사는 데 있다. 그렇다면 이러한 자연적 삶은 어떻게 실현될 수 있을까? 이에 대하여 장자는 '안명(安命)'과 '소요유(逍遙遊)'라는 개념으로 설명하며 자연적 명에 안주하여 어떤 것에도 걸림이 없는 자적한 삶을 강조하였다.

장자의 자연적 삶의 태도에는 소극적 태도로써 현실에 순응하는 삶을 들 수 있다. 이것이 곧 안명(安命)하는 삶이다. 여기서 '명(命)'이란 인간의 의지나 목적으로써 변화시킬 수 없는 것을 말한다. 장자는 이러한 명을 현실적 인간이 인생을 영위하는 데 있어 필연적인 요소로 파악했다.

장자의 이러한 명에 관한 관점은 각 개인이 지니고 있는 운명을 인정해야 한다는 점에서 운명론이나 숙명론과 대체로 일치한다. 그러나 장자가 안명을 주장함에 있어서는 단순히 자신이 타고난 운명에 순응하면서 살아가는 숙명론에 빠지는 것이 아니라 안명무위의 개념으로 파악된다. 즉, 안명무위의 기초 위에서 정신적 자유를 추구하는 것이다. 따라서 명에 안주하여 자연무위의 삶을 살아가는 사람은 인생에 명이 있음을 긍정하고 명에 순종해야 함을 전제로 한다. 이는 자연의 이법에 순응함이다.

그리고 장자에 있어 명은 인간의 객관적 의지의 결정에 따라 사는 것이 아니라, 도의 자연무위 하는 삶을 사는 것이다. 「대종사」 편에 보면 맹손씨는 자연의 덕에 합치하여 산 인물로 그려져 있다. 이는 그의 생활 태도가 무심(無心), 무욕(無慾), 무정(無情)하며 명에 순응하는 마음의 수양을 갖추어 덕을 지녔기 때문이다. 또한 자신의 운명인 타고난 본성에 따르고, 편히 이 본성에 순응하는 삶을 사는 것이다. 이 말은 인간은 스스로의 힘에 의해서 자연을 벗어 날 수 없으며, 또한 자연을 어찌할 수 없으므로 그대로 순응해야 할 뿐이라는 것이다.

이러한 삶의 태도는 분명 소극적이고 피동적인 것이다. 장자의 도를 사회적인 견지에서 볼 때 매우 피동적이고 소극적인 것은 당연한 귀결이다. 그러나 개인적인 측면에서 보면 개인의 생명을 보전하고 개인의 적극적인 삶을 영위하기 위함이다. 이러한 것은 장자의 자유 정신으로 나타나므로 '소요유'의 개념으로 표현된다.

소요유는 장자 사상에 있어서 최고의 경지이며 최고의 이성이라고 할 수 있다. 이를 어원적 의미에서 살펴보면, '이리저리 거닐다'는 뜻을 지닌 소(逍)와 '거닐다'라는 요(遙)와 '즐겁게 지내다'라는 유(遊)라는 개념이 합성되어 '자적하다'라는 의미를 지닌 합성어가 되었다.

그것은 무위하면서 자연과 합치하려는 인간 정신의 표현이라고 볼 수 있다. 장자가 소요를 인생관으로 내세우는 이유는 당시의 전국시대 사회상이 매우 혼탁하여 처신할 곳이 없음을 비통해하였던 데서 찾을 수 있다. 그는 이러한 난세를 사회적인 규범, 제도 및 문화, 또는 교육 등으로는 도저히 극복할 수 없다고 생각하여 이러한 소요유의 사상을 들고 나온 것이다.

장자는 유위적인 행위가 인간 본래의 자연성을 해치고 도에서 멀어지게 하여 사회가 극도로 혼탁해져 인간이 극한 상황에 처하게 되었다고 진단했다. 이에 그들 자신의 본성을 보존하기조차 어려워졌다고 생각했다. 그래서 그는 사회적 제약이나 위험으로부터 벗어나 현실적 위기 상태에서 이상적인 자유의 세계로 아무런 구속받음이 없는 삶을 살아야 함을 강조했다. 이러한 삶이 곧 장자가 말하는 소요유의 삶이다. 이러한 소요유는 세속의 인위적이고 상대적인 모든 현상을 떠나서 무위하고 자연적인 것을 추구함으로써 인위성을 줄이고, 인간 본래의 자아를 찾아 절대자유의 삶을 살고자 하는 자연주의에서 나온 것이라 할 수 있다.

사실 장자는 '소요'란 말보다는 '유(遊)'란 말을 더 많이 사용했다. 장자가 말하는 '유'의 개념은 일반적 절대자유를 의미한다. 그래서 그는 '무하유지향(無何有之鄕)'이라고 하여 절대자유의 경지를 말했다. 그렇기 때문에 소요유의 사상은 절대자유의 정신이다. 따라서 정신이 '무하유지향'과 같은 유토피아의 세계에서 노닌다고 하는 것은 곧 정신적 자유를 갈구하는 것이다. 이러한 논리로 보면 결국 '유'는 정신적 절대자유를 의미하는 것이고, '무하유지향' 같은 이상세계에서 노닌다고 하는 것은 곧 탈속세주의를 나타낸다.

그러나 장자의 참뜻은 외적 자연 속에서 은둔하려는 것이 아니었다. 오히려 인간 정신 속에 자연의 요소를 받아들임으로써 불순한 인간성이나 모순된 문화로 말미암아 왜곡된 인간성을 본래의 인간성으로 회복하자는 데 그 목적이 있었다. 그리고 장자가 상실된 인간성의 회복을 위해 인위적이고 사회적인 관계를 부정하긴 하였으나, 이는 인간의 현실적인 삶 자체를 부정한 것은 결코 아니다. 오히려 개인의 현실적인 삶을 적극적으로 살기 위한 것으로 부정의 논리를 펴나간 것이었다. 그러므로 그의 절대적 부정은 자연적 인간성의 절대적 긍정을 의미한다.

이상적인 인간의 모습 '지인(至人)'

장자는 소요유의 경지에 이른 성인을 일컬어 '지인(至人) 또는 '신인(神人)'이라고도 하고, '진인(眞人)' 또는 '천인(天人)'이라고도 하였다. 즉, 순수함과 소박함을 체득한 사람을 '진인'이라 하고, 만물의 근원을 떠나지 않는 사람을 '천인'이라 하고, 도(道)의 정수를 지키는 사람을 '신인'이라 하며, 참된 경지에 있는 사람을 '지인'이라 하고, 하늘을 으뜸으로 삼고 덕을 근본으로 삼아 변화를 초월하는 사람을 '성인'이라 하였다.

그렇다면 이러한 경지의 인간상은 어떻게 만들어지는 것인가? 장자는 비록 사회윤리생활에 대해 부정적인 견해를 지니고 있었지만 나름의 수양 방법을 제시했다. '심재(心齋)'와 '좌망(坐忘)'이 바로 그것이다.

먼저 심재(心齋)란 대상 세계와의 구별을 잊고 모든 변화와 하나가 되기 위해 마음을 텅 비운 상태를 말한다. 이는 잡념이 조금도 없이 심중을 정결하게 함을 의미한다. 다시 말해서, 마음을 가다듬는 과정이 곧 심재인 것이다. 그리고 심재를 하는 목적은 마음을 비움으로써 수양의 단계로 들어가기 위함이다. 온갖 잡념을 없애고 정결한 마음을 길러 결국 허정한 마음을 이루는 것을 목표로 한다. 이러한 심재는 곧 무위자연의 도에 도달하는 심리적 수양 방법인 것이다.

심재의 고요한 경지는 맑은 물에 비유된다. 즉 "물이 고요하면 밝은 빛은 수염이나 눈썹을 비추고, 수준기(水準器)에 꼭 맞아 목공도 이것을 법(法) 삼는다. 물의 고요함도 밝은데, 하물며 성인의 고요함이야 더 말할 것이 있겠는가."(『천도』) 이와 같이 장자는 심재한 경지를 바로 '맑은 물의 상태'로 비유했다. 그리고 장자는 심재의 방법을 여러 가지로 들고 있는데, 특히 심재의 방법상 주의할 것으로서 바른 심재를 하라고 한다. 무조건 마음만 맑히고 어떠한 기준과 표준이 없이 행한다면 이는 그가 말한 심재가 아니다. 그래서 장자는 외적인 형식의 재계(齋戒)가 아닌 마음속의 재계를 제시하고 있다. 궁극적으로 장자의 심재는 도와 합일되어 허(虛)를 이뤄 지켜 가는 것이다.

그리고 좌망이란 가만히 앉아서 모든 물체의 시비와 차별을 잊어버리는 정신 상태를 말한다. 이러한 정신 상태는 장자에 의하면 인의와 예락을 잊어버리는 단계를 거친 후에야 이르게 된다. 사람을 끝없는 시비 판단으로 몰아넣는 도덕적인 가치나 사회 제도로부터 자유로워져야 한다. 그리고 육체적인 감각도 버리고 지식조차 버려야 한다. 그래야 마음이 도와 하나 되어 참된 자유를 누릴 수 있게 된다. 이것이 좌망, 즉 앉아서 모든 것을 잊는 상태이다. 다음의 대화는 이를 잘 대변한다.

> 제자 안회가 공자에게 말했다. "저는 얻은 것이 있습니다." 공자가
> "무슨 말이냐?"고 하자, 안회가 "인의(仁義)를 잊었습니다."라고 답했
> 다. 이에 공자가 "아직 멀었다."라고 하자, 다음 날 다시 안회가 "저는
> 얻은 것이 있습니다."라고 했다. 이에 공자가 "무슨 말이냐?"하자, 안
> 회는 "저는 예악(禮樂)을 잊었습니다."라고 답했다. 이에 공자가 "괜찮
> 기는 하지만 아직은 멀었다."라고 하자, 다음 날 다시 안회가 "저는 얻
> 은 것이 있습니다."라고 했다. 또다시 공자가 "무슨 말이냐?"고 하자,
> 안회가 말하기를 "저는 좌망(坐忘)했습니다."라고 했다. 이에 공자가
> 놀라 "무엇을 좌망이라 하느냐"고 묻자, 안회가 "팔다리와 몸을 버리
> 고 귀와 눈의 총명함을 물리쳐 형체를 떠나고 앎을 버려 위대한 도(道)
> 와 하나가 되는 것을 좌망이라고 합니다."라고 답했다.(「대종사」)

안회의 말을 들은 공자는 안회의 뛰어남을 크게 칭찬하면서 자신
도 안회를 따르겠다고 말했다고 한다. 물론 이 내용은 공자와 안회
의 실제 이야기가 아니라, 장자가 공자와 안회를 빌어 자신의 생각
을 전한 것이다. 그런데 여기서 장자는 육신을 무너뜨리고, 귀와 눈
의 작용을 없애며, 일체의 지식을 버리고, 무아의 경지에 몰입하는
것이 좌망이라고 했다. 이를 통해 좌망은 앞서 언급한 심재보다 더
적극적인 방법이라 할 수 있다. 왜냐하면 심재가 마음을 단순히 하
나의 기(氣)의 상태로 들어가게 하는 것인 데 반해서, 좌망은 이미
들어간 기의 상태에서 한 단계 더 들어가 자기와 자기 이외의 바깥

세계를 잊어버리는 단계이기 때문이다.

장자는 이러한 심재와 좌망의 수양 과정을 거쳐야 그가 이상적인 인물로 여겼던 지인의 경지에 도달할 수 있다고 생각했다. 이러한 경지의 사람은 자기를 비우고 자기 안에 가득 찼던 외적인 기준이나 자기의 중심이 되어 버린 온갖 자의식으로부터 벗어나 진정한 자유를 누릴 수 있게 된다. 그러나 이때의 자유는 속세를 모두 떠나고 현실을 도피하여 얻는 초월적이고 관념적 자유가 아니다. 장자가 말하는 자유는 철저히 삶의 차원에서 실현되는 것이어야 한다. 다시 말해서 장자의 자유는 현실에서 도달할 수 있는 생활 속의 경지인 것이다.

장자 사상의 가치

분명 장자는 도가철학의 대성자이다. 그는 기본적으로 노자의 사상을 계승하였지만 노자보다 훨씬 그 내용이 상세하고 논지가 철학적이다. 그리고 노자보다 훨씬 더 세속적 현실에 비판적이었다.

그렇다고 하여 그가 염세주의자인 것은 아니었다. 단지 그에 있어 삶이란 싫어할 것도 즐길만한 것도 아니라는 정도였다. 즉, 삶을 기뻐할 것도, 죽음을 슬퍼할 것도 없다는 것이다. 그래서 그는 '아내의 죽음 앞에서도 기뻐 노래하였다'는 유명한 일화가 있다. 합자연에 의한 초연한 삶의 모습이 어떤 것인지를 잘 보여 주고 있다.

이러한 그의 사상은 너무나 고원한 것이어서 우리들의 삶에 직접 적용하기에는 어려움이 있다. 그러나 현실 세계에서 위안을 얻지 못한 사람들이 장자를 통해서 번민과 아픔에서 해방되고 정신적 풍요를 얻을 수는 있을 것이다. 이러한 가치 때문에 장자 사상은 불로장생과 신선사상으로 발전할 수 있었고, 당나라 때는 도교라는 신앙으로 발전하기도 했다.

장자의 철학을 한마디로 말하기는 어렵다. 어떤 때는 만물의 평등을 말하기도 하고, 어떤 때는 문명을 거부하고 자연성을 강조하며, 어떤 경우에는 정신의 자유를 강조하며, 또 어떤 경우에는 변화를 강조하기도 한다. 모두가 동의하는 하나의 핵심 개념으로 정의하기가 어렵다.

그런데 바로 이런 점이 장자 철학의 중요한 핵심이 된다. 장자는 우주 만물을 한 점에 고정시켜 상하좌우를 규정해서 차별을 정당화하는 것을 거부하기 때문이다. 이러한 다양성과 변화 때문에 우리는 아직도 『장자』라는 책을 흥미롭게 읽는다. 책 속에서 자유의 정신을, 변화에의 긍정을, 만물의 개별적 가치를, 자연과 인간의 유기적 관계를, 언어와 인식에 대한 회의 등의 사유 체계를 새롭게 배워 간다.

그런데 혹자는 장자의 사상은 인간 세상을 떠나 자연 속에서 유유자적한 자유를 누리며 살 것을 주장한다고 평하기도 한다. 이는 분명 좁은 이해다. 사실 장자 사상은 개인의 일상생활에서 만나는 문제들을 벗어나 있는 것이 아니다. 결코 장자는 세상을 떠날 것을 종용하지 않았다. 개인의 온갖 제한적 조건과 유한성을 인정한 바탕 위에서 시시각각의 변화를 감당하는 마음 상태와 능력에 대해 강조했을 뿐이다. 그런 의미에서 장자의 사상은 거친 시대를 살고 있는 우리들에게 현실을 긍정하는 철학적 담론일 수 있다.

제4부

묵가와 법가에서
배우는
공동체적 삶

여기서는 묵가와 법가를 큰 단원으로 묶어서 탐구하지만, 사실 묵가와 법가는 성격상 많은 부분 다르다. 그럼에도 불구하고 필자는 '도덕적 공동체의 삶'의 추구라는 관점에서 함께 서술해 봄으로써 실제 삶에 적용할 수 있는 삶의 지혜를 찾아보려 한다.

유가사상이 대체로 지배층 중심의 철학이었다면, 묵가는 서민 중심의 철학이었다. 그러다 보니 유가의 여러 모순들을 지적하며 등장했고, 겸애(兼愛)를 도덕적 기준으로 삼으면서 당시 혼란한 사회를 바로잡고자 했다. 그러면서 그들은 대동의 이상사회를 제시하며 도덕적 공동체를 꿈꾸었다. 또한 그들이 주장하며 실천했던 노동의 중요성과 절용을 통한 검소한 삶에 대한 탐구는 여행의 발걸음을 더욱 가볍게 할 것이며, 지적 충만함을 제공할 것이다.

법가는 유가·도가·묵가 모두를 반대하며 등장했으며, 사적인 것을 버리고 공의를 세워야 한다고 주장함으로써 인의의 교화보다는 법제를 정비하여 질서 있는 공동체를 꿈꾸었다. 그리고 인간이 얼마나 이기적이고 악한 본성을 지닌 존재인지를 강조하여 인간을 단지 형이상학적인 도덕적 존재가 아닌 형이하학적인 현실적 존재로 보게 한다. 이러한 법가의 현실중심의 사상을 탐구하는 것은 실로 오늘날 우리들의 실제 삶에서 겪게 되는 여러 문제들을 해결할 수 있는 아주 유의미한 지혜를 얻을 수 있게 한다.

1

묵자: 개인을 넘어 사랑의 공동체로

춘추전국시대에 유가와 어깨를 나란히 할 만큼 사회적 영향력을 가지고 있었던 또 하나의 사상 집단이 있었다. 그들은 동일한 사회적 조건 속에서 유가와는 다른 각도에서 문제를 보고 다른 방식으로 풀고자 했다. 유가에서는 인의의 도덕으로 문제를 해결하려 했지만, 그들은 겸애(兼愛)의 도덕으로 사회를 구하고자 했다. 이러한 공동체의 중심에 묵적(墨翟; 존칭하여 '묵자'라 함)이 있었다. 묵자가 이끈 공동체를 '묵가(墨家)'라고 부른다.

묵가 사상은 춘추전국시대를 거쳐 진나라 초기까지만 해도 유가와 쌍벽을 이루었으며, 오히려 천하의 인심은 묵가에 쏠렸었다. 그러나 그렇게 번성했던 묵가는 사마천이 『사기』를 쓰던 기원전 1세기경에는 자취를 감추었고, 역사가인 사마천조차도 묵자의 행적을 알 수 없었다. 따라서 그의 생애에 대해서는 믿을 만한 역사적 기록이 없다. 다만 『사기』에 "묵자는 송나라 대부로서 전쟁을 막고 성(城)을 지키는 기술이 뛰어났고 절용을 주장하였다. 혹은 공자와 동시대인이라고도 하고, 공자보다 후대인이라고도 한다."라는 기록이 있을 뿐이다. 이것으로 보아 그는 전국시대 초기의 사상가로 간주되며, 그의 출신 또한 여러 설이 있으나 대체로 노나라 사람이라 본다.

묵자는 일찍이 유가의 학문을 공부하여 그 수준이 공자에 뒤떨어지지 않았다. 그리고 고전에도 상당한 식견이 있었으나 유학에 안주하지 않았다. 유학의 방법으로는 당대의 문제를 해결할 수 없으며 오히려 더 큰 문제를 불러일으킨다고 보았기 때문이다. 따라서 묵자는 천자(天子)로부터 민중에 이르기까지, 실제적 유익을 위한 그의 독특한 철학 세계를 독자적으로 정립했다.

묵자는 사회의 하층 계급인 노동자 출신이었다. 그는 특히 목공에 탁월한 기술이 있었다고 한다. 실제 자신의 사상을 정립할 때 목수의 도구와 원리를 이용하였고, 친히 3년 걸려 나무로 연(鳶)을 만든 것이 이를 확인시켜 준다. 그러나 그의 학문에 대한 열정과 사물에 대한 통찰력, 그리고 민중에 대한 뜨거운 실천적 사랑은 묵자가 단순한 목공이 아니었음을 보여 준다.

이러한 민중에 대한 사랑, 그리고 개혁 의식은 결국 그의 사상 흥기와 깊은 관련을 가진다. 여기에 봉건제도의 복고를 주장한 공자를 반대하며, 우왕의 공동체 사회의 복귀를 펼친 그의 가르침은 민중들과 의식 있는 사상가들에게 많은 주목을 받았다. 이런 의미에서 묵자는 이론을 실제로 확증시켜 간 실천적 철학자이며, 혼란한 정국의 원인을 바로 지적하여 그 대안을 제시한 합리적인 사상가였으며, 민중을 제 몸처럼 사랑한 큰 스승이었다.

그러나 그의 사상은 오랫동안 유가의 세력에 밀려 철학적 관심

의 대상에서 제외되었다. 다만 청대에 와서 왕중, 필원 등에 의해서
『묵자』에 대한 다소의 연구가 있어 왔고, 근대 기독교사상의 유입으
로 인하여 겸애사상에 대한 연구가 비교적 활발히 이루어지고 있다.

하늘[天]의 절대성

중국에서 천에 대한 기원은 확실하지 않지만 은대로부터 시작하였
다고 볼 수 있다. 그리고 주대에 와서 천을 숭배하는 신앙으로 확대
되었다가 주나라 종법제도의 붕괴와 함께 천(天)도 불신의 대상이 되
기 시작했다. 춘추 말엽에 와서는 천의 권위는 거의 하락하고 '천도
(天道)'나 '천리(天理)'라는 로고스적인 존재로 남게 되었다.

이러한 상황에서 묵자는 천을 상제, 자연신, 조상신으로 구체화하
여 인격성을 부여하고, 그 실재를 주장하여 주나라 초기의 천사상으
로 복귀코자 하였다. 이는 춘추전국이라는 전환기를 함께했던 다른
학파들의 천사상과는 분명히 구별된다.

사실 춘추전국시대에는 인문 중심의 문화가 발달했기 때문에 천이
나 상제에 대한 지배계층의 신앙심은 희미해질 수밖에 없었다. 그러
나 일반 민중들에게는 아직도 천을 대신할 만한 절대적 권위를 가진
경외의 대상이 없었다. 이는 당시의 인문 문화가 일반 민중들에게는
크게 지배적이지 못했다는 증거이다.

묵자는 바로 이 점에 착안하여, 천에 대한 신앙의 회복을 통하여
혼란한 시대 상황을 극복하고자 했다. 그래서 그는 천을 주초의 상제

신앙으로 회복시키고, 절대성과 완전성을 부여하여 종교적인 신으로서 새롭게 해석했다.

> 나는 하늘이 백성을 두터이 사랑하고 있다는 것을 알고 있다. 말하기를 "해와 달과 별을 만들어 밝게 비춰 주어 네 계절인 봄, 여름, 가을, 겨울을 만들어 기강으로 삼고, 눈과 서리와 비와 이슬을 내려 오곡과 마사(麻絲)를 자라게 하고, 백성들에게 얻어 이롭게 하며, 산과 시내와 계곡을 열거하여 모든 일을 진행하게 하고, 백성의 착하고 착하지 아니한 것을 감찰하고, 왕과 공과 후작과 백작을 만들어 어진 이를 포상하고, 포악한 자를 벌주고, 금과 나무와 새와 짐승을 부여하여 오곡과 마사에 종사하게 하여, 백성의 의식(衣食)의 재물로 삼게 하였으니, 예부터 지금까지 일찍이 이것이 있지 않은 적이 없다."라고 하였다.(「천지상」)

이와 같이 천은 세상을 창조하고 그 질서 유지를 위해 자신의 대리자를 설정하여 다스릴 뿐 아니라 생계를 위한 배려도 아끼지 않는다. 즉, 천은 만물을 창조하고 상하를 감독하며 상벌과 화복을 내리는 전지전능한 주재자였다. 그래서 묵자는 천은 진실로 모든 것을 보전해 주고 먹여 준다고 믿었다.

또한 천은 서로 사랑하고 돕는 평화로운 세상을 만들기 위해 인간들을 감찰하며, 아무도 없는 곳에서 저지르는 죄도 반드시 밝게 아는 존재였다. 따라서 묵자는 "경계하고 근신하라. 반드시 하늘이 바라는 것을 행하고 하늘이 싫어하는 것을 버려라. 그러면 하늘이 바라는 것은 무엇이고 싫어하는 것은 무엇인가? 하늘은 의를 바라고 불의를 싫어한다."(「천지하」)고 하였다.

이처럼 세상은 천지(天志), 즉 하늘의 뜻에 따라 다스려지므로 모든 백성들은 하늘의 뜻에 따라 살아야 한다고 하였다. 그렇다면 하늘의 뜻이란 어떤 것인가? 묵자가 말하고자 하는 하늘의 뜻은 장인(匠人)에게 도구와 같은 표준이었다. 결국 하늘의 뜻은 인간의 모든 행위의 가치 기준이며 법이다. 따라서 이 법에 따라 행동할 때 세상은 의롭게 되고 각자의 행복은 실현될 수 있다는 것이다.

그렇다면 천지(天志)의 내용은 과연 무엇인가? 그것은 바로 '의(義)'이다. 묵자는 의(義)의 유무로 인해서 생사 혹은 빈부가 결정되는데, 이것은 바로 하늘이 의를 바라고 불의를 싫어함을 알 수 있는 근거가 된다. 그러므로 하늘은 자신의 뜻을 따르는 의로운 사람에게는 그들이 바라는 복을 주고, 의롭지 못한 사람에게는 불행과 재난이라는 벌을 내린다고 한다.

이에 묵자는 구체적인 의로운 행동으로 '겸상애 교상리(兼相愛 交相利; 더불어 사랑하고 서로 이롭게 함)'를 말한다. 즉, 의를 행하기 위해서는 의의 근본인 하늘의 뜻을 따라야 하는데, 하늘의 뜻이 곧 '서로 사랑하고 서로 이롭게 하라'는 것이라고 한다. 따라서 하늘은 반드시 사람들이 서로 사랑하고 서로 이롭게 할 것을 바라며, 서로 미워하고 서로 해칠 것을 바라지 않는다. 이것이 곧 하늘의 뜻이었다.

차별 없는 사랑 '겸애(兼愛)'

묵자의 사상은 여러 가지로 설명될 수 있지만, 그 핵심은 바로 '겸애'에 있다. 여기서 '겸(兼)'은 '아우르다'는 의미에서 따온 것으로, 남과 나의 대립적인 관계를 인류 전체의 상호 관계로 확장하려는 것이다. 그리고 이 '겸'은 '겸상애 교상리'의 주장을 더욱 기술적으로 잘 나타내기 위해 한 글자로 압축한 것이다. 그리고 이에 반대되는 '별(別)'은 '별상오 교상적(別相惡 交相賊; 서로 미워하고 서로 해침)'을 간단히 줄인 것이다. 그러나 『묵자』에는 겸과 별에 관한 직접적인 해석은 없다. 다만 '겸사(兼士)'와 '별사(別士)'의 말과 행동의 차이를 통해서 그 의미를 나타내고 있다.

묵자는 "겸사란 내가 듣건대 천하의 뛰어난 선비라면 반드시 그의 친구의 몸을 자기 몸 위하듯 하고, 그 친구의 부모를 자기의 부모 위하듯 한다."(『겸애』)고 하였다. 즉, 겸사는 늘 남을 사랑하고 이롭게 하기에 친구 위하기를 자기 몸 위하듯 하는 사람을 말한다. 그리고 별사는 남 위하기를 자기 몸 위하듯 하지 않고 오직 자기만을 위하는 사람을 말한다. 이러한 겸사의 사랑은 바로 '겸애'이고, 별사의 사랑은 곧 '별애(別愛)'가 된다.

그래서 묵자는 별애의 한계를 넘어설 수 있는 유일한 대안으로 겸애를 제시했다. 사람들이 겸애를 실행하면 서로 이롭게 되어 '천하의 이익'이 도모되므로 인간관계에서 취해야 할 올바른 태도는 오직 겸애뿐이라는 것이 묵자의 생각이다. 이 말은 다시 말해 별애의 결과는 '천하의 혼란'이므로 겸애만이 유일한 대안인 것이다.

이러한 그의 겸애 관념은 자기 위주의 사고를 전환하여 타인을 공동체의 구성원으로 인정하고 포용하는 공동체 의식을 가리키는 것이었다. 따라서 겸애는 원칙적으로 인간의 사회적 관계를 규정하고자 하는 도덕 원칙인 것이다.

그렇다면 공동체의 한 성원으로 아울러 사랑하는 겸애는 구체적으로 어떻게 사랑하는 모습을 가리키는 것인가? 겸의 반대인 별은 이해가 상충하는 사회관계 속에서 자신과 타인을 차별하는 태도이다. 즉, 별은 남을 미워하고 해침으로써 나를 위하고 이롭게 하려는 의도에서 분별과 차별을 취한다. 차별을 부정하는 겸은 인간관계의 상호성을 인식하고 타인을 인정하면서 함께 이익을 도모하고자 하는 공동체 의식이다. 따라서 분별과 차별은 용인하지 않는다. 묵자는 천하 사람이 서로 겸애하면 '자신을 사랑하듯 남도 사랑하게 된다'는 구체적 내용을 설명하였던 것이다.

겸애의 가장 본질적인 실천 방법은 어떤 것인가? 그것은 바로 남의 몸을 자기 몸과 같이 생각하고 바라보라는 것이다. 그러면 '남을 자기처럼 생각하고 자기와 같이 사랑하라'는 겸애는 구체적으로 어떤 내용을 함축하고 있는가? 남을 나처럼 생각하고 바라본다는 것은 남과 남의 집을 해치지 않고, 어지럽히지 않으며, 공격하지 않는다는 구체적인 행위로 드러난다. 이 행위는 타인을 한 사회의 공동 성원으로 인정하려는 공동체 의식에서 비롯된 태도이다. 여기서 타인을 공동체의 한 성원으로 생각하고 바라보는 것은 나와 동등한 견지에서 타인을 대한다는 의미이기도 하다.

결국 묵자는 당시 계급의 차이가 엄격했던 사회 체제 속에서 감히 지배층과 피지배층, 곧 만민이 천 앞에서 인격적으로 평등하고 모두가 하늘의 백성이라고 선언한 것이다. 이러한 생각에서 묵자는 천이 인간에게 차별 없는 사랑을 베풀어 주듯이, 인간들 역시 서로 타인에게 차별 없는 사랑을 베풀어야 한다고 가르쳤다.

이와 같이 묵자가 천하의 사람들이 취해야 할 바람직한 자세를 겸애로 규정한 것은 그것이 다른 사람의 이익, 즉 궁극적 사회 전체의 이익을 가져오게 한다는 믿음 때문이었다. 그리고 자신을 사랑하는 마음에서 출발하여 타인을 사랑하는 겸애의 자세는 상호 간의 이익을 이룰 수 있게 한다고 여겼기 때문이다. 그래서 그는 겸애를 도덕원칙의 핵심으로 삼았다.

그뿐만 아니라 겸애로써 정치를 하면 천하가 반드시 다스려진다는 것이다. 이러한 겸애를 바탕으로 하는 그의 정치적 견해는 '대동사회'의 건설이라는 이상사회를 추구한다.

대동의 이상사회

묵자가 꿈꾸었던 정치적 이상사회는 바로 '대동사회(大同社會)'였다. 그렇다면 그가 꿈꾸었던 대동사회란 과연 어떤 사회인가?

큰 도가 행해지면 천하를 공(公)으로 하여 어진 자를 뽑고, 능한 자를 골라서 신의(信義)를 강구하고 화목함을 닦았다. 그런고로 사람들은 유독 그 부모만을 부모로 여기지 않고, 유독 그 아들만을 아들로 여기지 않았다. 늙은이로 하여금 그 생을 마칠 곳이 있게 하며,

어린이로 하여금 의지하여 성장할 곳이 있게 하고, 늙고 아내가 없는 사람과 늙어서 남편이 없는 사람, 그리고 어리며 부모가 없는 사람 및 늙고 자식이 없는 사람과 폐질에 걸린 자로 하여금 다 부양을 받을 수 있게 하며, 남자는 직분이 있고 여자는 돌아갈 곳이 있었다. 재물은 헛되게 땅에 버려지는 것을 싫어하지만 반드시 자기에게만 사사롭게 감추어 두지 않았으며, 힘이란 것은 자기의 몸에서 나오지 않은 것이 아니지만 그 노력을 반드시 자기 자신의 사리를 위해서 쓰지는 않는다.(「예운」)

이러한 대동의 세계에 대한 주장은 공자에게서 나온 것이라 하기도 하고, 묵자에게서 나온 것이라고 보기도 한다. 특히 대동사상이 묵자에게서 나왔다고 보는 방원초(方援楚)는 「예운」 편의 대동사상과 묵자의 사상을 대비시켜 다음과 같이 설명한다. 즉 '천하를 천하인이 공유하여 현명하고 유능한 이를 선발함'은 '상현(尙賢)'의 뜻이며, '신의를 지키고 화목하게 지내는 것'과 '자기의 어버이만을 친애하지 않으며 자기 자식만을 사랑하지 않는 것'은 '겸애'를 말하는 것이다.

또 '늙은이로 하여금 그 생을 편안히 마칠 수 있게 하는 것으로부터 고독한 폐질자에 이르기까지 모두 부양받을 수 있게 하고, 남자는 자기가 해야 할 직분이 있고, 여자는 각각 자기의 가정이 있게 되는 것'은 묵자에 있어서의 '절용(節用; 아껴 씀)'과 '절장(節葬; 검소한 장례)'의 효과와 같다고 했다.

그리고 묵자가 생산을 중시하는 것과 '재화가 헛되게 땅에 버려지는 것을 싫어하는' 대동의 사상은 비슷하며, '자기 자신의 이익을 위해서만 힘을 쓰지 않는 것'과 묵자의 '힘이 있는 사람은 힘써 다른 사람을 돕고, 재산이 많은 사람은 힘써 다른 사람과 나누며, 도를 지닌 사람은 부지런히 그것을 남에게 가르치는' 사상과 같다는 것이다.

묵자는 이러한 이상사회가 한 국가에서만 이루어질 것이 아니라, 온 천하가 모두 이렇게 되기를 바랐다. 온 천하가 이러한 상태에 이르게 되면 곧 세계 대동의 시대가 열린다는 것이다. 이와 같은 대동 세계의 실현이 곧 그가 추구하였던 정치이상이었다.

묵자는 이러한 대동사회의 실현을 위해서는 먼저 권력 세습과 재산 상속이 배제된 현명한 선비에 의한 통치를 해야 한다고 주장했다. 이것이 바로 '상현론(尙賢論)'이다. 그래서 묵자는 '현사(賢士; 현명한 인재)'를 양성해야 한다고 했다. 즉, 올바른 정치를 할 수 있는 인재 양성이 급선무라는 것이다. 그러면 묵자가 생각한 '현사'란 과연 어떤 사람인가?

묵자가 말하는 현사는 현명하고 훌륭한 선비로서 천하의 이익을 도모하고 해를 제거할 줄 아는 사람을 말한다. 그래서 묵자는 "덕행에 충실하고 변론에 뛰어나며 학예에 능통하고 자신을 희생하여 남을 위할 줄 아는 사람"(「상현상」)으로 표현하고 있다. 현사는 바로 이러한 덕망과 재능으로 천하의 사람을 교화하고 그들의 의식을 개혁하고자 하는 사람이었다. 이러한 현사는 반드시 겸애의 품덕을 갖추어야 한다고 하였다.

그러면 묵자는 왜 현사, 즉 겸애하는 사람을 배양하려 하였을까? 묵자가 활동하던 전국시대는 사회가 지극히 혼란한 시대였다. 그 혼란의 원인을 그는 '서로 사랑하지 않음'으로 진단하고 '서로 사랑'할 것을 강조하였던 것이다. 그 당시 사회의 혼란을 다스리고자 하는 마음은 묵자뿐만 아니라 모든 학파들이 바라던 바였다. 유가는 예와 덕으로 다스리고자 하였고, 도가는 무위로써, 법가는 법과 술로써 다스리고자 하였는데, 묵자는 겸애라는 독창적인 통치 원리와 치료 방법을 내놓은 것이다. 즉, 겸애를 통해 윤리적으로 군신과 부자와 형제간의 갈등을 해소하며, 사회적으로는 도둑과 쟁탈을 없게 함으로써 국가의 안정을 이룩하고 나아가서는 사회의 행복을 증진시키고자 하였던 것이다.

또한 묵자는 '상동론(尙同論)'을 주장했다. 여기서의 '상동'이란 '백성의 뜻을 잘 인도하는 것'을 말한다. 묵자는 현명한 선비를 잘 발탁하여 그들이 백성들을 존중하면서 한마음으로 나라를 다스리는 것이야말로 천하를 잘 다스리는 것이라 생각했다. 만약 백성들이 서로 다른 마음을 갖게 되면 천하는 다스려지지 않는다. 그러므로 현명한 선비를 가려서 천자(天子)와 관리로 삼아야 하고, 천자와 관리가 모두 현명한 선비로 충당하게 되면 백성들의 마음은 분명히 하나로 모아지게 될 것이라고 믿었다.

그러면서 묵자는 겸상애가 세상을 구하는 유일한 방법이라고 생각했다. 그러나 모든 인간이 서로 사랑함의 본능을 가지고 있다고는 생각지 않았다. 그래서 실을 물들이는 경우처럼 학문하는 선비도 물들이는 방법에 따라 착한 사람이 되기도 하고 악한 사람이 되기도 한다고 보았다. 그러므로 인간을 겸애의 도로 염색하여 서로 해하지 않게 해야 한다는 것이다. 그러나 일반 민중들은 식견이 부족하여 겸애의 이익과 별애의 해를 잘 헤아리지 못하므로 여러 가지 제재가 필요하다고 보았다. '천지(天志)'가 '종교적 제재'였다면 '상동(尙同)'은 바로 '정치적 제재'에 해당된다.

그리고 묵자가 꿈꾸었던 이상사회는 힘 있는 사람은 서로 도와주고, 지식을 가진 사람은 서로 가르쳐 주며, 재물이 있는 사람은 서로 나누는 사회라고 하였다. 이러한 사회야말로 국론을 통일하고 화동일치의 대동세계를 만들어 가는 세계인 것이다.

또한 이러한 사회에서는 우선 모든 주권이 백성에게 있어야 한다고 주장했다. 그에 의하면 국가라는 관념 또한 인간 본연의 가치보다 상위 개념이 될 수 없고, 그 목적 또한 백성의 의를 화합하여 일치시키는 데 있으며, 여기에 통치자를 세운 목적은 혼란을 질서로 바꿔 백성을 편안하게 하는 데 있다. 그래서 주권은 어진 통치자를 선출한 백성들에게 있고, 그 관계는 당연히 계약 관계가 된다는 것이다. 백성들이 직접 선출함으로써 권력 세습과 재산 상속의 폐단을 막고, 누구든지 능력에 따라 등용될 수 있으며 무능하면 물러나게 된다는 의미를 담고 있다.

결국 묵자가 정치를 통해서 이루고자 하였던 목표는 통치자와 백성들을 적극적이고 당당한 정치 참여자로 만들어 화합하여 하나 되는 세계의 구성원으로 나서게 하기 위함이었고, 이는 결국 자신이 소망한 이상사회를 실현하기 위함이었다.

평등한 경제

묵자가 꿈꾸었던 이상의 사회에서는 인간관계가 서로 평등하여 아우르는 사랑의 관계, 즉 서로에게 이익 되는 관계가 되기를 바랐다. 이것이 바로 그가 말하는 하늘의 뜻이기도 했다. 그래서 그는 정치, 문화, 도덕 등 상부 구조를 경제적 토대에서 파악하여 경험되는 현실 세계로 끌어내렸다. 즉 "인(仁)은 민중을 사랑하는 것이며, 의(義)는 민중에게 이로움을 주는 것이어야 한다."(「경설상」)고 하여 도덕의 문제를 오히려 경제의 문제로 파악하였다.

또한 그는 전쟁과 음악도 경제적인 면에서 보아 전쟁은 칼과 창 등의 소비 행위로, 음악은 악기의 소비 행위로 파악했다. 따라서 이러한 재화의 소비는 재화의 본래 목적을 초과한 과시 소비이므로 버려야 한다고 생각했다. 왜냐하면 이것은 결국 노동을 착취하는 것이기 때문이다.

묵자에게 있어 국가란 민중을 먹여 살리는 것이다. 국가를 만들어 통치자를 세운 것은 민중의 의를 화합하여 하나로 일치시키고자 함이며, 그 의는 민중들의 이익이었던 것이다. 즉, 민중들 각자의 이익을 극대화시키는 것이 국가의 임무였다. 여기서 통치자는 배고픈 자에게 먹을 것을 주고, 헐벗은 자에게 의복을 주며, 피곤한 자에게 쉴 곳을 마련해 주어야 한다. 그러기 위해서는 생산을 장려하여 재화를 풍족하게 쓸 수 있도록 해야 한다는 것이다.

묵자 당시의 상황을 보면, 주나라 왕권이 무너지고 봉건귀족들이 토지와 농노를 확보하기 위해 저마다 토지를 약탈하여 세습함으로써 사적 소유권이 인정되어 갔다. 묵자는 바로 이러한 불평등 사회의 문제점을 직시하여 천하의 공유 안에서만 겸애의 대도가 행해질 수 있음을 강조하였다. 그 결과 공동체 사회인 대동사회가 도래할 수 있다고 보았다.

여기에 묵자는 경제적 평등을 달성키 위한 수단으로 '세습과 상속'을 막아 불평등을 차단시켜야 한다고 생각했다. 그러므로 그에게 있어 국가의 의무는 민중을 이롭게 한 공적이 없는 자가 상속으로 인해 부유해지는 것을 막는 것이었다. 또한 그는 경제적 평등을 위해서 빈부귀천의 신분 이동이 그 자신의 행동 결과에 따라 언제나 가능하도록 제도를 개선해야 한다고 주장했다. 그리하여 자기 노력 없이 부유한 자가 없게 해야 한다는 것이다.

그리고 묵자는 재화의 소비에도 주목했다. 소비의 형태가 바로 문화제도 등 상부 구조의 토대가 되고, 재화가 낭비되면 더 많은 노동이 요구되며, 그 결과 민중은 더욱 고달프며 헐벗기 때문이다. 그는 이러한 문제점을 해결하기 위한 방책으로 지배층의 과한 소비를 줄이게 하는 '절용(節用)'을 강조하였다. 여기서 절용이란 바로 '절도에 맞는 소비'를 뜻한다. 그에게는 이러한 절용만이 하늘의 뜻과 민중의 뜻에 맞는 경제생활이었다. 다시 말해서 지배층의 절용은 바로 민중들의 노동을 착취당하지 않게 할 뿐 아니라 민중에게 소용없는 것을 생산하지 않으므로 국가에 이로운 것을 더 많이 생산하여 재화를 풍족하게 소비할 수 있기 때문이다. 그는 소비하지 않는 절용의 이익은 참으로 큰 것이며, 당시에 절대적으로 필요한 것이라고 판단했다.

아울러 묵자는 경제적 측면에 있어서 3가지의 재난(災難)이라 하여 다음과 같이 말하였다. 첫째, 생산의 측면에 있어서 민중에게 소용 없는 것(보물, 악기, 장례용품 등)을 생산하게 하여 민중들의 노동력을 소진케 한다는 것이다. 둘째, 분배의 문제에 있어서 민중을 이롭게 하지 않는 자에게 상을 주어 부자가 되게 하는 것이다. 즉, 신분 세습과 상속에 의한 부의 편향을 지적하고 있다. 셋째, 소비의 문제에 있어서 민중들의 이익후생에 위배되는 소비로 민중들의 노동력을 소진케 한다는 것이다. 즉, 전쟁 준비와 호화궁궐 건설에 민중들의 노동력을 소진케 한다는 것이다.

이상의 논의를 통하여 볼 때, 묵자가 경제적 측면에서 주목하였던 것은 바로 '평등한 경제 활동'과 '절용'을 통한 민중들에 대한 배려였음을 알 수 있다. 이러한 경제 논리야말로 오늘날 정치 현실에서도 충분히 적용될 수 있는 귀중한 메시지임에 틀림없다.

노동하는 인간

묵자는 노동의 가치를 매우 중시했다. 그런데 거기에는 분명한 이유가 있다. 이는 유가 및 다른 사상가들의 행함 없는 관념적 철학에 대한 염증도 있지만, 묵자에게서만 느낄 수 있는 근면한 노동정신 때문이다. 그는 말이 앞선 관념 철학자의 유약한 모습이 아니라 실천 철학자로서의 강건함을 가졌던 것이다. 이를 이해하기 위해서는 당시 여러 학파의 묵가에 대한 비판을 살펴보면 더욱 명확해진다.

그들은 남을 위해 제 몸이 초췌해도 돌보지 않고 허름한 옷을 입고 일만 한다. 종아리와 장딴지에 털이 난 자(노동자가 아닌 자)는 묵도(墨徒)가 아니라고 했다. 그런 자들은 우임금의 도를 따르지 않는 자들이기 때문이다. 그러나 그들은 천하에 둘도 없이 남을 사랑한 사람들로서 자기 몸이 마른 고목이 되도록 그만두지 않는 질박하고 부지런한 사람들이다.(『장자』천하)

그들은 몸이 야위어 죽도록 일만 한다. 그러면서도 노예 같은 노동을 천자(天子)의 지위와도 바꾸려 하지 않는다. 그들은 천하를 온통 바다같이 평등하게 하려 한다. 그러나 그것은 노동자의 도일 뿐이다.(『순자』왕패)

묵자의 가장 바람직한 인간의 모습은 '노동하는 인간'이다. 묵자는 인간의 생존과 인간됨의 실현 조건을 노동으로 보아 금수와 구별되는 기준을 '생산 노동(력)'에 두고 있었다. 물론 그가 말한 노동력이 생산 노동만을 의미하는 것은 아니다. 경우에 따라서는 관리의 능력 등도 노동의 범주에 포함시켰다. 재판이나 관청의 일까지도 노동으로 보는 것은 능력에 따라 그들 집단의 중간 관리자나 지도자가 될수 있었던 묵자의 공동체 의식의 확대로 볼 수 있다. 다만 그들이 구상하는 사회는 공동의 이익으로 백성의 삶에 도움을 주는 경우에만 노동의 참 의미로 보았다. 묵자의 이러한 사고는 그들 집단의 분업 정신의 확대로 보인다.

이러한 묵자의 노동의식과 실천적 가르침은 지배층에겐 질투와 심적인 부담을 주었고, 민중들에겐 신선한 의욕과 큰 깨달음을 줄 수 있었다. 그리고 그는 봉건사회에 살았으면서도 오늘의 관점에서 보아도 손색없는 바람직한 노동자의 모델을 제시하였고, 선견자적 통찰력을 가지고 참된 노동자를 만들어 갔던 것이다.

이러한 맥락에서 볼 때, 묵자는 바로 실용주의자였으며 문화의 실용주의를 주창한 최초의 실학자였던 것 같다. 그러나 무엇보다도 그는 노동의 진실성과 존엄성을 깨닫고 몸소 행하며 가르친 최초의 교육실천가이기도 했다. 그런 의미에서 묵자의 도는 진정한 '노동자의 도'이다.

묵자 사상의 가치

묵자 사상은 전국시대와 더불어 몰락하고 말았다. 유가가 당시 사회의 중심 이론이 되면서 묵자 사상은 배척되었기 때문이다. 묵가의 지지 기반이 강대국이 아니라 약소국의 군주였다는 점도 묵가 몰락의 원인 중 하나로 꼽는다. 결국 작은 나라의 공동체적 삶을 강조하던 그들의 사상은 거대 국가의 등장과 함께 사라져 갔다. 즉, 한나라 이후 유학이 시대의 중심으로 부각되면서 묵가와 같은 이질적인 정치 논리와 사상들은 역사 속으로 사라져 버린 것이다.

묵자의 합리적이고 실용적인 주장은 유가로부터 혹독한 비난을 받았을 뿐 아니라 지배계층인 제후들에게도 비난을 받아야만 했다. 특히 맹자는 묵가에서는 모든 사람을 서로 차별 없이 사랑함으로, 이는 부모도 없는 셈이다. 부모도 없고 임금도 없다면 그것은 사람의 도를 무시한 금수의 가르침이라고 비난했다.

장자 또한 묵자의 생활을 두고 만물을 꾸미지 않고, 법도를 밝히지 않으며, 인위의 제도로 스스로를 격려하며, 재물을 저축하여 환난에 대비하게 한다고 비난했다. 그리고 그들의 행동이 너무 지나쳤고, 실천 방법이 세속의 풍속에 어긋난다고 주장했다. 순자 역시 묵자가 음악을 부정하는 것은 곧 천하를 어지럽게 하는 것이며, 물자의 사용을 절약하자는 것은 곧 천하를 가난하게 만드는 것이라고 비난했다.

이러한 당시 사회에서의 비난에도 불구하고 묵자는 서로 차별 없이 사랑하고 서로 이롭게 하는 겸애와 교리를 주장하여 서민들에게 상당한 호응을 얻기도 했지만, 결국 이상으로 끝나고 말았다. 특히 그의 평등사상은 당시 봉건사회에서는 도저히 실현될 수 없는 이론이었을 수도 있다.

그렇지만 그의 사상은 오늘날의 관점에서 보자면 가장 실생활에 알맞은 현실적인 사회정책이었으며, 근대의 실학사상이나 미국의 실용주의와도 그 맥을 같이하는 가치를 지닌다. 아울러 현대 산업사회의 물질적 풍요로 인한 병폐들(배금주의, 인간소외 등)을 볼 때에 그의 겸애와 교리의 사상은 중요한 시사점을 제공하고 있다. 분명 묵자의 사상을 이 시대에 알맞게 적용시킨다면 갈등과 대립이 없는 복지 사회를 이룩할 수 있을 것이며, 세계 평화에도 크게 이바지할 수 있을 것이다.

한비자: 규율의 이상 세계

전국시대 말기 열국(列國; 여러 나라)은 종래의 봉건국가 조직으로는 나라를 존립할 수 없다는 자각을 하게 되었다. 당시 제자백가의 등장도 새로운 두뇌가 요구되었기 때문인데, 전국시대 말기가 되자 그것만으로는 부족하였고, 봉건국가의 기구 자체를 합리화할 필요성을 느끼게 되었던 것이다. 봉건국가를 합리화하기 위한 새로운 원리는 바로 '법'이었다. 이러한 시대적 요구에 의해서 등장한 것이 바로 법가사상이다.

당시 법가사상가들은 인정(仁政)이나 도덕으로는 국가를 합리적으로 운영할 수 없다고 생각했다. 따라서 유가가 도덕을 정치의 기초로 삼고 예악을 다스림의 주요 수단으로 하였다면, 법가는 도덕을 경시하고 예악을 배척하며 법률과 형벌을 제왕의 도로 삼았다. 이러한 법가사상은 이리(李悝)에서부터 시작하여 상앙(商鞅)의 법치로 발전하고, 신불해(申不害)에 와서 술치(術治)로, 신도(愼到)에 와서 세치(勢治)로 발전하였는데, 이를 한비자(韓非子)가 종합 집대성하였다.

한비자(?~B.C.234)는 한(韓)나라 제공의 아들이며, 진시황제 밑에서 재상이 된 이사(李斯)와 함께 일찍이 순자에게서 배웠다. 그의 말은 어눌하였지만 글은 매우 훌륭하여 타의 추종을 불허하였으며, 특히 형명법술(刑名法術; 법으로 나라를 다스리는 방법과 기술)의 학문에 아주 뛰어났다고 한다. 당시 그의 조국인 한나라는 주위 강대국의 위협을 받아 국토를 일방적으로 빼앗겼기 때문에 여러 번 부국강병을 한나라 군주에게 역설하였으나 한 번도 채용되지 않았다.

우연히 그가 쓴 논문이 이웃 나라 진시황제의 눈에 띄었는데, 시황제는 그 논문을 보고 감동하여 즉시 한비자를 만나 보고자 하였다. 그때 한비자와 함께 순자에게서 배웠던 이사가 "그 논문은 한비자가 쓴 것입니다."라고 하자, 시황제는 곧 사자를 보내어 한비자를 초대하려 하였다. 그러나 한나라 군주는 이를 허락하지 않았다. 이에 시황제는 한을 공격하여 강제로 한비자를 빼앗았다.

시황제는 크게 기뻐하였지만, 이것을 본 이사는 "한비자는 한나라 사람이기 때문에 결국 진나라를 위해서는 움직이지 않을 것이므로 죽여 버리는 것이 좋겠다."라고 전하여서 시황제는 한비자를 투옥했다. 후에 시황제는 생각을 고쳐 사면하고자 하였는데, 그때는 이미 이사가 한비자를 독약으로 죽인 후였다.

그의 사상은 유가와 묵가를 비판하는 입장에 있었고, 노자의 사상은 비판적으로 수용하는 태도를 보였다. 그리고 순자의 성악설을 연구하고 전기법가의 도덕관을 발전시켜 법가 공리학파의 학설을 완성하였다. 저작으로 『한비자』가 있다.

인간에 대한 이해

한비자의 법가사상을 이해하기 위해서는 그가 인간의 본성을 어떻게 이해했는지를 먼저 살펴보아야 한다. 순자의 제자였던 한비자는 순자의 성악설에 영향을 받았다. 순자는 악한 본성의 근저에는 인간의 이기적 욕망이 있다고 보았다. 사람이 악한 본성을 가지고 태어났기 때문에 이기적이므로 예로써 인성을 교화하여 이기적인 욕망을 제한해야 한다고 생각했다. 한비자는 여기서 한 걸음 더 나아가 사람들을 다스리는 데는 예만으로는 불충분하므로 강력한 법을 써야 한다고 주장했다. 왜냐하면 인간은 모두 자신의 이익을 위하여 철저히 계산하는 이기심을 가지고 있으며, 이 이기심에 의해 인간의 모든 감정과 행위가 결정된다고 보았기 때문이다.

이와 같이 한비자는 인간을 아주 '이해타산적인 존재'로 보았다. 이는 인간의 본성을 선과 악의 측면에서 이해한 것이 아니라, 이(利)와 해(害)의 측면에서 이해하는 태도이다. 따라서 유가와 같이 인간을 도덕과 결부시켜 바라보는 가치론적 태도는 전적으로 배척한다. 즉, 인간을 이익과 손해의 관점에서 타산성과 유용성에 따라 자신의 이익을 추구하는 존재로서 이해한 것이다. 이것은 인간을 형이상적인 이념이나 도덕적 존재로서 이해하는 것이 아니라, 형이하적인 현실적이고 공리적 존재로서 이해하는 태도이다.

의사가 환자의 상처 난 곳을 열심히 입으로 빨아서까지 치료하는 것은 결코 환자의 골육의 정이 있어서가 아니다. 그렇게 해야만 이익을 얻을 수 있기 때문이다. 그러므로 수레를 만드는 사람이 수레를 생산한다면 그는 사람들이 부귀해지기를 바랄 것이며, 관(棺)을 만드는 장인(匠人)이 관을 생산한다면 그는 사람들이 빨리 죽기를 바랄 것이다. 그러나 수레를 만드는 사람은 모두 선하고, 관을 만드는 사람은 모두 악하기 때문에 그런 것은 결코 아니다. 사람이 부귀해지지 않으면 수레가 팔리지 않을 것이요, 사람이 죽지 않으면 관이 팔리지 않기 때문에 그런 것이다. 관을 만드는 사람이 결코 사람을 증오하여 빨리 죽기를 바라는 것이 아니라 그래야만 자기에게 이익이 돌아오기 때문이다.(「비내」)

이와 같이 인간을 이익과 손해를 따져 행동하는 존재로서 파악했다. 따라서 인간은 누구나 관념적 이념이나 도덕을 지향하는 가치론적 태도 대신에 현실적 이익과 안전을 지향하는 목적론적 태도를 취한다고 했다.

그러나 인간 모두가 이러한 이익 추구를 무제한적으로 사용한다면, 그것은 반드시 인간 상호 간의 충돌과 갈등으로 이어질 것이다. 각자가 가진 무제한적 이익 추구는 대내적으로는 혼란과 무질서로 이어져 결국 각자의 이익과 안전조차 위협당하는 혼란 상태를 초래하게 될 것이고, 대외적으로는 강화된 국력으로 인해 약육강식의 전쟁 상태에서 외침의 위협에 항상 시달리게 될 것이다.

한비자는 이러한 혼란과 무질서의 상황에 대비하고, 나아가 부국강병을 이루기 위하여, 인간이 가지고 있는 이익 추구의 행위 범위에 일정한 제한을 가하고자 했다. 그것은 한편으로는 국가의 공리를 해치는 개인의 이익 추구는 철저히 통제하면서, 다른 한편으로는 국가의 이익에 도움이 되는 개인의 이익 추구는 적극적으로 이용하자는 것이다. 즉, 국가 목적에 합치하는 공리적 이익 추구는 상(賞)으로써 적극 장려하고, 국가 목적을 해치는 반공리적 사리 추구는 철저히 형벌로써 통제하는 것이다. 이러한 인간의 국가목적적 사회성과 반사회성의 기준이 바로 공리이고, 그러한 공리의 명문화된 표현이 바로 '법'이다.

이와 같이 한비자는 도덕이나 양심과 같은 이념과는 완전히 결별하는 입장에서, 단지 자신의 이해만을 따져 행위 하는 현실적·공리적 이론을 제시하였다.

덕보다 법에 힘쓰라

한비자는 국가를 잘 다스리기 위해서는 엄한 형벌로 백성들의 사악함을 금지하고 간사함을 막아야 한다고 주장했다. 즉, 백성을 잘 다스리기 위해서는 무엇보다도 법에 의한 통치가 중요하다는 것이다. 그래서 한비자는 늘 '덕보다 법에 힘쓰라'고 주장했다. 이는 유가에서 말하는 덕치로는 이 어려운 난세의 형국을 다스릴 수 없다고 판단했기 때문이다. 아울러 법치의 우수성을 강조하고자 함이었다. 그의 논리를 쫓아가 보자.

먼저 상고시대의 도덕은 오늘날에는 통용될 수 없다고 하였다. 한비자는 상세(上世)에는 도덕으로 경쟁하였고, 중세(中世)에는 지혜와 꾀로 각축을 벌였으며, 오늘날에는 기운과 힘으로 다툰다고 하였다. 도덕을 말하고 인의를 이야기하는 것은 상세에는 통했지만 오늘날에는 적합하지 않다는 말이다. 이는 곧 옛날과 지금은 풍습이 다르므로 새로운 일과 옛 일에는 각각 대비책을 달리해야 한다는 것이다.

사실 상세에는 인구가 적고 재물이 풍부했기 때문에 서로 다툴 일이 별로 없었다. 따라서 서로 아끼고 사랑하여 오직 도덕을 숭상할 수 있었다. 그러나 후세에는 인구가 많아지고 재물이 모자라다 보니 열심히 노동하여도 살아가기가 어려웠다. 자연히 서로 쟁탈하게 되고, 비록 법률로써 다스리지만 혼란을 면치 못하였다. 도덕적 교화는 더더욱 말할 필요가 없었다.

이는 인구의 증가와 재물의 많고 적음에 따라 덕치가 옛날에는 적합하였으나, 오늘날에는 부적합함을 말하고 있는 것이다. 따라서 기운과 힘을 다투는 시대에 살면서 형세의 변화에 따라 다른 조치를 취하여 백성을 다스리려면 덕치로는 불가능하니 역시 법치를 시행해야만 한다는 것이다. 이것이 곧 세상의 풍속에 따라 적절하게 행한다는 논리이다.

그리고 인(仁)과 자애(慈)만으로는 자녀를 훌륭하게 교육시킬 수 없다고 보았다. 즉, '채찍이 필요하다'는 것이다. 한비자는 "어머니가 자식을 깊이 사랑하면 자식이 비행을 저지르는 경우가 많은 것은 사랑만을 내세우기 때문이다. 아버지가 애정이 박하고 채찍으로 교훈을 주면 자식이 훌륭하게 되는 수가 많은 것은 엄하게 다루기 때문이다."(『육반』)고 하였다. 이는 자녀들을 지나치게 사랑으로 다스리면 자기 신상을 망치는 자식들이 많이 나온다는 것이다.

특히 그는 부귀한 가정의 자녀를 지나치게 사랑하면 반드시 신상을 망치는 자식들이 나오게 될 것이라고 하였다. 부귀한 가정의 자녀들은 교만한 습성이 쉽게 생겨서, 그 결과 가정을 기울게 하거나 가산을 탕진하고, 혹은 난폭하게 행동하거나 죄를 저지른다는 것이다. 이에 근거하여 한비자는 백성을 다스리는 데 있어서 자녀를 가르치는 것과 같이 자애를 강조하면 혼란을 막을 수 없고, 도리어 이기심만 기르게 된다고 하였다.

그리고 백성에게 인의와 자애를 강조하게 되면 도리어 이익을 탐하는 마음을 조장하여 윗사람을 범하고 혼란을 일으키게 된다는 것이다. 그래서 그는 인의와 사랑을 밝히는 것만으로는 부족하고, 형벌을 엄중히 해야 나라를 다스릴 수 있다고 강조했다. 그리하여 그는 유가와 묵가 모두를 비판했다.

> 지금 유가와 묵가는 모두 말하길 '선대의 착한 임금들은 천하의 백성들을 모두 한결같이 사랑하여 백성 보기를 부모가 자식 보듯이 하였다'고 한다. … 그들의 말은 임금과 신하 사이가 아버지와 아들의 사이와 같으면 반드시 잘 다스려진다는 것이다. 이 말을 미루어 말한다면 아버지와 아들 사이에는 불화가 있을 수 없다는 것이다. 그러나 부모는 다 사랑하건만 세상의 아들들은 반드시 부모에게 화순하기만 한 것은 아니다. 그러기에 군왕의 사랑이 비록 두텁더라도 그것으로써 어찌 곧 어지러워지지 않겠는가?(「오두」)

이처럼 한비자는 공자나 묵자의 인애와 같은 것으로는 국가를 올바로 다스릴 수 없다고 생각했다. 즉, 법치를 행해야만 백성들로 하여금 선행을 하게 할 수 있다고 주장한 것이다. 이러한 주장은 곧 '덕에 힘쓰지 말고 법에 힘쓰라'는 경고이기도 하다.

또한 인의의 주장은 일종의 헛소리로 보았다. 한비자에 의하면 유가나 묵가가 인의를 주장하는 것은 실제에 부합되지 않고, 국가의 민생 문제를 해결하는 데 전혀 도움이 되지 않는 일종의 헛소리일 뿐이라는 것이다. 따라서 한비자는 "박식하고 지혜롭기가 공자나 묵자와 같은 사람이라도 공자나 묵자는 농사를 지을 줄 몰랐으니 국가에 무슨 이익이 되겠는가? 효도를 갖추고 욕심을 부리지 않는 증자(曾子)와 같은 백성들도 그들은 전투에 종사할 줄 몰랐으니 국가에 무슨 이익이 되겠는가?"(「오두」)라고 하였다.

이는 농사와 전쟁을 일의 성취로 삼아, 공자와 묵자가 헛되이 인의를 말하는 것을 비판하고 있는 것이다. 그는 인의를 찬미하고 고상한 선비를 숭상한다면, 인의를 말하는 사람이 조정에 가득하고 맑고 고상한 선비들은 물러나 살면서 백성들로 하여금 농사와 전쟁을 멀리하게 하니 국가가 잘 다스려질 수 없다고 한다.

그래서 한비자는 일의 성취와 무관한 인의의 말은 무당의 주문과 다를 것이 없다고 생각했다. 인의를 외치는 것은 무당이 사람들에게 천년만년을 축수(祝壽)하는 것처럼 귀를 즐겁게 할 수는 있어도, 사실 하루의 수명조차도 연장시킬 수 없는 것과 같다는 것이다. 그러므로 그는 현명한 임금은 실제의 공로를 중시하고 인의와 같은 것은 중시하지 않는다고 했다. 이는 공리주의 원칙에 따라 덕치가 법치만 못하다는 것을 강조함이다.

이러한 그의 관점은 실제적 효과로서 언행의 선악을 살핀 것으로,

윤리적 차원에서도 상당한 가치를 지닌다고 할 수 있다. 그러나 도덕을 말하거나 인의로써 사람을 교화시키는 것을 하나의 헛소리로 간주하는 것은 문제가 있다. 이는 분명 법가 공리주의의 한계이다. 도의와 공리는 대립적이면서 통일된 관계이므로 공리를 떠나 도의를 말하는 것은 실로 올바르지 않고, 공리를 중시하고 도의를 소홀히 하는 것 또한 옳지 않다.

도덕 행위의 기준: 공(公)과 사(私)

앞서 언급한 바와 같이 한비자는 덕보다 법에 힘쓰라고 했다. 그렇지만 한비자는 결코 윤리 규범 자체가 필요 없다고 생각한 것은 아니었다. 그리고 유가와의 논쟁에서도 도덕이 필요한지 그렇지 않은지의 문제가 아니라, 어떻게 하면 당시 봉건사회에서 필요한 규범을 확립하고 실행할 수 있는가에 초점이 있었다. 이러한 문제에 있어서 그는 공(公)과 사(私)의 구분을 명확히 하고, 선악을 구분하며, 봉건도덕의 준칙을 마련할 것을 주장했다.

한비자는 공과 사는 대립적이므로 둘은 병존할 수 없다고 생각했다. 여기서 '사'는 자신을 위해 이익을 따지는 것을 의미하고, 이와 상반되는 것이 '공'이다. 따라서 한비자는 공을 위한 행위는 착한 것이고, 사를 위한 행위는 악한 것이라 여겨 선악의 대립이 곧 공과 사의 대립이라고 보았다. 그의 도덕에 대한 이해는 이러한 원칙에서 출발한다.

이와 같이 한비자는 법치는 공과 사를 구별하는 기초 위에 세워진 것이라고 생각하여 "군주의 도는 공과 사의 구분을 명확히 하고 법제를 명시하며 사사로움을 버리는 데 있다."(「식사」)고 하였다. 이는 결국 법치는 사람들로 하여금 공의를 행하고 사의를 버리게 하는 데 있음을 강조함이다. 여기서 말하는 사는 개인적인 말, 개인적인 뜻, 개인적인 사랑, 개인적인 욕심 등을 모두 포괄한다. 요컨대 한비자는 법률의 작용은 사적인 행위와 사상을 금지하고 공익을 보호하는 데 있다고 여겼다.

한비자의 입장에서 볼 때 범죄 행위는 나쁜 것이다. 왜냐하면 그것은 공익을 그르치기 때문이다. 따라서 법을 집행하는 사람은 반드시 공과 사를 구분해야 하며, 나쁜 사람에게는 분명한 제재가 필요하다. 이와 같이 공을 수립하고 사를 버리는 것을 그는 법치로 인식하였을 뿐 아니라, 이것을 도덕 행위의 판단 기준으로 삼았다.

따라서 그는 충효, 인의, 예의, 염치 등 도덕규범과 도덕관념은 모두 공을 위해 사를 버리는 기초 위에 수립되어야 한다고 생각했다. 만약 그렇지 않으면 그것은 허위이고 간사한 것이라 도덕적인 것이 될 수 없다고 주장했다. 이러한 한비자의 주장은 도덕을 말하지 않는 인간을 원하는 것이 아니라, 사심으로부터 출발한 행위는 도덕적이라 할 수 없음을 강조함이다. 이러한 그의 생각은 오늘날에도 그대로 적용되는 금언(金言)이 아닐 수 없다.

도덕적 수양론

법가사상에서는 법이 사회적 규범의 준칙이므로 도덕적인 수양 같은 것은 필요치 않을 것이라 생각할지도 모른다. 그러나 한비자에 있어서는 전혀 그렇지 않다. 그는 노자가 제시한 수양법을 개조하여 공을 위해 사를 제거하는 방법을 하나의 수양법으로 채택했다. 즉, '어떻게 하면 이(利)를 좇고 해(害)를 피하며, 재앙을 면하고 복을 받을 것인가?' 하는 문제에 초점을 맞추어 수양 방법을 전개했다. 그 내용은 다음과 같다.

먼저 한비자는 '도리에 따르라'고 했다. 그는 모든 사물에는 거기에 합당한 도리, 즉 규율과 규범이 있어서 인간의 행위가 효과를 얻고 또 착오를 빚지 않으려면 반드시 사물의 규범에 따라 행동해야 한다고 하였다. 따라서 만약 사물의 규율과 규범에 따라 행동하지 않고 제멋대로 행동하면 반드시 재앙을 가져오게 된다고 하였다. 그리고 이는 곧 천자(天子)로부터 일반 백성들에게까지 모두에게 해당된다고 하였다.

사람은 누구나 부귀를 바라고 가난을 싫어하지만, 결국은 자신이 이르고자 하는 목적에 이르지 못하는 것은 제멋대로 행동하며 사물의 도리에 따라 행동하지 않기 때문이다. 따라서 그는 일정한 기준을 무시하고 제멋대로 생각하는 것을 경계했다. 이것은 도리에 의하지 않고 제멋대로 추측하여 결국 정신만 고달프게 하고 스스로를 속이고 남도 기만하게 된다고 여겼기 때문이다.

그리고 '정신을 집중하라'고 했다. 한비자는 앞서 언급한 도리에 따르기 위해서는 반드시 정신이 안정되어야 하고 외물에 이끌려서는 안 된다고 했다. 정신은 외물을 추구하는 가운데 작용하는데, 마음속에 주재자가 없으면 화복을 판단할 수 없게 된다는 것이다. 그래서 한비자는 소위 '수신(修身)'이란 정신을 외물에 의해 동요되지 않도록 유지하는 것이라고 한다. 그래서 그는 정신을 기르는 것이 곧 덕이라고 생각했다. 또한 몸을 닦으면 외물이 정신을 혼란시킬 수 없으므로 덕이 진실해진다고 했다. 여기서 말하는 '몸을 닦는다'는 것은 몸을 수양함을 의미한다. 이것이 군자와 소인의 구별되는 점이다.

또한 '욕심을 없애라'고 했다. 한비자가 볼 때 인간은 이익을 좇고 손해를 꺼리는 본성을 지니고 있기 때문에 사심과 사욕을 지니며, 이에 따르면 비도덕적이고 위법적인 일을 하게 된다고 하였다. 그는 『도덕경』의 "화난은 하고자 하는 욕심보다 더 큰 것이 없다."는 구절을 해석하여 욕망은 사심과 사악한 마음을 낳고, 일단 사악한 마음을 가지면 간악한 짓을 하거나 재앙을 만나게 된다고 하였다. 이는 곧 생각이 단정치 못하고 사물의 규율과 규범에 따라 행동하지 않기 때문이다. 소위 '욕심과 이기심을 버린다' 함은 사심과 사욕을 버리는 것을 의미하는 것이지, 결코 생활의 욕망 자체를 금하는 것은 아니다.

그는 인간에게 사욕이 없다면 그 행동은 저절로 법칙에 부합될 것이라고 생각했다. 이것이 곧 "이치에 따라 욕심을 버리면 모든 일에 도가 있다."(「남면」)는 것이다. 따라서 그는 이상적인 통치자의 모습을 다음과 같이 그렸다.

정치의 대도를 체득한 군주는 천지를 바라보고, 강과 바다를 관찰하고, 산과 계곡에 의지하고, 해와 달이 비치는 것과 사계절의 운행 가운데 구름이 퍼지고, 바람이 움직이는 것을 관조하면서, 사람의 지혜로써 마음을 더럽히지 않았으며, 사욕으로써 몸을 더럽히지 않았다. 나라를 다스림은 법술에 의지하고, 시비는 상벌에 의탁하고, 경중은 저울에 붙인 채 하늘의 법칙에 역행하지 않았고, 인간의 보편적인 정서를 훼손하지 않았다. 남의 작은 흠을 찾지 않았고, 법도 밖의 일을 끌어들이지도 않았고, 법도 안의 것을 밀어내지도 않았다. 이미 이루어진 이치를 지키고 자연을 따랐을 뿐이다.(「대체」)

군주는 모름지기 마음이 산과 바다처럼 넓고, 해와 달처럼 밝으며, 사심과 사욕으로 자신을 구속하지 않아야 한다. 그리고 군주는 법술로써 천하를 다스리고 시비를 논하며 경중을 헤아려 천리와 인정에 순응해야 한다. 또한 군주는 모든 것을 기준과 법규에 따라 처리하여 사람들의 화복이 임금의 기분에 좌우되지 않고 영화와 욕됨은 자기의 선택에 달려 있다는 것을 느끼게 해야 한다는 것이다. 결국 여기서 말하고자 하는 중심 내용은 사욕이 없어야 비로소 규범에 따라 일을 처리할 수 있고, 공적으로 법을 집행해야 나라가 잘 다스려질 수 있다는 것이다.

이상의 내용을 종합해 보면, 모두 욕망과 규범의 관계 문제로 귀결된다. 한비자는 인간의 본성은 이익을 좋아하고 손해를 싫어하는 것으로 규정하고, 각종 규범이 곧 세상만사의 이치라고 생각했다. 이치와 욕망은 사회생활 속에서 항시 모순을 낳는데, 수양을 통해서 그 모순을 해결하고자 했다. 그는 이러한 모순을 해결함에 있어서 도가의 관점을 수용하면서도 금욕주의로 흐르지는 않았고, 유가의

동양의 지혜를 찾아서

관점도 흡수했지만 초공리주의적 주장으로 기울지는 않았다.

법가 사상의 가치

당시 유가와 묵가 등이 '인애'와 '겸애'로써 통치하려 하였으나 그 한계를 드러내자, 이는 난세를 이길 수 있는 방법이 못 된다고 지적하면서 등장한 또 하나의 통치술이 바로 법가 사상이었다. 즉, 그들은 법치·술치·세치를 통치의 근본으로 삼아 정치를 하였다. 그런데 그것이 한갓 법으로 백성들을 억압하는 것을 목적으로 하지는 않았다. 오히려 법을 통하여 백성들의 생활을 보장하려는 데 그 목적이 있었다. 특히 상앙이 진나라의 국가사업을 크게 달성시키자, 많은 사람들이 그를 흠모했다고 한다.

그리고 한비자에 와서는 법가적 사상들을 종합하여 체계화함으로써 더더욱 당시의 난세를 극복할 수 있는 참된 방도라고 여겨졌다. 사실 순자의 '예설(禮說)'도 이미 그 효능이 없던 시절이었기 때문에 그의 학설은 더욱 빛났다. 역사 속에서 우여곡절이 있었지만 오늘날까지도 그 효용적 가치는 결코 무시되지 않는다.

그러나 그들은 학문과 도덕을 무시하고 극단에 치우친 형벌제도로 인하여 스스로 그들의 발목을 잡고 말았다. 이러한 문제들은 오늘날 우리의 정치 현실에서도 좋은 본보기가 됨에 틀림없다.

제5부

불교에서
배우는
깨달음의 세계

이제는 앞서 탐구해 왔던 중국에서 발원한 사상 체계가 아닌 인도에서 발원하여 중국에 정착하고 한국과 일본, 그리고 동남아 여러 나라에까지 전파되어 오늘날까지도 사상적 주류로 자리매김하고 있는 불교사상에 대한 참으로 심오한 마음의 여행을 하게 된다.

불교사상의 형성은 그의 탄생설화에서 지나치게 미화되어 전승되어 온 것이 사실이지만, 붓다[佛陀]라는 걸출한 수도자가 있었기에 가능했다.

그가 깨친 후 설파한 연기의 진리[緣起說], 4가지 성스러운 진리[四聖諦], 3가지 큰 가르침[三法印說]의 세계는 불교 진리의 큰 물줄기를 형성한다. 그는 '만물이 실체로 존재한다는 착각을 버릴 때 인간이 고통과 윤회에서 벗어날 수 있다'고 가르친다. 이야말로 종교 진리로서의 큰 가르침이며, 현실의 삶 속에서 본받아야 할 지혜의 가르침이다.

중국에 전래된 불교는 초기에는 도가의 개념을 이용하는 등 외래 사상에 배타적인 중국에 적응하고자 노력하지만, 점차 중국 전통사상과 결합하면서 중요한 종교이자 사상으로 자리 잡는다. 특히 화엄종과 선종은 중국화된 불교의 흐름 중 가장 독특한 모습을 보인다.

불교는 과연 깨달음의 종교인가? 아니면 삶의 지혜를 제공하는 실천적 철학인가? 이러한 물음을 던지면서 탐구를 해 본다면 분명 마음의 깨침이든 이성적 지혜이든 금옥(金玉) 같은 울림의 메아리를 들을 수 있을 것이다.

1
인도의 종교 전통

　인도는 여러 종교의 발상지로, 힌두교·불교·자이나교·시크교 등 여러 종교가 인도에서 시작되었다. 그중에서 힌두교가 성립한 것은 여러 민족이 살고 있던 인도에 서양인과 뿌리가 같은 철기 민족인 아리아인들이 침입한 이후이다. 아리아인들은 인도에 정착한 후 원주민의 문화와 종교 위에 자신들의 문화와 종교를 세우게 되었다.

　아리아인들이 남긴 인도에서 가장 오래된 종교적·철학적 문헌이 바로 『베다(Veda)』이다. 『베다』는 물론 종교의례를 담고 있지만 다양한 신들에 대한 찬가이기도 하다. 『베다』는 통일된 체계를 갖춘 경전이 아니라 네 개의 경전을 의미하는데, 이 중 가장 오래되고 중요한 것이 『리그베다(Rig-Veda)』이다. 『리그베다』는 천여 개의 신에 대한 찬가와 만여 수의 시(詩)가 들어 있다.

　이후 『베다』에는 『우파니샤드(Upanisad)』라고 불리는 특별한 문헌들이 덧붙여졌다. 『우파니샤드』가 특별한 것은 베다의 다른 부분들과는 달리 우주와 자아에 대한 깊은 철학적 성찰들이 담겨 있기 때문이다. 『베다』의 신들은 단지 우주 질서를 관장할 뿐 아니라 인간의 도덕적 행위까지 관여한다고 믿어졌다. 신들은 인간의 행위에 상벌을 내릴 수도 있었다.

이러한 신의 권위는 곧 신을 모시는 사제의 권위로 이어졌다. 이에 따라 당시 인도 사회는 브라만이라는 최상위 계급의 사제들에 의해 통치되었다. 이들은 『베다』의 전통을 유지하면서 제사를 주관하는 사제들이었다. 사제 계급 아래는 각기 다른 세 신분의 계급이 있어 세습되었다. 이것이 인도의 유명한 신분제도인 '카스트제도'로서 사제인 브라만, 왕족에 해당하는 크샤트리아, 평민에 해당하는 바이샤, 가장 낮은 노예 계급인 수드라이다. 각 계급에 따라 결혼, 직업, 식사 따위의 일상생활에 엄중한 규제가 있다.

가장 불결한 직업을 가진 사람들은 수드라 밑에 '불가촉천민(untouchable)'으로 분류된다. 이들은 현재 하리잔, 즉 '신의 아들'로 불리며 이 이름은 간디가 그들에게 붙여 주었다. 현재는 2,500종 이상의 카스트와 부카스트로 나뉜다. 많은 카스트 개혁 운동이 일어나고 있고 불가촉천민에 대한 박해가 현재 법으로 금지되어 있으나 카스트 동맹은 여전히 인도에서 강력한 정치적·사회적 세력으로 남아 있으며 새로운 카스트가 계속 형성되고 있다.

전통적으로 인도인들은 생명이 끝없이 다시 태어난다는 윤회를 믿었다. 이에 따라 힌두교뿐 아니라 불교 등 인도에서 발원한 종교와 사상 체계는 보편적으로 세계가 끝없이 순환한다고 믿는다. 모든 것은 나타났다가 곧 사라진다. 모든 것이 생겨났다 곧 없어지기 때문에 세계는 본래 무상(無常)한 것이다. 인간 역시 우주와 같은 무한한 시간 속에서 순환의 고리에 붙들려 있다고 본다.

이 순환의 고리 속에서 우리 인간들은 깊은 착각 속에 빠져 있다는 것이다. 무상한 세계가 마치 진짜로 존재하는 것인 양 생각한다는 것이다. 물건에 대한 욕구, 사람에 대한 집착과 같은 갈망들이 생겨나는 이유는 그것들이 실제로 존재한다는 잘못된 믿음 때문이라고 한다.

『우파니샤드』의 가르침

인도인들에게 있어 삶의 목표는 이 윤회에서 벗어나는 길, 즉 해탈에 있다. 그런 의미에서 인도인들은 삶에서 끝없이 고통스러운 현재를 넘어서서 영원한 자유를 얻는 방법에 대해 고민해 왔다. 이러한 인도인들의 삶의 중심에 힌두교라는 종교가 있었다. 힌두교는 인간이 근원적인 해방을 추구해야 한다고 가르친다. 특히 힌두교의 이론적·사상적 토대를 이루는 철학적 문헌인 『우파니샤드』는 이 근원적인 해방에 이르는 길을 가르치는 철학적 사유를 담고 있다. 즉, 고통을 벗어나 영원한 세계에 들어가는 방법을 제시하고 있다.

그렇다면 어떻게 끝없이 반복되는 윤회의 속박에서 벗어나 영원한 세계에 들어갈 수 있는가? 지상에서 아무리 올바르고 도덕적인 행위를 한다고 해도 불가능하다. 제아무리 훌륭하고 올바른 행위를 한다 해도 그것은 어떤 식으로든 결과를 낳게 된다. 그 결과는 반드시 미래에 영향을 미치게 된다. 그러므로 윤회의 속박으로부터 벗어나 영원한 자유를 얻는 길은 훌륭한 행위로 되는 것이 아니라, 세계와 자아의 본질이 무엇인지를 아는 것이다. 이를 알도록 가르치는 것이 바로 『우파니샤드』의 내용인데, 일종의 계시와도 같다.

『우파니샤드』는 인도의 철학적 사유가 가장 잘 집적되어 있는 문헌이다. '우파니샤드'는 '가까이 앉다'는 뜻으로 스승 곁에 제자가 가까이 앉아 비밀스러운 지식을 전수받는다는 의미를 담고 있다. 『우파니샤드』의 가르침 중에 가장 중요한 것은 '브라흐만(Brahman)'을 아는 것이다. 브라흐만은 온 세상 만물의 근원을 의미한다. 즉, 세계의 근본 원리 또는 절대자 또는 모든 존재의 궁극적인 본질을 말한다. 우리가 경험하는 이 모든 세계는 끝없이 변화한다. 하지만 이 모든 변화하는 세계에는 영원히 변치 않는 바탕이 있는데, 그것이 바로 브라흐만이다. 도가에서 말하는 '도(道)'와 같은 것이다.

브라흐만은 세상의 근원이자 곧 이 세상 자체라고 할 수 있다. 브라흐만이 펼쳐지고 확대된 것이 바로 이 세상이기 때문이다. 브라흐만은 '넓게 퍼져 있는 자'라는 뜻이다. 그렇지만 브라흐만은 특정한 실체를 가리키는 이름이 아니다. 마치 노자가 '도'를 이름 붙일 수 없지만 억지로 이름하여 '도'라 하였듯이 브라흐만도 특정한 이름으로 부를 수 없기에 쓰인 이름 아닌 이름일 뿐이다.

만물은 제각각 다르지만 그 근원은 하나로 통일되는데, 그것이 바로 브라흐만이라는 것은 마치 노자의 도가 만물의 근원으로서 만물을 산출하는 것과 다르지 않다. 도와 만물 사이에 차별이 없듯 브라흐만과 브라흐만에 의해 산출된 만물 사이에는 근원적 차별이 없다. 예를 들어, 금에서 금으로 만든 물건들이 나오고 악기에서 여러 소리가 나오듯 눈앞에 보이는 다양한 현상들은 브라흐만이 나타난 것일 뿐이다. 인간에게도 당연히 브라흐만이 존재한다. 인간에 깃든 브라흐만을 '아트만(atman)'이라고 한다. 아트만을 아는 것이 『우파니샤드』를 이해하는 또 하나의 관문이다.

우달라카 아루니 성자에게는 스베타케투라는 똑똑한 아들이 있었는데, 12살이 되자 훌륭한 스승 밑에서 공부하도록 멀리 보냈다. 공부를 마치고 집에 돌아온 아들은 자신감이 흘러 넘쳤다. 12년간이나 『베다』를 공부하였기에 부족함이 없다고 생각했다. 그런데 아버지의 생각은 달랐다.

아루니 성자는 아들에게 물이 담긴 컵에 소금 한 덩어리를 밤새 넣어 두게 했다. 당연히 밤이 지나 소금은 녹아 없어졌지만 물은 여전히 짰다. 아루니가 말했다. "아들아, 소금은 눈에 보이지 않지만 소금은 물의 모든 곳에 존재한다. 참된 존재 역시 볼 수 없지만 바로 여기에 존재한다. 그것이 아트만이고 곧 너의 본질이다."

여기서 성자가 아들에게 알려 주고 싶었던 것은 세계와 나의 참된 존재에 관한 진리였다. 즉, 아트만이 곧 참된 나, 또는 나의 본질임을 알게 하는 것이었다. 다시 말해서 세상의 모든 것들은 모두 근원적인 존재로부터 나온 것이기 때문에 근원적 존재가 모든 것들의 참된 존재, 즉 아트만임을 알려 주려 했던 것이다. 이것이 바로 모든 사람들이 깨달아야 할 진정한 진리였다.

그런데 사실 더 중요한 것은 나의 아트만이 곧 우주의 브라흐만 임을 아는 것이다. 집착이 불러오는 고통에서 벗어나 해탈에 이르는 가장 마지막 단계는 우주 전체의 근원인 브라흐만과 나의 참된 존재인 아트만이 같은 것임을 깨닫는 것이다. 이를 '범아일여(梵我一如)'라고 한다. '범'은 우주의 보편자로서의 브라흐만을, '아'는 개별자로서의 아트만을 가리킨다. 『우파니샤드』는 브라흐만과 아트만은 본래 둘이 아니라 하나임을 가르친다. 즉, 인간이 윤회를 반복하는 고통에 속박된 하찮은 존재가 아니라 우주 전체의 근원과 소통하는 위대한 자유의 존재임을 말해 준다.

우주 전체의 근원인 브라흐만이 곧 아트만이기 때문에 아트만을 가지고 있는 인간은 우주 전체와 소통할 수 있는 위대한 존재가 된다. 인간이 병과 죽음에 휘둘리는 나약한 존재로 살아가다 죽는 것은 자신이 위대한 아트만의 존재이며 모든 존재의 근원인 브라흐만이라는 사실을 깨닫지 못하기 때문이다. 인간이 자기 안에 있는 불멸의 아트만을 깨달음으로써 이전과는 전혀 다른 삶을 살 수 있게 된다. 내 안의 참된 존재, 즉 아트만이 브라흐만이고 브라흐만이 모든 생명의 근원이라는 사실을 알게 되면 더 이상 사람은 고통의 윤회를 반복하지 않아도 된다. 근본적인 깨달음을 얻은 사람은 자유를 얻은 채로 자타 구별이 없는 전체 세계로 돌아가게 된다. 이것이 바로 해탈인 것이다.

이처럼 『베다』와 『우파니샤드』는 인도인들을 자유와 깨달음으로 이끄는 삶의 나침반과 같은 역할을 하였다. 그러나 시대의 변화에 따라 그의 전통은 도전받기 시작했다. 다른 주장을 하는 학파들이 생겨난 것이다.

불교의 등장

시대가 지날수록『우파니샤드』의 전통과 권위를 부정하는 여러 학파들이 생겨났다. 예를 들어 모든 것을 추상적인 관념으로 설명하는『우파니샤드』에 반대해서 감각적인 지각만이 유일하고 타당한 지식의 원천이라고 믿는 물질주의자들도 그중 하나이다. 이들은 의식은 경험할 수 없는 것이므로 오로지 물질만이 유일한 실재라고 주장한다. 그들은 인간의 의식을 포함해서 모든 현상은 물질적 요소들이 변형된 것에 불과하다고 보았다.

금욕적 고행을 주장하는 자이나교(Jainism)도 많은 사람들에게 영향을 주었다. 자이나교에서는 인간이 자신의 모든 행위에 대해 책임을 져야 한다. 따라서 고행을 통해 과거의 행위에 책임을 지고 죄에 대한 보상을 해야 한다고 주장한다. 이처럼 다양한 주장들이 사회적으로 영향력을 얻기 시작한 시대에 인도인들을 새로운 정신적 각성으로 이끈 또 하나의 위대한 전통이 시작되었다. 이것이 바로 불교(佛敎)다.

불교란 말 그대로 '붓다의 가르침'이라는 말이다. 붓다가 자신이 깨달은 진리를 다른 사람들에게 알려 주기 위해 전한 가르침이 바로 불교이다. 그런 의미에서 불교는 붓다를 섬기기 위한 가르침이 아니라 '붓다처럼 깨닫기 위한 가르침'이라고 말할 수 있다. 이런 점이 초월적인 신을 숭배하는 다른 종교와의 차이점이다. 붓다가 가르치고자 한 것은 초월적인 존재에 대한 신앙이 아니라 깨달음과 자기 구원을 위한 스스로의 수행인 셈이다. 그러므로 우리는 불교를 이해함에 앞서 붓다가 누구이며 그가 깨달은 것이 무엇인지를 알 필요가 있다.

2

붓다의 깨달음과 가르침

붓다는 B.C.565년경 음력 4월 8일에 인도의 카필라 왕국 숫도다나왕의 태자로 태어났다. 성은 고타마(Gotama ; 가장 좋은 소) 이름은 싯달타(Sidhartha ; 목적을 달성한 자)이다. 흔히 '석가(釋迦)' 혹은 '석가모니(釋迦牟尼)'라고 부른다. 석가모니란 샤카(釋迦)족의 성자라는 뜻이며, 깨달은 사람이라는 뜻으로 '붓다(Buddhak; 佛陀)'라고 한다.

그의 탄생에 관한 전설은 대체로 영웅 신화적 성격을 띤다. 한 예로 그가 태어나자마자 일곱 걸음을 걷고, '천상천하유아독존(天上天下唯我獨尊)', 즉 '이 세상에서 내가 가장 존귀하다.'고 말했다고 한다. 이 말은 단순히 그가 세계 제1인자라는 뜻이 아니라 붓다의 세계출현에 대한 의의를 담고 있다. 이 말은 원전에 의하면 "나는 깨달음을 열기 위해, 또 세상 사람들에게 이익을 주기 위해서 생을 받은 자다. 이 것은 나의 윤회의 생존에 있어서 최후의 것이다."라고 설명하고 있다. 이 말은 구도자로서의 붓다의 기본적 입장을 말한 것이며, 자리(自利)와 이타(利他)의 완성이 여기에 잘 드러나 있다.

불전문학에 의하면 붓다는 생후 7일 만에 어머니 마야 부인을 사별하고 이모의 손에 자랐다. 왕자로서 교양을 쌓다가 12세가 되던 해 봄에 농경축제에 참석하였는데, 뜨거운 햇볕 아래서 땀을 흘리며 일하고 있는 농부들을 보고 충격을 받았다. 그 후 산책길에서 허리가 굽은 백발노인과 길가에 쓰러져 있는 병자 그리고 장례행렬을 보고 인생에 대한 깊은 회의에 빠졌다. 그 후 그가 산책하던 중 누더기 옷을 걸치고도 의젓하게 걸어오는 출가 사문을 만나, 그들로부터 출가 수도하여 생로병사의 고통으로부터 벗어나 영원한 평안을 얻었다는 말을 듣고 매우 기뻐하여 출가를 결심하게 되었다.

그에게 임금의 자리를 물려줄 생각을 했던 부왕은 이러한 결심을 듣고 크게 낙담하여 그의 마음을 돌려보려고 애를 썼다. 많은 석학들과 도인들을 데려다가 가르침을 받게 해 보았으나 그의 마음을 돌릴 수 없었다. 그러자 부왕은 대신의 딸 야소다라를 택하여 결혼시켰다. 그리고 많은 궁녀를 뽑아서 즐기게도 해보았으나 모든 것이 허사였다.

결혼 후 10년이 되어 아내가 아들을 낳자, '오! 라훌라'라고 탄식하였다. 라훌라는 그 아들의 이름이 되었는데, 이 말은 장애라는 뜻이다. 그로부터 얼마 후 어느 날 밤중에 평화롭게 잠든 아내와 아기를 남겨둔 채 출가를 결행했다. 그의 나이 29세 때이다.

그는 가까운 숲 속으로 들어가 머리를 깎고 수행을 시작했다. 그곳에서 얼마간 수행을 하다가 라자가하로 가서 고행주의자 바가바 선인을 만나 그의 가르침을 받았다. 그러나 얼마 후 가시 위에서 맨몸으로 뒹굴고 뜨거운 모래밭 위에서 단식을 하며 고행을 하고 있는 수행자들의 그늘진 얼굴을 보고 실망하여 그곳을 떠났다. 그 후 그는 수행주의자인 아라라 칼라마와 웃다카 라마풋타를 찾아가서 배웠다. 그들에게서도 해답을 얻지 못하고, 해탈의 도는 자기 마음속에 있는 것이므로 혼자서 수양하고 스스로 깨치는 길밖에 없다고 생각했다. 그리하여 보리산으로 들어가 그곳에서 침식을 잊고 수행을 계속했다. 그는 피로에 지쳐서 쓰러지기 일쑤였다. 그럼에도 불구하고 정신은 몽롱해졌고 번뇌는 사라지지 않았다. 여기서 그는 지금까지의 수행에 대해서 의문을 가지게 되었다. 그는 육체를 괴롭히는 수행은 향락에 빠지는 것과 마찬가지로 집착을 버리지 못하게 한다고 생각했다. 그래서 그는 고행을 중단하고 네란자 강에 들어가 몸을 씻고 우유 짜는 소녀로부터 우유를 얻어 마시고 기력을 회복했다.

이를 본 동료들은 그가 변했다고 하면서 모두 그를 떠나 버렸다. 그는 붓다가야라는 좀 더 조용한 곳으로 가서 보리수 아래 단정히 앉아 '내 진리를 깨닫기 전에는 죽을지라도 이 자리를 뜨지 않으리라!' 결심했다. 명상에 잠긴 지 49일 만에 연기(緣起)의 도리를 깨닫고 붓다가 되었다. 그때 나이 35세였다.

그 후 그는 자신이 깨달은 진리를 세상에 널리 전하여 중생을 구하고자 했다. 그는 먼저 사르나트, 즉 녹야원으로 가서 다섯 사람의 동료들에게 최초의 설법을 하였다. 즉 "나는 여래(如來; 진리의 세계에 도달한 사람)가 되었다. 사문들아! 두 가지 극단으로 치우치지 마라. 육체의 요구에 자신을 맡겨버리는 쾌락의 길은 정에 애착을 갖게 되고, 육체를 너무 학대하는 고행의 길은 마음이 산란해지고 번뇌를 일으키게 한다. 이 두 극단을 버리고 중도(中道)를 행하라." 여기에 바로 붓다(佛)와 진리(法)와 제자(僧)의 3가지 보배가 있는 것이다.

그 후 그는 약 45년 동안 설법과 교화를 하여 수많은 제자를 얻었다. 80세 되던 해 어느 날 파바라 시가에 탁발하러 나갔다가 춘다라는 사람이 올린 공양을 들고나서 식중독으로 쓰러졌다. 슬퍼하는 제자들을 보고 "울지 마라. 가까운 사람과 언젠가는 헤어지는 것이 세상의 인연이다."라고 하면서 쿠시나가라 성 밖의 사라수 아래서 입멸하였다. 그의 유해는 화장되어 사리와 함께 여러 나라에 분배되었다.

하여튼 붓다가 탄생하여 깨달음을 얻은 이래 40여 년 동안 전도와 교화의 포교 생활을 하고 80세에 입멸하기까지 수많은 사람들에게 스스로가 얻은 깨달음의 내용을 피력하였는데, 그 하나하나가 제자들로부터 제자에게로 전승되어 원시불교를 형성하였다.

연기의 원리

붓다가 최초로 깨달은 것은 '연기(緣起)'의 도리이다. 그는 '연기'야말로 인생과 우주를 설명하는 가장 근원적인 이법이라 생각했다. 따라서 연기설은 불교에 있어서 가장 근간이 되는 사상이다. 그리고 연기의 의미를 아는 것은 결국 불교사상을 이해하는 첩경이 된다.

'연기'라고 하는 것은 '연(緣)하여 일어난다(起)'라는 의미로, 일체의 사물은 다양한 원인과 조건에 의하여 성립한다는 것이다. 즉, 우주 만물은 단독의 힘으로 생성 · 변화할 수 없고 반드시 인과 연의 결합을 필요로 한다는 것이다.

초기 경전에 나타난 연기설의 가장 원초적인 형태는 '이것이 있으므로 저것이 있고, 이것이 생기므로 저것이 생긴다. 이것이 없으면 저것이 없고, 이것이 멸하면 저것이 멸한다.'는 것이다. 다시 말해서 우주의 모든 존재는 곧 소멸되어 공(空)으로 돌아가고, 공은 곧 모든 존재가 되는데, 모든 존재의 이와 같은 변화는 서로 의지하고 상관해서 이루어진다는 것이다.

예컨대 한 알의 콩이 있다면 콩은 하나의 인(因), 즉 제일 원인이다. 그러나 콩이라는 종자만으로 싹이 터서 자라 열매를 맺을 수는 없다. 거기에 반드시 흙, 수분, 온도 등의 연(緣), 즉 보조 원인이 필요하다. 가령 목재라는 하나의 인(因)이 목공의 연(緣)을 만나면 책상이 될 수 있지만, 불의 연(緣)을 만나면 불타서 재가 된다. 이와 같이 모든 존재는 인과 연의 상호 관계에 의하여 끊임없이 생멸하므로 영구불변의 독자적인 본성, 즉 자성(自性)을 가진 존재는 없다.

인간 역시 인연으로 말미암은 일시적 결합에 의하여 잠시 그 모습을 드러내고 있을 뿐이다. 원래 인간은 육체라는 물질적 요소와 정신적 기능이 결합된 것이라고 한다. 즉 색(色), 수(受), 상(想), 행(行), 식(識)의 5가지 요소(五蘊)의 화합으로 이루어져 있다는 것이다. 이 5가지 요소로 구성되어 있는 인간은 다시 분해되어 소멸하는 것이므로 실재하지 않는다. 따라서 오온은 곧 공(空)이며, 무아(無我)이며, 무상(無常)하다.

이러한 연기의 이론에 입각하여 인생 본연의 모습인 '고통'을 밝힌 것이 바로 '십이연기설'이다.

비구들이여 무명(無明)으로 인하여 행(行)이 생기고, 행으로 인하여 식(識)이 생기고, 식으로 인하여 명색(名色)이 생기고, 명색으로 인하여 육처(眼, 耳, 鼻, 舌, 身, 意)가 생기고, 육처로 인하여 촉(觸)이 생기고, 촉으로 인하여 수(受)가 생기고, 수로 인하여 애(愛)가 생기고, 애로 인하여 취(取)가 생기고, 취로 인하여 유(有)가 생기고, 유로 인하여 생(生)이 생기고, 생으로 인하여 노사(老死), 근심, 비탄, 고통, 번뇌, 번민의 고통이 생긴다.(유전연기)

이는 앞의 원인이 뒤의 결과를 가져온다는 것으로, 결국 인생의 고통의 원인을 밝힌 것이다. 즉, 인간의 현실적 생존에 있어 생사고(生死苦)가 어떻게 생기는가를 추적하면, 그 고통은 인간이 늙고 병들어 죽는다는 사실에서 시작한다. 그런데 인간이 늙고 병들어 죽는다는 그 원인을 추적해 가면 마침내 무명(無明; 무아의 진리를 깨닫지 못하고 자아가 있다고 집착하는 무지의 상태)에 이르게 된다. 이러한 붓다의 논리는 현실적 고통의 근원을 추적하여 그 고통이 말미암는 순서를 밝힌 것이다. 반대로 무명을 제거하면 생사고를 멸할 수 있게 된다.

비구들이여 무명(無明)이 멸하는 까닭에 행(行)이 멸하고, 행이 멸하는 까닭에 식(識)이 멸하고, 식이 멸하는 까닭에 명색(名色)이 멸하고, 명색이 멸하는 까닭에 육처(六處)가 멸하고, 육처가 멸하는 까닭에 촉(觸)이 멸하고, 촉이 멸하는 까닭에 수(受)가 멸하고, 수가 멸하는 까닭에 애(愛)가 멸하고, 애가 멸하는 까닭에 취(取)가 멸하고, 취가 멸하는 까닭에 유(有)가 멸하고, 유가 멸하는 까닭에 생(生)이

멸하고, 생이 멸하는 까닭에 노사(老死), 근심, 고통, 번뇌, 번민의 고가 멸한다.(환멸연기)

전자가 인간에 있어 미혹의 세계가 성립되는 것을 말한 것이라면, 후자는 미망의 세계를 초월하는 깨달음에 이르는 길을 설명한 것이다. 초기 불교에서는 모든 현상을 설명하기 위해 이러한 연기설을 적용했는데, 그 보편타당성이 널리 인정되었다.

이러한 연기의 진리는 불교사상의 근본이다. 깨달음의 내용이 연기요, 그것을 풀어 설명한 것이 가르침이요, 사상이기 때문이다. 그렇다면 연기의 진리에 눈뜬 삶은 어떠할까? 우리는 모든 존재와 깊은 관계 속에 더불어 있다는 사실을 모른다. 그러므로 나를 고정 불변한 것으로, 남과 세계로부터 분리된 존재로 착각하고 있다. 그러한 착각이 항상 나와 남, 나와 세계를 분리하고 자기중심적인 삶을 살게 한다.

그러나 연기의 진리에 눈뜰 때 우리의 삶은 질적인 전환을 일으키게 된다. 그것이 한없는 감사의 삶이요, 동체자비(同體慈悲)의 삶이다. 나는 나만의 내가 아니라 모든 생명, 모든 존재로 살려지는 그런 나이다. 이것이 더불어 있는 연기의 실상이다. 그러므로 우리는 그들을 향해 무한한 감사를 느끼지 않을 수 없다.

그뿐만 아니라 알고 보면 우리와 모든 생명, 모든 존재는 더불어 있는 하나인 것이다. 즉, 나와 모든 생명이 둘이 아닌 자타불이(自他不二)가 되는 것이다. 그러한 존재의 실상을 분명히 알 때 우리의 삶은 나와 모든 생명을 하나로 보는 실천, 즉 동체자비의 삶이 비로소 가능해진다.

4가지 성스러운 진리 '사성제'

연기의 진리를 실천적으로 체계화한 것이 바로 '사성제(四聖諦)'이다. 이는 붓다가 큰 깨달음을 얻은 후 자신을 따르는 다섯 제자들에게 처음으로 설한 가르침의 내용이다. 그리고 이는 인간에 있어서 괴로움이 생기는 원인과 그를 멸할 수 있는 길을 밝히는 불교의 실천론이다. 다시 말해서 '미혹됨'과 '깨달음'이라는 두 세계의 인과를 설명하여 우리들에게 바른 인생관과 세계관을 가르쳐 준 근본 교리이다. '사성(四聖)'이란 '네 가지 성스러움'이라는 뜻이며, 여기에 '제(諦)', 즉 '진리'라는 말을 더하여 사성제라 한다. 고성제(苦聖諦), 집성제(集聖諦), 멸성제(滅聖諦), 도성제(道聖諦)가 바로 그것이다.

사성제의 첫 번째 단계인 고성제는 고통에 관한 진리를 말한다. 즉, 우리들의 실제 삶은 바로 '고통'이라는 이른바 현실 판단에 대한 진리이다. 구체적인 내용으로 불교에서는 8가지 고통을 들고 있다. 그것은 나고 늙어 병들어 죽는 생노병사(生老病死)의 4고와, 사랑하는 자와 이별하는 괴로움인 애별리고(愛別離苦), 미워하는 자와 만나는 괴로움인 원증회고(怨憎會苦), 구하는 바를 얻지 못하는 괴로움인 구부득고(求不得苦), 그리고 '나'라는 몸을 가짐으로써 생기는 괴로움인 오음성고(五陰盛苦)를 말한다. 즉, 인간이 겪는 육체적·정신적 고통 모두를 포함한다. 여기서 고통을 성스러운 진리라고 표현하는 것은 고통의 실상을 자각하면 그 고통을 해소할 수 있는 계기가 되기 때문이다. 결국 고성제란 인간이 놓인 근본적인 현실 세계에 대한 일차적 자각인 셈이다.

집성제는 고통, 즉 괴로움이 왜 생기는지에 관한 진리이다. 인간이 끝없이 괴로운 이유가 무엇인가? 그것은 존재의 실상을 제대로 모르는 무명(無明) 때문이라고 한다. 그리고 또 하나의 원인은 갈애(渴愛)이다. 즉, 인간에게는 타는 목마름처럼 영원히 채울 수 없는 욕망이 있기 때문인 것이다. 이러한 욕망이 계속되는 한 인간은 집착을 하게 되고 그 결과로서 사후에 또 다른 고통의 존재로 태어나 같은 과정을 또다시 반복하게 된다는 것이다. 그렇다면 이 괴로움을 어떻게 없앨 수 있을까? 탐욕을 버림으로써 갈애를 소멸시켜 집착에서 벗어나야 한다고 말한다. 붓다는 이와 같은 괴로움의 조건적 발생을 '연기'라 불렀다. 결국 집성제는 현실의 세계가 어떠한 원인과 이유로 괴로움에 차 있는가를 설명한다.

멸성제는 괴로움이 소멸된 상태, 즉 무명과 욕망이 소멸되어 집착이 없는 상태에 관한 진리를 말한다. 그러한 상태를 불교에서는 '열반(涅槃)'이라 한다. 이러한 열반은 탐욕(貪), 성냄(瞋), 무지(痴)의 '삼독(三毒)'이 완전히 사라진 상태로서 생사의 세계를 초월한 경지를 뜻한다. 결국 멸성제란 자각한 이상 세계를 말한다.

마지막으로 도성제는 괴로움의 소멸에 이르는 8가지 바른 방법에 관한 진리이다. 이를 별도로 '팔정도(八正道)'라 한다. 팔정도는 바른 견해[正見], 바른 생각[正思], 바른 말[正語]], 바른 행동[正業], 바른 생활방식[正命], 바른 노력[正精進], 바른 마음가짐[正念], 바른 마음집중[正定]으로 이루어져 있다. 이 가운데 바른 말·바른 행동·바른 생활방식을 묶어 '윤리적 규범(계·戒)'으로, 바른 노력·바른 마음가짐·바른 마음집중을 묶어 '마음의 집중(정·定)'으로, 바른 견해·바른 생각을 묶어 '지혜(혜·慧)'의 영역으로 구분했다.

붓다의 가르침을 이렇게 3영역(계戒, 정定, 혜慧)으로 나누어 '삼학(三學)'이라 한다. 이는 곧 도덕적 행위와 삶, 흩어진 마음의 통일과 정화, 사물에 대한 올바른 통찰을 닦음으로써 열반을 실현할 수 있다는 가르침이다.

3가지 큰 가르침 '삼법인설'

붓다는 지나치게 형이상학적이고 사변적인 질문을 원칙적으로 피했다. 창조주의 신 개념을 부정했으며 우주의 기원에 관한 질문도 의식적으로 회피했다. 이러한 문제들은 이론적 사변일 뿐 아무런 의미가 없는 가상에 불과하다고 생각했다. 그가 직접 관심을 두었던 것은 인간의 희로애락과 생로병사에 얽힌 현실의 삶 속에서 빚어지는 고통으로부터의 해탈이었다.

그런데 현실적인 괴로움에서 벗어나 해탈하기 위해서는, 먼저 현실에 있어 인간의 생존 가능성의 근거 및 생존의 전개 과정에 있어서 인간 생존의 연관 구조를 파악하는 것이 중요하다. 원시불교에 있어 개체로서의 인생의 실상을 여실히 파악한 것은 '삼법인설(三法印說)'이다. 여기서 '삼법인'은 '세 가지 진실한 가르침'이라는 뜻이다. 세상의 모든 현상과 존재의 참다운 모습에 대한 붓다의 깨달음에 대하여 설명한 것이다. 이 세 가지는 제행무상(諸行無常), 제법무아(諸法無我), 일체개고(一切皆苦)를 말한다.

첫 번째는 제행무상이다. 붓다는 '인간 존재가 무상하며 죽을 수밖에 없다'는 것을 강조했다. 즉, 인간들의 목숨은 정해지지 않았고 얼마나 살지 알 수 없다. 비참하고 고뇌에 얽매여 있으며 늙으면 반드시 죽는다고 했다.

여기서 제행이란 '모든 현상'을 말하며, 무상은 '끊임없이 변화한다'는 의미이다. 우리들은 우리 자신이나 우리의 행위 그리고 우리와 관계되는 환경 세계의 모든 것들을 영원히 존재하는 것으로 생각하거나 또는 영원하기를 바란다. 그렇지만 그것들은 영구적으로 존재하지 않는다. 사물이나 우리 자신은 항상 유전·변화하며 영원하지 않다. 모든 것들은 그것이 연기의 법칙에 의해서 만들어졌기 때문에 그것을 성립시키고 있는 여러 조건이나 원인들이 사라지면 자동적으로 소멸하게 된다. 즉, 연기의 법칙에 의해서 현상이 존재하는 한 일체의 모든 현상은 그 어느 것도 영원하지 않다.

그러므로 일체의 모든 현상은 어느 것도 연원하지 않다는 것을 올바로 인식할 때 비로소 우리는 아집, 애착, 탐욕에서 벗어날 수 있다. 따라서 '제행무상'이란 모든 것은 어떤 인연에 의해서 생성되어 일시적 현상을 가지나, 한 시각도 고정됨이 없이 부단히 변화한다는 것이다. 다시 말해서 우주 만상은 어떤 인연에 의하여 모습을 드러내어 유지하다가 점차 파괴되어 소멸한다는 것이다.

다음은 제법무아이다. 여기서 제법이란 '모든 현상'을 말하며, 무아란 '내가 아닌 것'이라는 의미이다. 또한 '어떤 것이 나를 갖지 않는 것'의 의미로 사용된다. 그래서 무아란 브라만교에서 말하는 항구불변의 실체를 말한다. 결국 제법무아란 만물을 시간적으로 볼 때 무상한 것처럼 이를 공간적으로 볼 때 실체는 없다는 것이다. 다시 말해서 세상에는 단일하고 독립적인 영원한 사물은 없으며, 모든 사물은 모두 인연의 화합으로 이루어져 있어 상대적이고 임시적이라는 것이다.

이러한 의미에서 무아설은 '나'라는 특수한 실체를 인정하지 않을 뿐만 아니라 어떤 것도 '나의 것'으로 보아서는 안 된다고 한다. 원시 경전에 의하면 목재 · 흙 · 기와 등으로 공간을 둘러쳐서 집이라고 하듯이 근골 · 피부 · 혈육 등으로 공간을 만들어 신체라고 한다는 것이다. 그러나 목재 · 흙 · 기와 등이 집을 이루지만 집의 실체는 목재 · 흙 · 기와 어디에도 없듯이 우리들의 신체도 색(色) · 수(受) · 상(想) · 행(行) · 식(識)의 단순한 화합물에 불과하여 그 어디에도 인간의 실체는 없다는 것이다. 이와 같이 무아설은 나와 나의 것에 대한 영원성을 부정하고, 그것에 대한 집착으로부터 벗어날 것을 강조하고 있다.

삼법인설 중 마지막은 일체개고이다. 여기서의 일체는 '모든 것'을 말하고, 고는 '고통'을 의미한다. 즉, 현실 세계의 모든 것이 고통이라는 것이다. 모든 것은 무상하며 '나'라는 고정된 실체조차 존재하지 않는데, 사람들은 집착하여 탐욕 · 분노 · 어리석음의 삼독에 빠져 늙지 않고 죽지 않기를 희구한다. 그러나 인간 역시 인연으로 합하여 이루어진 일시적 존재에 불과하기 때문에 이런 욕망은 채울 길이 없다. 따라서 고통으로부터 벗어날 수 없다고 말한다. 그럼에도 불구하고 붓다는 사성제의 가르침에서 무명과 욕망을 제거하면 고통에서 벗어날 수 있으며 열반의 경지에 도달할 수 있다고 설파했다.

삼법인에 열반적정(涅槃寂靜; 모든 모순을 초월한 고요하고 청정한 경지)을 더하여 '사법인'이라고도 하고, 일체개고 대신 이것을 넣어 '삼법인'

이라고도 한다. 사법인으로서의 열반적정은 앞의 삼법인에 입각하여 종교적 실천으로써 얻어진다. 우리 인간들이 고통에서 해방되는 길은 제법의 실상, 즉 무상과 무아의 자각에 있다. 무상과 무아의 자각은 미망에 가득 찬 인간의 원색적이고 저차원적인 생존 방식에서 고차원의 생존 자세에로의 내적 변화를 일으키는 것이다. 이러한 내적 변화를 가져온 고차원의 심경이 바로 열반적정이다.

불교의 궁극적 이상은 바로 이 무상과 무아의 자각에 의한 새로운 인간, 즉 진아(眞我; 참된 자아)라는 인간 완성에로 나아가는 데 있다. 이와 같이 인간이 고통과 번뇌로부터 벗어나는 것을 해탈이라 하고, 그 해탈로 인해 마음에 불안과 걱정 등의 번뇌가 사라져 순수하고 청정한 마음을 지닐 수가 있는데, 이런 경지를 열반이라 한다. 결국 열반적정이란 열반만이 모든 무상과 고통 등으로부터 고요할 수 있다는 뜻이다. 즉, 모든 존재가 헛된 것임을 깨달아 집착에서 벗어나게 되는 경지를 말한다. 이러한 경지는 불교에서의 이상 세계의 본체계로서 불교의 신비적 요소가 여기서 잘 드러난다.

진정한 사랑 '자비'

불교에서는 인간의 종교적 실천의 가장 기본적인 원리로 '자비(慈悲)'의 덕목이 강조된다. 여기서 '자비'란 아무런 조건이나 때가 묻지 않은 가장 정순한 사랑을 의미한다. 따라서 그것은 세상적인 의미의 사랑과는 엄격히 구별된다. 세상적인 의미의 사랑은 미움과 증오의 상대적인 개념으로서의 사랑에 불과하지만, 자비는 그러한 상대적인 개념의 사랑이 아니라 사랑과 미움의 대립을 초월하여 있는 그대로 정순한 사랑 그 자체이다. 또한 세상적인 의미의 사랑은 인간 대 인간의 영역에서 이해되는 것이지만, 자비는 그 사랑의 폭과 대상이 인간에게만 국한되지 않고 미물에까지 미치게 하는 포괄적인 사랑이다. 그러므로 불교에서 말하는 자비는 일체중생들, 즉 살아 있는 것들에게까지 미치는 보편적인 사랑인 것이다.

이러한 속성을 지니는 자비정신은 모든 중생에게 베풀어져야 할 위대한 사랑이다. 모든 사물에 미치어 이 세상의 어떤 것도 해치지 않고 살아야 자비는 구현된다. 따라서 자비심이란 그저 자신의 심적인 상태에만 머무르지 않고 타인과 사물에 미쳐 행위 되어야 한다. 불교적 입장에서 보면, 타인도 곧 나와 같으며 나도 또한 타인과 같다는 자타불이(自他不二)의 근본 사상은 자비윤리를 실천하는 근본 전제가 된다.

자타불이이기 때문에 타인의 아픔이 곧 나의 아픔이 되고 나의 아픔이 곧 타인의 아픔이 된다. 따라서 자비윤리에서는 타인의 아픔을 마치 자기의 아픔과 같이 생각하여 내가 아픔에서 벗어나기를 희구하는 것처럼 타인도 역시 아픔에서 벗어나기를 희구한다고 생각한다. 이와 같이 타인의 입장에서 타인을 이해하고 자신과 똑같은 대우로써 타인을 위하는 것이 바로 참된 자비이다.

3

소승불교의 가르침:
개인의 해탈을 위한 수행

 붓다는 보리수 아래서 깨달음을 얻은 후 다섯 명의 제자들에게 최초로 설법을 하였다. 이 최초의 설법을 받은 다섯 제자로부터 비로소 불교를 신봉하고 실천하는 사람들의 모임, 즉 불교교단이 성립되었다. 불교승단이 성립하고 불교가 점차 전파됨에 따라 불교세계에도 변화가 일어나기 시작했다.

 붓다 입멸 후 100여 년이 지났을 무렵, 불교승단에는 원래의 계율과 교리의 이해에 대한 이견이 대두되었다. 그래서 점점 '상좌부(上座部)'와 '대중부(大衆部)'라는 두 파로 분리되어 갔다. 상좌부는 전통적인 방식을 존중하려는 보수적 입장이며, 대중부는 전통으로부터 변화를 모색하는 개혁 성향의 주장이었다. 이 두 파는 다시 분열을 계속하여 상좌부가 10부로, 대중부는 8부로 분화되어 모두 18부의 크고 작은 부파로 분열되었다. 이를 '부파불교'라 한다. 부파불교는 후에 대승(大乘)의 입장에서 이러한 부파불교를 격하하여 '소승불교'라 불렀다. 여기서 '대승'이란 '큰 수레'라는 의미로, '소승'은 '작은 수레'라는 의미이다.

　소승불교는 수행자 자신의 정신세계에 몰입한 사회와는 분리된 엄격한 종교성과 개인의 해탈을 강조한다. 다시 말하면, 인간의 현실적 고난과 생사에서 벗어나 열반을 얻는 것이 소승불교의 목적이다. 그래서 개인주의적 성향이 매우 짙다. 또한 교학사상이나 수행의 전통 및 계율의 준수 등에 대해 보수적인 성향이 강하여 엄격한 계율과 참된 수행을 중시한다.

소승에서의 붓다와 보살

　붓다(혹은 불타 · 佛陀)가 이 땅에 살아 있을 때는 진리를 깨달은 한 사람의 인격체로 존중되었다. 그의 따뜻한 인격적 감화에 의하여 제자들은 인간으로서의 붓다를 따랐다. 그러나 붓다가 입멸한 후에는 직접 인자한 붓다를 볼 수 없게 되어 점점 붓다관이 변하기 시작했다. 붓다의 역사성은 점점 희박해져 갔고, 이 세상에서 둘도 없는 위인으로 보게 되었을 뿐 아니라 초인적 · 신비적 존재로까지 인식되었다. 그래서 붓다는 완전히 역사성을 상실하고 이상의 존재로 인정되었고, 그의 전기 또한 모두 신화화되었다.

　이러한 붓다관의 변화는 소승불교 내에서의 상좌부와 대중부 간의 견해 차이로 나타났다. 즉, 상좌부에서는 붓다를 역사적 인물로 보아 그의 위대함은 주로 그의 이상의 숭고함과 사상의 정확성, 지혜의 정밀함과 담박함, 정신의 순수함 때문이라고 생각했다. 반면에 대중부에서는 붓다의 형상과 인격을 높이는 경향이 있어서 그들은 초인간적 붓다 혹은 초자연적 붓다의 이론을 내놓았다.

양부 간의 견해야 어찌되었건 소승불교에서의 붓다는 석가모니불을 깨달은 자로서 교조(敎祖)였다. 따라서 소승적 입장에서 말하는 붓다는 오직 한 분이신 석가모니불과 미래에 성불할 미륵밖에 없다고 보았다. 그러나 소승불교의 목적은 붓다가 되는 데 있는 것이 아니라, 생사를 두려워하고 열반을 얻어 아라한(阿羅漢)이 되는 데 있었다. '아라한'이란 원래 붓다를 의미하였지만, 소승불교의 아비달마에서는 수행자가 이르러야 할 궁극적 깨달음의 경지로서의 아라한과 붓다의 의미는 구별된다.

범부에서 아라한에 이르는 도는 번뇌의 단절을 목적으로 하는 수행자의 도이나, 보살(菩薩)로부터 붓다로의 도는 자비로써 중생을 이익 되게(법을 설하여 중생을 깨달음으로 이끄는 것을 내용으로 함)하는 이타행인 것이다. 즉, 범부로부터 아라한이 되는 길은 널리 사람들에게 개방되어 있지만, 보살로부터 붓다로의 길은 극히 한정되어 있다. 따라서 보살로부터 붓다로의 길에 들어설 수 있는 사람은 과거의 무수한 생애에서 한량없는 덕을 쌓고, 사람들에게 자비를 베푸는 데 소홀함이 없는 무한한 이타성을 갖춘 존재일 뿐이다.

그리고 소승불교에서의 보살은 오직 석가모니불이 성불하기 전의 보살을 말한다. 즉, 석가모니불이 수많은 전생에 중생제도의 이타행을 수행하고, 금생에는 보리수 밑에서 깨달음을 이루어 붓다가 되기까지를 이르는 것이다. 그렇다면 이미 석가모니불이 도를 이룬 뒤에는 이 세상에는 한 사람의 보살도 존재하지 않게 된다. 다만 존재한다면 앞으로 56억 7천만 년을 지나서 이 사바세계에 출현하여 모든 중생들을 구제할 미륵보살만이 존재한다고 보았다.

그리고 보살이 태어나는 것은 중생들이 업(業)에 의해서 태어나는 것과는 다르다. 즉, 중생들을 어둡고 괴로운 세계에서 깨달아 밝고 즐거운 세계로 인도하려는 거룩한 소망에 의해서 태어난다는 것이다.

보살의 수행에는 4단계가 있다고 한다. 첫째 단계에서는 육바라밀(六波羅蜜)[1] 가운데, 보시(布施) · 지계(持戒) · 인욕(忍辱) · 정진(精進)의 4바라밀을 성취하고, 둘째 단계에서는 항상 인간과 하늘에 선을 행하고 착한 일을 하며 중생의 이익을 위해 노력하고, 셋째 단계에서는 왕궁에 강생하여 출가수행하며, 넷째 단계에서는 보리수 밑 금강보좌에 앉아 번뇌 망상을 끊는 것이다. 이러한 수행의 과정을 통하여 궁극적 깨달음을 얻고자 했다.

---

1) 바라밀이란 '저 언덕으로 간다'는 뜻으로, 욕망과 고통으로 얼룩진 이 쪽의 언덕으로부터 해탈의 경지를 상징하는 저쪽 언덕으로 가는 방법을 일컫는데, 거기에는 6가지가 있다. 즉 보시(布施) · 지계(持戒) · 인욕(忍辱) · 정진(精進) · 선정(禪定) · 지혜(智慧)가 그것이다. 보시는 다른 사람에게 조건 없이 베푸는 것을 말하는데, 여기에는 진리를 가르치는 법시(法施), 의복 등의 재물은 재시(財施), 공포를 제거하여 안심케 해 주는 무외시(無畏施)가 있다. 지계는 계율을 지키는 것으로, 불교의 계율뿐만 아니라 국가의 법률과 사회의 도덕을 지키는 것까지 포함한다. 인욕은 고난을 감당하여 참는 것으로, 육체적 고난만이 아니라 정신적인 고난도 포함된다. 정진은 진실의 도를 끊임없이 실천하는 것이며, 선정은 진정한 이치를 사유하고 생각을 고요히 하여 산란치 않고 마음을 안정시키는 것이다. 마지막으로 지혜는 나쁜 소견을 버리고 참 지혜를 얻는 것이다.

따라서 소승은 아주 소극적이고 개인적이며 탈세간적임을 알 수 있다. 물론 남을 위해서 착한 일을 하라고 권하고는 있으나, 실제에 있어서는 남을 위해 좋을 일을 하라는 적극적인 태도가 아니라 남에게 악한 행위를 하지 말라는 소극적 태도이다. 오로지 자기의 적정한 열반의 경지에 들어감을 목적으로 하기 때문에 수행에 있어서 남을 교화하거나 남을 위해 봉사한다는 것 등은 오히려 수행에 방해가 된다고 생각했다.

진리의 가르침 '법(法)'

소승불교에서의 법 이론은 아주 난해하다. 그렇지만 그 중요성을 감안할 때 반드시 짚고 가야 할 문제이다. 법(法), 즉 '다르마'는 원래 '유지하다, 지탱하다'의 뜻으로서 질서와 법칙을 나타내는 말인데, 더 나아가 도덕과 정의 등을 의미하기도 한다. 불교어로서는 먼저 붓다가 가르친 진리, 또한 그 진리를 설한 붓다의 가르침을 '법'이라고 한다. 불(佛) · 법(法) · 승(僧)이라고 할 때의 법이 바로 그것이다.

그런데 이 말에 대한 또 다른 용례로서 법이란 보편적 사물 또는 존재를 의미하여 사용된다. 그리고 더 발전하여서 사물 그 자체를 의미하기보다는 그 사물이 존재하는 요소를 뜻한다. 따라서 경험적 세계의 모든 것, 즉 존재 현상은 복잡한 인과관계로 서로 얽힌 무수한 법의 이합집산에 따라 유동적으로 구성되어 있다고 본다.

소승불교에서 가장 유력한 부파였던 '설일체유부(說一切有部)'의 이론에 의하면 존재의 요소로서 법을 75가지로 분류하였다. 75법은 서로 다양한 인과관계를 맺고 있는데, 이러한 인과관계 위에서 유동적으로 구성되고 있는 것이 현실 세계라 보았다.

그리고 설일체유부는 '모든 것은 존재한다(一切有)'고 함으로써 법에 대해 설명했다. 여기서 '모든 것'이라고 하는 것은 과거·현재·미래의 모든 것을 의미한다. 그리고 이 모든 것이 '있다', 즉 존재한다는 주장은 모든 것이 과거·현재·미래의 시간을 통하여 존재한다는 생각으로 받아들이기 쉽다. 그렇다면 일체의 사물은 무상하다고 하는 불교의 기본 입장과는 모순된다.

그러나 여기서 말하는 '모든'이라는 것은 소박하게 사물이나 존재 그 자체를 가리키는 것이 아니라, 존재의 기본 요소인 법의 모든 것을 의미한다. 과거의 법도, 현재의 법도, 미래의 법도 모두 있다는 것이 일체유(一切有)의 의미이다. 이러한 의미는 무상함과 모순되는 것이 아니라, 오히려 일체의 사물이 무상하다는 사실을 이론적으로 분명히 하는 것이다.

법이 과거·현재·미래의 삼세 어디에서나 존재한다는 사실을 '법은 삼세에 실유(實有)한다'라고 한다. 그런데 한편으로 모든 유위법(有爲法; 인연으로 생겨서 생멸하고 변화하는 물심의 현상)은 찰나멸이라고도 말한다. 여기서 찰나멸이라고 하는 것은 '순간에 소멸한다'는 의미이다. 즉, 시간적 지속성을 전혀 갖지 않는다는 뜻이다. 법의 삼세 존재와 찰나멸은 얼핏 보면 서로 모순되는 것 같이 보이지만 사실 양자는 모순됨이 없이 함께 성립하며 일체 존재의 무상함을 바르게 보여 준다.

예를 들어 책상 위에 컵이 하나 있다 하자. 그 컵은 한 시간 전이나 지금이나 변함없이 컵으로서 지속적으로 존재한다고 생각하는 것이 보통이다. 그러나 그것을 법의 관점에서 본다면, 사실 순간에 생겨나 순간에 소멸해 버리는 법의 끊임없는 연속에 불과하다. 즉, 어떤 순간에 하나의 컵이 존재한다는 것은 여러 가지 법이 그 순간 거기에 함께 모여 생겨남으로써 컵의 존재라고 하는 현상을 구성하게 되는 것이다.

그러나 이러한 경우 법이 생겨난다고 해도 완전 무(無)로부터 생겨나는 것이 아니며, 소멸한다고 해도 완전 무로 돌아가는 것은 아니다. 생겨난다는 것은 법이 미래로부터 현재로 현현하는 것이며, 소멸이라고 하는 것은 그것이 현재로부터 과거로 사라지는 것이다. 따라서 현재에 나타난 이전의 법은 미래의 영역에 존재하고, 현재에서 과거로 사라진 이후의 법은 과거의 영역에 존재한다. 미래의 영역으로부터 나타나 과거의 영역으로 사라지는 동안의 한순간의 법은 현재에 존재한다. 미래에도 존재하며 현재에도 존재하고 과거에도 존재한다. 법은 삼세 어디에서나 그 자체 변함없는 특성으로 존재하는 것이다. 즉, 법은 삼세에 존재하는 것이다.

이처럼 법은 삼세에 걸쳐 존재하지만 그것이 생겨나 현재에 존재하는 것은 오직 한순간에 불과하다. 그러한 현재의 한순간 한순간이 쌓여 경험적 세계에서 시간의 흐름을 이루는 것이다. 그러한 시간의 흐름 속에서 각각의 순간에 생겨나는 법은 처음부터 다양하게 존재하지만, 그것들이 전·후 순간을 서로 달리함으로써 경험적 세계는 시시각각으로 변화 유동하는 것이다. 즉, 이 세계 모든 것은 이처럼 무상하다.

업(業)에 따른 윤회의 세계

미혹한 세계의 원인과 결과는 한마디로 말해 번뇌에 의해 '업(業)'을 일으키고, 그로 말미암아 윤회의 괴로움에 빠지는 세계이다. 광대한 우주 안에서는 무수한 생명이 끊임없이 발생한다. 그리고 그 하나하나는 무한한 과거 이래 생과 사를 끊임없이 되풀이하고 있다. 그러한 죽고 사는 것, 생명 있는 것을 불교에서는 '중생'이라고 한다. 설일체유부에서는 이러한 중생들이 겪는 여러 가지 생존의 방법을 '삼계(三界)'와 '오취(五趣)'로 분류하여 설명한다.

삼계라고 하는 것은 욕계(欲界), 색계(色界), 무색계(無色界)를 말한다. 여기서 욕계와 색계는 물질적인 세계이고, 무색계는 물질이 아닌 세계, 즉 순수한 생존의 영역으로 이해할 수 있다. 그리고 오취는 지옥의 생활, 아귀의 생활, 축생의 생활, 인간의 생활, 하늘의 생활을 말한다.

이 중에서도 지옥 · 아귀 · 축생의 생활은 인간의 생활에 비해 열등하고 고뇌가 많으며 좋지 않은 경계이기 때문에 '3악취'라고 한다. 하늘의 세계는 인간의 세계보다 훨씬 좋고 행복한 경계이다. 그러나 이 경계 역시 영원한 세계는 아니며 윤회하는 경계일 뿐이다. 중생은 오취 어딘가에 살고 있다. 죽으면 오취 어딘가에 다시 태어난다.

중생은 오취 중 어딘가로부터 어딘가로 끝없는 생사의 윤회를 거듭하게 된다.

이와 같은 삼계와 오취의 다양한 생존의 모습은 중생이 행한 선한 업과 악한 업의 결과이다. 과거의 선한 행위는 필연적으로 현재의 좋은 결과로 나타나고, 과거의 악한 행위는 필연적으로 현재의 좋지 않은 결과로 나타난다. 이러한 업보는 엄격히 개별적인 것으로, 타인이 행한 선행의 결과를 자신이 받을 수 없다. 그리고 자신이 행한 악행의 좋지 않은 결과를 타인에게 억지로 떠넘길 수 없다. 결국 업은 개인의 문제이며, 하나의 행위적 주체의 문제이다.

이러한 업 이론은 부파불교에서는 시간성의 문제로서 윤회와 밀접한 관련을 가진다. 즉, 업이 있는 한 윤회는 계속된다. 이것은 개인이 일생을 살아가는 동안 선악을 행함으로써 육체가 존속하는 기간에는 업보의 지속력이 있다. 그러나 개인이 멸한 다음 계속되는 내생에 이르기까지의 지속력은 없어진다. 따라서 개인의 일생 사이에 업보의 개별적 지속성을 연결시키는 법을 설정하게 된다. 즉, 전생과 후생을 잇는 중간적 연락 기관으로서 중유(中有)를 설정하게 된다. 이것이 바로 개인을 중심으로 설정한 소승불교의 업 이론이다.

4

대승불교의 가르침:
대중을 위한 실천과 구원

부파불교는 18개의 부파 중 특히 세력이 큰 부파를 중심으로 점차 성숙하고 있었다. 그런 가운데 신도들의 종교적 삶과 열망 속에 커다란 변화를 일으키며 대승불교적 가르침이 발전되고 있었다. 대승불교는 부파불교에 대한 불만에서 출발했다. 즉, 부파불교는 엄밀한 교의 연구와 자신의 해탈만을 일삼아 중생을 이익 되게 하는 태도를 망각하였다고 비판하면서 대승이라는 새로운 불교운동이 일어난 것이다.

소승의 출가 수행자들은 승원을 중심으로 아비달마적 교리 해석에 의한 전문적인 법 중심의 불교와 자기 수행에 치중했다. 이에 반해 대승의 불교운동은 붓다를 신앙의 중심으로 숭배하고 그의 덕을 찬탄하였으며, 그 자비의 힘으로 자기들도 붓다의 세계에 들어갈 수 있다고 생각했다. 다시 말해서, 이들 새로운 불교운동은 소승의 출가자들이 자신만의 구제에 전념하고 있었던 것에 반해 모든 사람이 깨달음을 얻을 수 있다고 생각하였던 것이다.

이러한 대승불교는 '위로는 보리를 구하고, 아래로는 중생을 교화함[上求菩提 下化衆生]'을 구호로 일어난 불교운동이다. 이러한 불교운동은 기본적으로 진실한 지혜를 완성하여 붓다의 경지에 이르는 것을 목표로 하는 중생 구제에 그 주안점이 있다. 따라서 중생과 함께하는 대중불교, 사회불교로 발전하였고, 세간적이고 이타적인 성격을 지닌다. 또한 대승불교는 보살이라는 새로운 이상상을 상정하고 모든 사람이 보살이 될 수 있음을 강조한다.

부파불교가 출가주의의 불교인데 반해, 대승불교에서는 재가자(在家者)를 배제하지 않았다. 그리고 그 둘 사이에 차별을 두지 않았으며, 믿음과 실천을 중시했다. 그리고 현명한 사람이든 어리석은 사람이든, 선한 사람이든 악한 사람이든 모두를 구제하려는 폭넓은 입장을 가지고 있었다.

이렇게 시작된 대승불교는 현재 불교사상의 주류를 이루며 중국·한국·일본 등 여러 나라에서 발전하고 있다. 한편 소승불교도 스리랑카·태국·캄보디아 등 동남아시아 지방에서 계속 이어져 오고 있으나, 대승불교에 비해 많이 약화되었다.

대승에서의 붓다와 보살

대승불교에서는 소승불교의 일원론적 붓다관과 보살관과는 달리, 다붓다와 다보살을 주장한다. 이것은 '일체중생이 다 불성이 있다'는 것에서 연유한다. 즉 불성에는 우열이 없으며, 번뇌와 같은 것에 의해서 불성이 가리어질 뿐이라는 것이다. 그리고 붓다의 물리적인 신체는 그가 모든 존재들에게 자신을 보여 주기 위해서 이 세상에 나올 때 드러내는 겉모습이다.

그리고 대승불교의 역사는 보살의 역사라고 해도 과언이 아닐 만큼 보살은 대승불교에서 강조되는 개념이다. 즉, 대승불교가 지향하는 이상사회는 곧 보살의 세계이며, 중생과 보살이 나뉘지 않은 세계이다. 보살은 위로는 보리를 구하고, 아래로는 중생을 교화함을 사명으로 오직 중생 구제에 종사하는 것이므로 남을 구제하는 이타행이 곧 자기를 구제하는 것이 된다. 즉, 타인을 이롭게 하는 깨달음을 얻음으로써 스스로에게 이로울 수 있는 깨달음을 얻게 되는 것이다.

이러한 이타행의 윤리 사상이 형성된 기본적 배경으로는 제법연기의 사상과 전세·현세·내세의 유전(遺傳)사상, 타인을 해치면 고통을 받게 되고 타인을 도우면 행복을 얻게 된다는 인과응보사상, 선과 악은 다만 마음에서 비롯되어 나타난다는 유심(唯心)사상 등을 들수 있다.

보살은 무지한 중생 속에서 고독을 되씹거나 그것으로부터 도피하거나 초탈하는 데 있는 것이 아니다. 중생 그 자체로서, 고독을 그자체로서, 해탈을 그 자체로서 붓다가 되는 데 있다. 따라서 보살이 붓다가 됨은 중생이 붓다가 된다는 것이다. 이처럼 보살은 누구나 될 수 있는 것이다. 이러한 보살에 대한 사상이 있었기에 대승불교가 일반 민중들에게 널리 전파될 수 있었다.

초발심(初發心)에서부터 시작하여 득도에 이르기까지의 전 구도 과

정 속에 있는 일체의 지혜를 '반야(般若)'라고 한다. 이런 반야와 보살은 서로 상응하는 관계에 있는 것으로서 보살은 육바라밀을 실천함으로써 붓다가 된다. 이러한 보살에 대해 대승불교에서는 유형으로서 몇 개의 이상적 보살형을 설정하고 있다. 즉, 모든 부처의 어머니라 불리며 큰 지혜로 이름 없는 중생들을 깨달음으로 이끄는 '문수보살', 보살의 신상(身相)과 공덕이 모든 곳에 두루 하고 또한 중생들의 목숨을 길게 하는 덕을 지닌 '보현보살', 큰 자비심으로 중생을 구제하기 위해 서원을 세운 '관세음보살', 붓다와 미륵의 중간단계인 부처님이 안 계시는 무불의 세계에서 육도중생을 교화하는 대비의 보살인 '지장보살'은 대승불교의 대표적 보살형(4대 보살)이다. 특히 지장보살은 '모든 중생을 구제하지 않고는 성불하지 않겠다.'는 그 서원이 크고 광대하여 '대원본존지장보살'이라고 존칭된다.

어떠한 실체도 없다 '공(空)'

대승불교에서는 부파불교가 법에 대해 지나친 집착을 보인다고 비판했다. 또한 인생의 고통은 인간이 세간의 일체 사물을 진정하게 이해하지 못한 데서 온다고 보았다. 그러므로 고통에서 벗어나기 위한 가장 근본적인 방법은 모든 사물에 실체가 없음을 아는 것이다. 실체가 없다는 것은 또한 자성(自性)이 없음이니, 이것이 곧 '공(空)'이다.

그런데 공의 개념을 한마디로 정의하기는 어렵다. 공사상의 목표는 종래의 분별적 사고방식을 부정하는 것이다. 분별적 입장에서는 깨달음의 세계와 미혹의 세계, 종교적 세계와 세속적인 세계가 전혀 다른 세계로 구분되어 중생은 세속적인 세계로부터 깨달음의 세계로 나아가야 한다는 것이다. 그러나 공사상에서는 세속의 세계와 깨달음의 세계 사이의 구별이란 본래부터 없고 미혹의 세계와 구분된 깨달음의 세계란 허구일 뿐이라고 한다. 그리고 있음이란 것은 다만 하나의 세계일 뿐이라고 생각한다. 즉, 깨달음의 세계와 미혹의 세계는 하나의 세계로서 통한다는 것이다.

이와 같은 방식으로부터 '진공묘유(眞空妙有)'라는 개념이 도출된다. 진공이란 어떤 고정된 것을 가지지 않는 것이다. 공(空)한 것마저도 부정하여 마침내는 더 부정할 수 없는 부정 자체마저도 부정하므로 묘유가 곧 진공되는 것이다. 즉, 일체의 색(色; 형상)을 부정하여 얻어지는 공, 다시 그 공을 역부정하여 새로운 생명으로 탄생되는 색에 대해 철저한 긍정 작업을 펼치는 것이 공의 개념이다. 이러한 공사상의 의미를 한마디로 함축한 말이 '색즉시공 공즉시색(色卽是空 空卽是色; 색이 곧 공이요, 공이 곧 색이다)'이다. 여기서 '공(空)'은 색(色)의 부정을 의미함과 동시에 분별심의 부정을 뜻하는 것으로, 즉 유(有)와 무(無)를 함께 말한다.

특히 대승불교의 양대 종파 중 하나인 중관학파[2]에서는 모든 만물은 독자적인 본성이 없는 공한 것임을 말하는 연기설을 받아들였다. 그래서 모든 만물은 인연으로 말미암아 생겨났다가 없어지는 것으로서, 스스로 존재하는 불변의 실체 곧 자성(自性)을 가진 존재가 아니기 때문에 공 아닌 것이 없다고 한다. 그러나 이것은 아무것도 없어 허무하고 적멸하다는 뜻이 아니고, 어떤 존재도 그 본성에 있어서 고정적인 성질 곧 자성(自性)도 가지고 있지 않다는 뜻이다.

예를 들어, 현상계에는 빨간 꽃과 노란 꽃도 있으나 시들어 없어져 버리면 빨간색도 없어지고 노란색도 없어진다는 것이다. 그러므로 고정불변의 존재는 없다고 한다. 따라서 색이 곧 공인 것이다. 그런데 이것은 있는 것이 아니지만 또한 없는 것도 아니므로 공이 곧 색인 것이다. 결국 참다운 존재인 공이란 중도의 묘한 존재, 즉 '진공묘유'이다.

그리고 중관학파에서 말하는 공에는 두 가지 의미가 있다. 하나는 현상 세계가 공하다는 것이고, 또 하나는 근원적 존재가 공하다는 것이다. 현상 세계가 공하다는 것은 망념이나 망상의 주관과 그 분별의 대상이 되는 객관적 세계가 공허함을 말한다.

---

2) 바대승불교는 발전 과정에서 중관학파(中觀學派)와 유식학파(唯識學派)의 두 파로 나뉘어졌다. 중관학파는 문제를 관찰함에 있어서 어느 한 극에 떨어지지 말아야 한다고 주장하였는데, 양극을 종합하여 중도로 합한다는 의미에서 중관학파라고 한다. 용수(龍樹)가 창시자이다. 그리고 유식학파에서는 중관학파에서 말한 공 대신에 의식으로 대체하였다.

그리고 근원적 존재로서의 공은 참다운 존재, 곧 진여(眞如)가 사고를 초월하여 어떤 언어로써도 표현할 수 없으므로 공이라고 이름 붙여졌다.

한편 양대 종파 중 또 하나인 유식학파는 중관학파의 공사상을 계승하였다. 그러나 중관학파의 일체개공(一切皆空; 일체는 모두 공이다)의 관점은 성불(成佛)을 하는 주체와 그 성불의 경계를 부정하는 이론적 위기를 초래한다고 보았다. 나아가 불교 자체의 존립의 위기로까지 이어질 수 있다고 생각했다. 따라서 유식학파에서는 만물은 식(識; 의식)이 변한 것이어서 식은 있으나 경(境; 지경)은 없다는 주장을 내놓았다.

중생의 의식은 만물을 있게 하는 근원이고, 만물은 의식이 변한 것이라고 여겼으니, 이 때문에 만물은 무(無), 즉 공이다. 이때 의식이 변한 것이 만물이기 때문에 의식은 있는(有) 것이 된다. 이러한 주장 때문에 그들을 '유종(有宗)'이라 부르기도 한다.

5

불교의 중국 전파와 발전:
온 우주이자 하나의 마음

인도에서 발생한 불교는 중국으로 전래되었다. 그 전래 시기에 대해서는 여러 학설이 있다. 임계유는 『중국불교사』에서 한나라 때의 애제 원년(기원전 2년)에 불교가 중국에 들어왔다고 한다. 그리고 중국불교협회의 『중국불교』에서는 한나라 명제 7년(64년)에 불교가 처음 전래되었다고 보는 것이 일반적인 학설이라고 한다. 또한 『후한서』 「초왕영전」의 기록에 의하면, 초왕 영(英)이 영평 8년(65년) 이전에 부처를 위하여 제사하는 것을 배웠다고 한다. 이는 늦어도 기원 1세기까지는 이미 불교가 중국에 들어왔음을 말해 준다. 어느 설이 정통하다고 단정할 수는 없다. 단지 상당히 오래전인 기원 1세기를 전후하여 중국으로 유입된 것으로 추측된다.

그런데 좀 이상한 것은 불교가 전래된 이후 오랫동안 중국의 지식인들이 이를 수용하고 신앙한 흔적이 없다는 것이다. 사실 불교가 중국의 지식인들에게 널리 보급된 것은 영가의 난 후에 즉위한 동진의 원제 이후였다. 불교가 전래되고 300년의 세월이 흐른 후이다.

이는 장기간에 걸쳐 불교가 뿌리내리지 못했음을 알 수 있게 한다. 왜 그랬을까? 거기에는 분명한 이유가 있었다. 중국인 특유의 종교적 무관심과 중화사상이 그 장애가 된 것이다. 즉, 당시의 지식인들은 정치에 많은 관심을 가지고 있었기 때문에 자연히 종교 문제에는 등한시했다. 그리고 그들의 강한 중화의식은 오랑캐의 종교를 순순히 받아들일 수 없도록 만들었다.

그런데도 불교가 중국에서 뿌리를 내릴 수 있었던 것은 왜일까? 좀 더 구체적으로 말해서 육조(六朝)인들은 불교사상 중에서 어떠한 부분이 마음에 이끌린 것일까? 당시 육조의 지식인들은 유교를 벗어나 노장사상에 심취해 있었다. 이 노장사상은 불교와 근본에 있어서는 공통점을 가지고 있다. 즉, 도가에서는 무(無)를, 불교에서는 공(空)을 그 근본으로 한다는 점이다. 물론 양자가 똑같은 것은 아니나, 적어도 유(有)를 부정한다는 점에서 일치한다.

따라서 육조인들은 그들에게 이미 친숙한 노장사상을 통하여 자연스럽게 불교를 접하였을 것이다. 이 때문에 육조 초기의 불교는 노장적인 색채가 강하다. 이러한 노장적 불교를 '격의불교(格義佛敎)'라고 한다.

그리고 육조인들은 불교에서 말하는 윤회설에 관심이 많았다. 윤회설에 의하면 인생은 현재만이 있는 것이 아니고, 과거에 무한한 전세가 있었고 사후에도 무한하게 펼쳐지는 후세가 있다고 한다. 더욱 이 삼세는 상호 무관한 것이 아니라 모든 것은 인과응보로 연결되어 있다는 것이다. 이러한 사상은 현세밖에는 몰랐던 육조인들에게는 큰 충격이었으며, 그들의 인생관을 바꾸는 경이로운 것이었다. 결국 중국인들은 불교의 윤회사상에서 구원을 찾았던 것이다. 이것이 불교가 중국에서 넓게 유포될 수 있었던 가장 중요한 원인이 된다.

육조 후반기, 즉 남북조시대에는 불교의 융성과 함께 교리의 연구도 한층 진보하였다. 반야경을 중심으로 하는 일체개공(一切皆空)의 사상, 열반경을 중심으로 하는 열반의 사상 등이 유력하게 되었다. 이러한 것들은 모두 중국 불교의 발전에 기초를 제공한 것으로 중요하다. 특히 그 당시 맹아한 선(禪)과 정토(淨土)의 사상은 수당시대를 풍미하고 청나라에 이르기까지 중국 불교를 지배했다.

중국화한 종파 불교

불교가 중국에 들어온 지 4, 5세기가 지난 수당시대에 와서는 그 전성기를 맞이했다. 이때는 정치적으로 안정되고 국가 경제 역시 발달하였으며 문화 교류도 활발했다. 이러한 때에 불교 역시 여러 학설들 중에서 서로 통하는 점을 찾아 조직되고 종합해 나가는 추세에 있었으니, 남북조의 학파가 발전하여 몇 가지 새로운 종파를 형성하였다. 즉, 천태종(天台宗), 유식종(唯識宗), 선종(禪宗), 밀종(密宗), 삼론종(三論宗), 율종(律宗), 화엄종(華嚴宗), 정토종(淨土宗) 등이다.

이들 종파 중에서 철학적 색채가 비교적 풍부한 것은 천태종, 유식종, 선종, 화엄종이다. 이 중 삼론종과 유식종은 인도대승의 중관학파와 유가행파로부터 나온 것이어서 이론적 독창성이 떨어지지만, 천태종·화엄종·선종은 완전 중국화한 불교 종파이다. 사실 중국의 불교철학은 여기에 있는데, 이들을 3대 종파라고 하여 중시한다.

천태종

천태종은 창시자인 지의(智顗, 538~597)가 천태산에서 수도했기 때문에 그것이 종파의 명칭이 되었다. 주요 경전으로 삼는 것은 『법화경(法華經)』이다. 이 때문에 '법화종'으로 불리기도 한다. 『법화경』에는 '누구나 부처가 될 수 있다'는 부처의 가르침의 핵심이 들어 있다.

흔히 천태대사로 불리는 지의는 어릴 적부터 불교를 좋아하여 혜사(慧思)에게 사사했다. 38세 때 20여 명의 제자들과 절강 회계의 천태산에 들어가서 천태사를 짓고 10여 년간 선(禪)에 몰입했다. 여기서 그는 크게 깨달아 천태교학을 완성했다. 그 후 그는 국사의 대접을 받으며 수많은 불경 강의를 하다가 60세에 입멸했다. 그는 많은 저술을 남겼으며, 그의 문하에 수도승이 1만 4천 명에 이르렀고 전승 제자만도 32인이나 되었다고 한다. 가히 중국 불교의 발전에 최대의 영향을 미친 인물이라 할 수 있다.

지의는 이론과 실천을 종합하고자 했다. 모든 형태의 불교를 포용해 종합적인 틀 안에 넣고자 하는 중국 불교의 이해 방식을 가장 잘 보여 준다. 소승과 대승을 차별하지 않았고, 깨달은 사람과 보통 사람의 구분도 없이 모든 사람이 부처가 될 수 있다고 보았다. 복잡한 이론에 치우치지 않았고 이론 없는 실천만을 강조하지도 않았다.

천태교학의 근본은 '일념삼천(一念三千)'이라는 세계관에서부터 출발한다. 하나의 세간에는 부처, 보살, 연각, 성문, 천상, 아수라, 인간, 아귀, 축생, 지옥이라는 10개의 법계가 존재한다. 그중 부처가 가장 높고 지옥이 가장 낮은 단계이다. 지의는 이 10법계가 고정된 것이 아니라 경우에 따라 바뀌어 달라질 수 있다고 생각했다. 즉, 보통의 인간도 수양을 잘하면 부처가 될 수 있고 부처도 수양을 게을리하면 지옥으로 떨어질 수 있음을 말한다.

그리고 하나의 법계는 10여시를 갖추고 있으니, 10법계는 100여시를 갖추게 된다. 또한 하나의 법계는 10법계를 갖추고 있으니, 100법계와 1,000여시가 생기게 된다. 여기서 10여시는 형상, 성질, 바탕, 힘, 작용, 원인, 환경, 결과, 보상, 궁극의 상태를 말한다. 부처에서 지옥까지의 10법계가 그 독자적인 형상, 성질, 바탕 등의 10가지 상태를 지니므로 100법계는 그 10배가 되어 1,000법계가 된다. 그리고 이 1,000법계에 다시 세계를 구성하는 요소로서 3세간, 즉 오온(五蘊)세간, 유정(有情)세간, 기(器)세간이 있으므로 모두 3,000세간이 된다.

그런데 이 3,000법계는 결코 다른 곳에 있는 것이 아니라, 바로 우리의 마음속에 있는 것이다. 그러므로 '일념삼천'이라 한다. 다시 말해서, 주관적인 하나의 마음이 없다면 이 변화무쌍한 세계만물은 존재하지 않는다는 것이다. 따라서 일념의 마음이야말로 가장 근본적인 실체이고 참된 존재임을 말하고 있다.

천태종의 기본적인 교의는 '삼제원융(三諦圓融)'이라는 말로 표현된다. 여기서 '삼제(3가지 진리)'라 하면 모든 현상은 존재론적 실체성을 결여하고 있다는 '공(空)의 진리', 그럼에도 불구하고 그것들은 임시적으로는 존재하고 있다는 '가(假)의 진리', 모든 현상은 비실체적이며 동시에 임시적으로 존재하고 있어서 첫째와 둘째의 진리는 포용하면서도 초월한다는 '절대적인 중(中)의 진리'를 말한다.

이 3가지 진리는 각각 다른 두 진리를 서로 포용하며 각각은 나머지에 이미 속해 있다고 한다. 이러한 삼제는 모두 한마음에 갖추어져 있는데, 만약 곧 공(空)이요, 곧 가(假)이며, 곧 중도(中道)라고 한다면 비록 셋이라도 하나이며, 비록 하나라도 셋이어서 서로 방해되지 않는다는 것이다. 모든 법은 이 마음에서 생겨나며, 삼제는 모두 한마음에 갖추어져 있다고 하여 천태종은 세상의 만물을 마음에서 통일시킨다.

그리고 천태종에서는 진리를 터득하는 수행 방법으로 지관병중(止觀竝重), 즉 정혜쌍수(定慧雙修)를 강조하였다. 천태종에서는 열반에 들어가는 데는 여러 가지 방법이 있지만 사실은 지(止; 정지)와 관(觀; 관찰)의 두 가지 방법에 지나지 않는다고 보았다. 그 까닭은 '지'는 번뇌를 없애는 첫 관문이고 '관'은 미혹을 끊는 바른 요체이기 때문이다.

다시 말해서 '지'는 마음의 산란과 동요를 진정시키는 것으로 정(定; 선정)을 말하는데 좌선(坐禪), 정려(靜慮; 마음을 가다듬어 고요히 생각함) 등을 포괄한다. 그리고 '관'은 모든 현상을 전체적·객관적으로 관찰하고 정확히 판단하는 것을 의미하는 것으로 혜(慧; 지혜)에 해당한다. 이것은 불교경전을 공부하고 외우고 깨닫는 것, 곧 반야지혜를 획득하는 것이다.

특히 지의는 "보리의 마음을 발동하게 하는 것이 곧 관(觀)이다. 간사하고 치우친 마음을 그치게 하는 것이 곧 지(止)이다."(『마하지관』)라고 하였다. 여기서 '지'를 속세의 그릇된 망념을 제거하여 번뇌를 떨쳐 버리는 심령의 수양에 들어가는 문으로 보고, '관'을 여러 가지 미혹을 끊어 버림으로써 신명을 계발하여 진리를 깨닫게 하는 방편으로 보았다. 그리고 지와 관의 두 방법은 긴밀하게 결합되어 있다고 말했다. 그래서 만약 사람이 선정과 지혜의 두 방법을 성취하면 이 두 방법이 수레의 두 바퀴와 같고 새의 양 날개와 같다고 하였다. 이것이 지관병중 곧 정혜쌍수의 교의이다.

화엄종

화엄종은 중국 당대에 성립된 종파의 하나로서 붓다가 보리수 아래서 깨우친 궁극적이고 체험적인 진리를 담고 있는 『화엄경』을 주된 경전으로 삼는다. 화엄경이 중국에 최초로 번역된 것은 동진(東晋)시대였지만, 종파가 본격적으로 성립된 것은 당나라 때이다. 화엄종의 시작은 당나라 승려 두순(杜順; 제1조)으로부터 시작된다.

두순 때에는 영향력이 그리 크지 않았지만 제자인 지엄(智儼; 제2조)에서 다시 법장(法藏; 제3조)으로 이어지면서 교리가 체계화되어 유력한 종파로 성립되었다. 이를 징관(澄觀)과 종밀(宗密) 같은 제자들이 이어 나가지만, 정치적 상황과 선종의 발흥과 함께 점차 쇠퇴하였다. 화엄종이 쇠퇴하면서 중국의 이론 불교는 점점 사라졌다. 그러나 화엄종의 이론적 토대는 이후 송대에 선종과 성리학이 탄생하는 데 기여했다. 사실 선종이나 성리학 모두 화엄사상을 비판하며 등장하지만 그로부터 받은 영향은 부정할 수 없다.

화엄 교리의 중심은 전 세계가 '하나가 곧 다이고, 다가 곧 하나[一即多 多即一]'라는 원융무애를 설하는 법계연기에 있다. 여기서 '법계연기'란 모든 사물과 사상(事象)이 자유롭게 서로 의지하는 바가 있어 한없이 교류하고 융합해 생겨남을 말한다. 근본적인 하나와 현상으로서의 여럿의 관계를 가장 체계적으로 발전시킨 것이 징관의 사법계(四法界) 이론이다.

징관이 말한 4가지 법계란 모든 존재가 이루는 4가지 영역을 말한다. 즉 현상세계인 사법계(事法界), 진리의 세계인 이법계(理法界), 현상과 진리가 서로 방해하지 않고 원융무애한 이사무애법계(理事無碍法界), 현상과 현상이 서로 방해하지 않고 원융무애한 사사무애법계(事事無碍法界)를 말한다.

'사법계'는 우리가 경험할 수 있는 개별자들의 세계를 말한다. 깨달음에 이르지 못한 보통의 사람들은 자신들이 경험하는 세계인 사법계를 모든 세계의 모습이라고 이해하며 살아간다. 그러나 사법계가 인연의 화합으로 형성된 가상의 세계임을 깨닫게 되면 진정한 공(空)의 세계, 즉 진리의 세계인 '이법계'가 존재함을 알게 된다. 즉, 사법계의 진정한 모습을 깨달을 때 이법계를 볼 수 있게 된다는 것이다. 여기까지가 불교의 일반적인 입장이다.

그런데 화엄종에서는 이 단계는 이법계와 사법계가 분리되어 있기 때문에 좀 더 근원적인 차원으로 나아가야 한다고 말한다. 즉, 이법계와 사법계 두 세계가 아무런 장애 없이 하나라는 사실을 아는 단계인 '이사무애법계'로의 나아감이다. 이는 현상적 경험 밖에 존재하는 진리의 세계와 감각적 경험의 세계가 막힘없이 통하는 통찰의 단계이다. 이를 강조하는 것은 현실 밖에서 초월적인 세계를 찾으려 하지 말라는 의미이다.

화엄종은 여기서 한발 더 나아가 진리의 세계와 현상의 세계가 막힘없을 뿐만 아니라 현상의 존재들도 서로 막힘이 없어야 한다고 본다. 이를 '사사무애법계'라고 한다. 현상의 각 존재는 스스로 존재하면서도 모든 것이 서로 통해 있는 상태가 된다. 세계의 부분들은 전체로서 하나이기도 하고 동시에 각각의 여럿이기도 하다. 곧 현상 세계에 아무런 장애가 없게 된다.

이런 단계에서는 우주 전체의 유기적 통일을 이루게 되는데, 이를 설명하기 위해 법장은 보석이 달린 그물망의 예를 들었다. 인드라(인도 신화 속의 신)가 살고 있는 궁전에는 거대한 그물망이 천장에 달려 있는데, 그물코 하나하나에 보석이 달려 있다. 보석들은 서로가 서로를 비추어 무한한 아름다움을 뿜어낸다. 보석들이 서로를 비추므로 한 보석 안에는 모든 보석의 빛이 담겨 있다. 즉, 모든 것은 연결되어 있으며 전체는 하나로 표현되고 하나는 전체를 품고 있다. 곧 하나이면서 여럿이고 여럿이면서 하나인 것이다. 만약 보석이 독립적으로 존재한다면 결코 그렇게 아름다운 빛을 밝히지 못할 것이다. 보석이 빛나는 이유는 다른 모든 것들과 서로 연결되어 있기 때문이다. 이렇듯 세상의 모든 존재들은 다른 존재들과 유기체적으로 연결되어 있기에 아름다운 것이다.

그리고 화엄의 세계에서는 시간적으로도 한순간이 영원이고 영원이 한순간이라고 한다. 과거도 미래고 이미 현재에 들어와 있다는 의미이다. 한순간의 마음에 이미 무한한 시간이 들어와 있다는 것이다. 이미 '한순간'이라는 자체가 실체가 없으며, 무한한 시간 또한 실체가 없기 때문이다. 따라서 순간과 영원은 그대로 통해 있다. 이처럼 모두는 끝없는 시간과 공간 속에서 서로가 서로의 원인이 되며 대립과 갈등을 초월해 하나로 융합하고 있다. 어떤 것도 유기체 밖에 존재할 수 없으며 독자적인 지위를 가질 수 없다.

'하나의 개체에 전체가 들어와 있고, 전체 또한 하나와 떨어지지 않는다'는 화엄의 핵심을 깨달으면 그 순간 누구라도 자기 안에 부처가 있음을 알게 된다. 중생 밖에 부처가 존재하는 것이 아니라, 중생이 곧 부처인 것이다. 일념성불(一念成佛), 곧 한순간에 이미 부처가 되는 것이다. 화엄 사상은 삶의 자리에서 이미 불성이 이루어졌다는 강한 현실 긍정을 보여 준다. 이는 우리의 현실 세계 이외에 또 다른 진리의 세계가 존재하지 않는다는 선언이기도 하다. 더럽고 혼탁한 현실 세계야말로 광대한 우주 전체를 바라볼 수 있는 세계이기 때문이다.

선종

선종이란 좌선을 통하여 정신을 집중하고, 잡념을 버려 마음의 본성을 깨달아 해탈에 이르며 진리를 파악하고자 하는 불교사상이다.

인도에서도 선(禪)의 실천은 널리 행해졌으나 하나의 종파로서 확립된 것은 중국의 명대에 와서이다. 불교사상으로서의 선이 중국에 전래된 것은 후한시대였지만, 이때는 대승과 소승의 선관이 혼효되어 있었으며, 남북조시대에 인도인 달마(達磨; 1조)에 의해 대승의 좌선이 행해졌다. 그 후 혜가(慧可)-승찬(僧璨)-도신(道信)-홍인(弘忍)을 거쳐 혜능(慧能;6조)에 와서는 재가자에게까지 보편화될 정도였다.

혜능은 영남의 신주에서 태어났다. 그의 나이 3세 때 부친을 여의고 매우 어려운 생활을 하였는데, 땔감을 해다가 팔아서 어머니를 봉양하였다. 24세가 되던 해, 어느 날 땔감을 팔고 나오다가 '마음을 깨끗이 해야 하며 사물에 마음이 끌려서는 안 된다'는 『금강경』 읽는 소리를 듣고 큰 감동을 받아 결국 동선사로 가서 홍인에게 배움을 청하였다.

그러나 그는 문맹이어서 아무 책도 읽지 못하고 단지 강의하는 것을 들어서 불교의 기본 사상을 이해한 후, 그것을 소화하여 새로운 것을 만들어 선종의 사상 체계를 형성하였다. 수많은 제자들이 모여들었고 그의 설법은 명쾌했다. 그가 죽기 한 달 전에 고향 신주의 국은사로 떠났는데, 제자들이 신주로 가시면 언제 돌아오느냐고 묻자, 그는 "잎은 떨어져서 뿌리로 돌아가니 돌아올 날은 말할 수 없다."라고 하면서 떠났다. 그로부터 한 달 후에 76세의 일기로 입멸하였다.

그의 저서는 없고, 다만 제자 법해가 그의 설법과 대화록을 수록해 놓은 『육조단경』이 있을 뿐이다. 이것은 선종의 유일한 경전이며 선종의 주요 종지를 대표한다. 그리고 이는 중국인이 저술한 불교

문헌 가운데 가장 훌륭한 것으로 평가되며, 붓다의 설법이 아닌 것으로는 유일하게 '경(經)'이라는 칭호를 받으며 『금강경』, 『법화경』 등과 같은 수준으로 평가된다.

혜능은 남쪽 지방에서 '단번에 깨닫는다'는 돈오(頓悟) 법문을 설하였고, 홍인의 수제자였던 신수(神秀)는 북북 지방에서 '점진적으로 깨닫는다'는 점수(漸修) 교의로 사람들을 가르침으로써 각기 남북 양파의 영수가 되었다. 그리하여 '남돈북점(南頓北漸)'이라는 말이 생겼다. 그러나 신수의 북점은 점차 쇠퇴한 데 반해 남돈은 번창하였는데, 그후 몇 대의 전파를 거쳐 중국 전역으로 확산되었다. 그리하여 선종은 다른 종파를 압도하여 불교라 하면 곧 선종이라고 할 정도가 되었다.

혜능에 의해서 정립된 후 크게 발전한 선종은 우리가 본래 완성된 하나이며, 본래 완성된 부처라는 것을 직관해야 한다는 '돈오사상'을 주장하였다. 이는 부분적인 지식의 축적으로서는 전체적인 깨달음에 이를 수 없다고 보고 이론이나 지식에 집착하는 교종의 방법을 비판한 것이다. 그러면서 그는 불립문자(不立文字), 교외별전(敎外別傳), 직지인심(直指人心), 견성성불(見性成佛)을 돈오를 위한 방법론으로 제시했다. 이를 '사구게(四句偈)'라 한다.

먼저 '불립문자'란 '문자로써 교(敎)를 세우는 것이 아니다'라는 뜻으로, 교종에 대한 선종의 입장을 대변한다. 교종은 경론의 문자와 교설만을 주로 하여 불교의 참 정신을 잃고 있다고 보고, 선종에서는 참된 불법은 마음에서 마음으로 전해지는 것이라고 하였다. 특히 혜능은 바깥 세계의 사물에 대한 인식은 사람의 마음에 따라 결정된다고 하였다. 즉, 마음이 일어나면 갖가지 사물이 생겨나고 마음이 없으면 갖가지 사물이 없어진다는 것이다. 따라서 혜능은 진리를 알기 위해서는 경전에 집착할 필요가 없으며 마음에 의지하여 깨달으면 된다고 하였다.

'교외별전'이란 경전에 절대적 가치나 의의를 부여하지 않음을 말한다. 즉, 문자에 의한 진리 인식이 아니라 마음에서 마음으로 진리를 전하는 것을 뜻한다. 붓다가 언어로써 가르침을 전하는 것이 교내(敎內)의 법이라면, 교외(敎外)의 법은 붓다의 마음을 직접 다른 사람의 마음에 전하는 것을 말한다. 즉, 진리를 달에 비유하면 교(敎)는 달을 가리키는 손가락에 지나지 않으며, 이에 반해 선(禪)은 달을 직접 체험하는 것이다. 다른 종파가 모두 교내의 법을 가르치는 데 반해 선종만이 교외의 법을 주장하고 있다.

또한 '직지인심'이란 교리를 캐거나 계행(戒行)을 닦지 않고 직접 사람의 마음속에 들어 있는 진리를 아는 것을 말한다. 선종에서는 참다운 지혜는 마음, 곧 본성을 아는 것일 뿐이므로 마음을 깨쳐야 부처가 된다는 입장이다. 이에 대해 혜능은 절대적 지혜란 다만 그대 마음을 아는 것일 뿐이니 마음 밖에 따로 부처가 없다고 하였다. 그리고 사람은 누구나 마음속에 불성을 가지고 있으며, 그것은 언제나 맑고 깨끗하여 마치 해와 달처럼 빛나는 것이지만 때때로 망념의 구름에 가려 그릇된 번뇌의 마음이 일어날 수 있다고 하였다.

마음속의 청정한 불성을 드러내려면 무념이 필요하다. 무념은 선종의 최고 종지인데, 이에 대해 혜능은 '무념을 보는 것이 중도의 첫째 진리이다'라고 하였다. 인식이나 수행도 무념의 상태에서 해야 한다는 것이다. 즉, 감각이나 사유를 통해서는 마음속의 불성을 인식할 수 없으므로 무념의 경지에서 직관적으로 한꺼번에 불성을 깨달아야 한다는 것이다.

마지막으로 '견성성불'이란 자기가 본래 갖추고 있는 불성을 깨달아 부처가 됨을 말한다. 선종에서는 마음이 곧 불성이므로 마음을 아는 것이 불성을 보는 것이다. 그리고 불성이 곧 부처이므로 마음속의 불성을 보는 것이 곧 부처가 되는 것이다. 이에 대하여 혜능은 '스스로 본래의 마음을 아는 것과 스스로 본성을 보는 것은 다름이 없다.'고 하였다. 그러므로 직지인심과 견성성불은 사실 같은 의미이다.

결국 이러한 선종에서의 4가지 선언은 궁극적인 깨달음은 경전 안에 있지 않으므로 문자에 기대서는 안 되며 마음을 곧바로 가리켜 자신의 본성을 자각하고 궁극적인 깨달음을 얻어야 한다는 데 있다. 이러한 선언은 복잡한 이론에 치여 경전을 파고들거나 손을 모아 힘 있는 부처에게 비는 것으로는 궁극적인 진리를 얻을 수 없다는 메시지로, 당시 불교계의 경향에 대한 부정이며 경고였다. 궁극적인 진리는 어딘가 다른 곳에 있거나 어떤 특정한 시점에 도달하는 것이 아니다. 진리는 매일매일 부딪치는 일상의 영역 밖에 존재하지 않는다. 그런 의미에서 불교가 말하는 진리, 즉 법은 아무 데도 없다. 그것이 바로 법의 진정한 의미이다.

중국 불교의 쇠퇴

중국 불교는 수당시대에 가장 융성했다. 많은 명승(名僧)들이 배출되었고 새로운 종파가 생겨났다. 한편 당나라 무종은 불교가 국가에 크게 해롭다고 하여 엄하게 금지시켰으며, 세종도 불교를 전멸시키기 위해 노력하였다. 이처럼 불교를 백성들의 마음으로부터 단절시키고자 하였으나 불교는 은밀히 그 세력을 보존해 갔으며, 선종(禪宗)은 오히려 더욱 번성했다. 사실 선종은 송대에 더욱 융성하여 유학에도 크게 영향을 미쳤으며, 근대철학을 발생시키는 단서를 제공했다. 즉, 유학자들로 하여금 좀 더 사색적으로 연구하게 함으로써 철학적 깊이를 더할 수 있게 했던 것이다.

그러나 송나라 때는 성리학의 발전으로 인하여 상대적으로 불교는 위축될 수밖에 없었다. 왕실의 보호를 받을 수도 없었고 성리학자들로부터는 이단의 사상으로 간주되어 지탄의 대상이 되었기 때문이다. 단지 선종만이 그 깊이를 더하며 불교의 명맥을 유지했다.

원나라에 와서는 '라마교'가 유행했다. '라마'는 '스승'이라는 뜻이며, 북인도의 명승 연화상좌사(蓮華上座師)를 교조로 한다. 그 특색은 비밀스럽게 법을 닦는 기도에 있다. 원나라 왕실에서부터 라마교를 믿고 라마승을 보호하였으며, 세조는 고승 '파스파'를 왕사로 추대했다. 파스파는 이에 힘을 얻어 티베트의 정권과 교권을 획득했다. 마치 중세의 교황을 방불케 하는 권세를 누렸기에 라마승들은 왕실의 보호와 권세를 믿고 불사기도를 핑계로 매년 많은 액수의 보시(布施)를 요구하는 등 제멋대로 행동하였다. 이러한 라마교의 득세 속에서 종래의 불교는 점차 쇠미해져 갔다.

결국 중국 불교는 온갖 영고성쇠를 거듭하다 전체적으로 쇠퇴하여 갔다. 왕실의 후원이 있을 때는 번창하였고 왕실의 후원이 끊긴 송나라 이후에는 쇠락의 길을 걸었다. 전제국가시대의 어쩔 수 없는 상황이라 할 수도 있겠지만, 왕실에 대한 의존성을 탈피하고 사회와 민중 속에 강한 뿌리를 심으려는 자생력이 부족했음을 탓하지 않을 수 없다.

20세기 초 중국은 커다란 어려움에 직면했고 불교 또한 봉건사회의 퇴조와 외세 침입이라는 절벽과 마주쳤다. 그렇지만 불교교단에서는 여타 불교 국가와 접촉을 시도하며 상당한 노력을 기울였다. 한때의 노력은 1949년 중화인민공화국이 성립되면서 또다시 물거품이 되고 말았다. 특히 문화대혁명 기간에 불교는 유교와 함께 사장 위기에 몰렸다. 아울러 중국 정부의 티베트 라마교에 대한 탄압은 세계인의 비난을 자초했다.

과연 불교는 깨달음의 종교인가?

'불교가 철학인가 종교인가' 하는 문제에 대해서는 온갖 구구한 변명이 있을 수 있고 또한 있어 왔다. 하지만 분명한 사실은 불교가 오로지 무조건적인 믿음을 통해 절대자의 구원만을 지향하는 종교가 아니라는 점이다. 그리고 단지 이성적 탐구만을 통해 인간과 세계에 대한 진리를 추구하는 철학도 아니라는 점이다.

서구 전통에서 종교와 철학은 각기 그리스와 히브리의 문화전통에서 유래하였기 때문에 양자 사이에는 항상 긴장 관계가 지속되어 왔다. 그러나 인도의 경우 그러한 대립 관계가 성립하지 않았을 뿐만 아니라 도리어 상호 보완적 관계를 유지해 왔다. 이를테면 인도의 종교는 철학적이며 종교적이라고 할 수 있다.

불교는 분명 '깨달음의 종교'라 할 수 있다. 불교는 붓다의 깨달음에서 비롯되었기 때문이다. 아니, '붓다'라는 말 자체가 '깨달은 자'라는 뜻이니 '붓다의 깨달음'이라는 말은 동어반복일 뿐이다. 깨달음이란 무엇인가? 그는 무엇을 깨달았던가? 어떻게 깨달았던가? 왜 깨달았던가? 서양의 유일신교적 입장에서 이 같은 물음은 부질없는 일이다. 왜냐하면 거기서의 깨달음이란 절대자가 이 세계를 통해 성취하고자 하는 목적, 즉 '천국'과 같은 신의 주체적 지향에 대한 깨달음이기 때문이다.

그러나 불교의 경우는 다르다. 무엇보다 먼저 붓다는 교조적이지도 않을뿐더러 세계가 그의 피조물도 아니다. 따라서 그의 말씀 또한 여호와의 말씀과는 그 종류가 다르며, 오로지 절대적 믿음에 근거하여 이해될 수 있는 성질의 것도 아니다. 오히려 믿음이 이해에 기초한 것이라 할 수 있다. 즉, 불교에서의 믿음은 맹신이 아니라 이해에 기초한 확신이다. 그러하기에 예나 지금이나 '불교란 무엇인가', '깨달음의 본질은 무엇인가'가 불교법문의 핵심이 되어 왔다.

불교는 결코 믿기 쉬운 종교가 아니다. 더욱이 붓다 깨달음에 대해서는 시대와 지역에 따라 달리 해석되어 이루 헤아릴 수 없을 정도의 경론(經論)이 있었으며, 이에 따라 수많은 교파와 종파가 생겨나게 되었기에 더욱 그러하다. 불교가 믿기 어려운 종교인 것은 그만큼 스스로의 이해와 통찰이 요구되는 깨달음의 종교이며 지혜의 종교이기 때문이다.

제6부

새로운 유학에서
배우는
창조적 혁신

이제 동양사상에서 지혜를 찾는 여행의 발걸음은 불교가 융성했던 수나라·당나라를 거쳐 송나라 시대로 향한다. 유학을 국가의 공식적인 학문으로 채택한 한나라 이후 유학은 사회적·정치적·문화적 교본 역할을 했지만, 불교나 도교처럼 세계의 근원이나 인간의 본질 등에 대한 깊이 있는 고민에 이르지는 못했다. 그러다 송나라 시대에 와서 주돈이·정호·정이·장재 등 북송 시대의 철학자들은 태극(太極)·이(理)·기(氣) 등 전통적인 개념들을 새롭게 정리해 기존의 유학과는 다른 새로운 유학의 틀을 마련했다.

이들의 시도를 종합하여 정리한 사람은 남송시대의 철학자 주희였다. 그는 선배 철학자들의 이론을 정리해 '이기론'을 완성하여, 모든 만물이 따라야 할 근원적 이치가 있고 이 이치를 도덕적 가치의 기준으로 삼았다.

주희의 학문은 그의 사후에 큰 권위를 얻지만, 남송과 원나라를 거쳐 명나라 때에는 지나치게 굳어진 주자학에 반기를 들고 또 다른 유형의 유학이 등장하였으니, 곧 양명학이다. 양명학에서는 주자학에서 말하는 이치가 마음에 있다고 주장한다. 천리가 곧 내 마음이기에 외물(外物)에 얽매이기보다는 내 마음의 천리를 따르면 된다고 하면서, 개개인을 도덕적 실천의 주체로 삼아야 한다고 말한다.

여기서 우리는 새로운 유학의 큰 흐름인 주자학과 양명학을 완전 다른 성격의 철학으로 이해하기보다는 역사의 흐름 속에서 유가적 사유체계의 대변혁이라는 관점에서 탐구해 보면 지혜를 찾는 여행의 재미를 더할 것이다.

새로운 유학의 등장과 발전 배경

새로운 유학의 등장

춘추전국시대를 거치면서 유가, 도가, 묵가, 법가 등의 제자백가가 형성되어 중국 사상의 황금기를 이루었다. 이들 제자백가 가운데 가장 사회적·정치적으로 큰 영향력을 지녔던 사상은 유가였다. 그리고 인간의 윤리적 측면에 있어서 가장 많은 영향력을 주었던 사상 또한 유가였다.

공자는 인간의 본성을 '인(仁)'으로 규정하였다. 그리고 인과 예를 간직하고 실천함으로써 천하를 태평하게 하자는 이상을 제시했다. 이러한 이상은 그 후 증자와 자사를 거쳐 맹자와 순자에 의하여 계승·발전되어 감으로써 유학의 체계가 확립되었다. 맹자는 공자의 사상을 계승하여 성선설과 인의(仁義)의 도를 역설하고 왕도정치를 주장했다. 순자는 맹자의 성선설에 반대하여 성악설을 주장하고 예를 강조했다. 이때의 유학을 '선진유학'이라 하며, 선진유학은 철저히 도덕성의 함양과 그 실천에 주안점을 두었다.

진나라가 천하를 통일한 후 법가 이외의 모든 사상을 금지하면서 특히 유학은 침체하였다. 그러나 진나라는 통일한 지 15년 만에 멸망하고 기원전 206년에 한나라가 건국되었다. 그 후 한나라 무제가 동중서의 건의를 받아들여 유학 이외의 학술을 금함으로써 유교(유학을 종교적 의미를 담아 부르는 명칭)는 국교가 되다시피 했다.

그 후 국립대학격인 태학을 세워 『시경』, 『서경』, 『역경』, 『예기』, 『춘추』 등의 오경을 가르쳤다. 그리고 이러한 교육을 받은 사람을 관리로 등용하는 시험제도를 채택했다. 그리하여 유학은 크게 발달하게 되었다. 특히 동중서는 기(氣)의 성함과 쇠함에 의해서 만물이 생성 소멸한다고 하고, 인성에는 상·중·하의 삼품이 있다고 주장하였다. 또한 후한의 왕충은 노자와 주역의 우주론을 받아들여 주재자로서의 천을 부정하고, 기론적 우주론을 확립하여 참위와 미신에 빠진 당시의 학문을 맹렬히 공격했다.

기원후 220년에 한나라가 멸망하자, 다시 분열과 혼란의 시대가 도래하였다. 그리하여 589년 수나라에 의해 다시 중국이 통일될 때까지 약 400년간(위진남북조시대) 혼란이 계속되었다. 400여 년간의 분열의 시대를 마감하고 수나라는 천하를 통일하였으나 50여 년 만에 멸망하였다.

수나라를 계승한 당나라가 290여 년간에 걸친 통일왕조를 이어 갔다. 이 당시는 왕실의 보호 아래 불교가 크게 성행했다. 그러나 유학이 완전히 자취를 감추었던 것은 아니었다. 한유(韓愈) 같은 인물은 불교를 배척하고 유학을 계승하여 도통을 확립할 것을 주장했다. 더 나아가 한유의 제자 이고(李翱)는 불교를 오랑캐의 도라 하여 배척했다. 이러한 정신이 바로 송대 학풍의 원류가 되었다.

907년에 당이 멸망한 후 약 70년간 5대가 번갈아 흥망하면서 혼란이 계속되다가 960년에 송나라가 통일국가를 세움으로써 안정을 되찾았다. 이때의 학자들은 훈고(訓詁)에 매달리지 않았고 자기 나름대로 성인의 정신을 파악하려고 했다. 이러한 학풍이 '성리학(性理學)'을 일으켰다.

성리학은 선진유학의 영향을 받았으나 사실 선진유학과는 상당한 차이를 보인다. 종래의 선진유학은 수신(修身), 제가(齊家), 치국(治國), 평천하(平天下)라고 하듯이 실천적이고 윤리적인 측면에 많은 비중을 두었다. 그러나 성리학에서는 인간 행위의 올바른 준칙으로서 그 원리와 근거를 깊이 탐구했다. 그러므로 단순한 윤리 문제에 머무르지 않고 철학적 성격을 강하게 띠게 되었다. 그리고 매우 이론적이며 논리적인 학문의 경지에 도달했다.

따라서 성리학은 인간의 본성과 우주의 형이상학적 근거를 물으며, 여기에서 태극(太極)과 음양(陰陽), 이(理)와 기(氣), 인심(人心)과 도심(道心), 사단(四端)과 칠정(七情), 본연지성(本然之性)과 기질지성(氣質之性), 천리(天理)와 인욕(人慾) 등의 문제를 깊이 있게 다루었다.

이러한 성리학을 '송학(宋學)'이라 함은 이것이 송대에 형성되었기 때문이며, '정주학(程朱學)'이라 함은 정호·정이 형제와 주희의 학문적 위치를 높여 부르는 것이며, '주자학(朱子學)'이라 함은 성리학을 집대성한 이가 주자라는 점에서 부르는 이름이며, 특히 성리학을 '도학(道學)'이라 함은 성리학이 성현지도(聖賢之道)로서 도덕성과 실천성 모두를 추구한다 하여 부르는 이름이다. 그리고 '이학(理學)'이라고도 함은 이(理)를 진리의 중심으로 삼는다는 의미에서 '심학(心學)'과 구별해서 부르는 이름이다.

또한 시대적 요청에 따라 도가와 불교의 영향 하에서 좀 더 논리적이고 사변적인 체계로 재창조된 새로운 유학이라는 의미에서 서양인들은 종래의 유학과 구별하여 '신유학(Neo-Confucianism)'이라 한다. 이러한 성리학은 북송의 주돈이(周敦頤)에서부터 장재(張載), 정호(程顥), 정이(程頤)를 거쳐 남송의 주희(朱熹)에 이르러 종합적인 체계를 갖추게 되어 유학의 전성시대를 이루었다.

성리학의 발전 배경

선진유학은 실천도덕을 연구하였다. 그렇지만 송대의 유학은 단지 수신, 제가, 치국, 평천하의 도를 설명하는 데 그치지 않고 그 원리를 탐구했다. 즉, 가르침의 근본을 성(性; 본성)에서 구하고, 성의 근본을 우주에서 구하며, 또한 일상도덕의 철학적 기초를 논하였다. 그들의 연구는 이미 선진유학의 범위를 훌쩍 넘어 있었다. 그렇다면 송대에 와서 이와 같은 특색의 새로운 철학이 발생하게 된 원인은 과연 어디에 있는 것인가? 그것은 아마도 복합적인 요인, 즉 당시 사회의 상황과 사상의 영향 때문이었다.

송나라에 와서 유학이 크게 장려된 데는 그 역사적 배경이 있었다. 송나라 태조는 왕위에 오르자마자 유학을 장려하여 문무 대신들에게 경전을 읽게 했으며, 자신도 학문을 좋아해 언제나 글을 읽었다. 태종 또한 태조의 뜻을 계승하여 학문의 보급에 힘썼는데, 사관(史官)에게 『태평어람』 1,000권을 편찬하고 사방에 흩어진 책들을 모아 정리하라는 조서를 내리기도 했다. 이러한 국가 정책에 따라 자연히 유학을 연구하는 사람들이 많아졌고, 그 결과 비판적 정신을 조성하고 유학의 혁신적이고 진보적인 기운이 촉진된 것이다.

그리고 송나라 때에 유학이 크게 번성한 데는 당시 불교의 사상적 영향이 컸다. 육조 이후 불교는 유교를 자극하고 격려하여 유학자들로 하여금 연구심을 불러일으키게 했다. 역대의 제왕은 유교를 장려하면서 불교, 도교를 보호하였다. 그러다 보니 유교 · 불교 · 도교의 3교는 항상 정립하여 그 우열을 다투었는데, 유학자는 불교, 도교에 대항하여 항상 연구심을 고취할 수밖에 없었다.

또한 불교는 유교사상으로 하여금 사색적이 되게 했다. 불교는 그 사상이 오묘하고 사색이 정밀한 점에서 유교가 대적할 바가 아니었다. 불교는 이미 상하 모든 사람들에게 풍미되어 다수의 유학자들이 선(禪)을 연구하게 되었다. 이렇듯 불교의 선적(禪的) 요소가 유교에 영향을 끼쳐 결국 유교로 하여금 사색적이게 한 것이다.

그리고 당시 성행했던 도교의 영향을 무시할 수 없다. 도교의 교의는 사회 초월적인데, 유교의 교의는 사회적이다. 교의의 정신으로 보면 유교와 도교는 완전히 상반된다. 그러나 한나라 이후 양교는 점점 접근하였으며, 한나라 학자 중에는 유교와 도교를 혼동한 사람들이 많았다. 오대(五代)에서 송에 이르러 유교 · 불교 · 도교의 3교 일치설이 더욱 왕성하였다. 당시 학자 중에는 도교 풍에 젖어 들어 세속의 번거로운 일에서 벗어나 명상에 빠지며 유유자적하게 생활하는 이른바 은사(隱士)들이 배출되었다. 은사들의 학문적 조예 또한 매우 깊어 상하 모든 사람들이 그들을 존경하고 사모하였다. 유학자들도 그들에게 감화를 받아 유교를 해석함에 있어 도교의 사상을 들여옴으로써 새로운 철학 발생의 한 원인이 되었다.

또한 이전의 학문적 경향이었던 훈고학(訓詁學)에 대한 반동적 성향이 강했다. 종전의 훈고학자들의 연구 방법은 여러 가지 결함을 지니고 있었다. 즉, 옛 설(說)을 굳게 지켜 훈고학의 선배인 복건(服虔), 정현(鄭玄) 등의 의견만을 중시하고 공자나 맹자의 본뜻을 돌아보지 않았으며, 글귀나 문자 해석에만 힘을 쏟아 성현의 큰 가르침을 잊어버린 것이다. 또한 훈고학자 중에는 당시 유행하는 음양오행설을 믿고 미신적인 기이한 이야기를 만들어 민심에 해독을 끼침이 적지 않았다.

이처럼 누적된 폐단 때문에 유학은 시들해지고 있었다. 이에 이러한 천한 풍습의 반동으로 문자와 글귀에 얽매이지 아니하고 옛 설에서 탈피하여 독창적인 생각으로 가르침의 큰 정신을 밝힘으로써 새로운 학문 체계를 형성하였다. 즉, 창조적으로 유학의 혁신을 이루었던 것이다.

_2_

성리학의 선구자들:
새로운 창으로 유학을 봄

성리학의 창시자 주돈이

송나라 때 시인 황정견은 친구였던 주돈이에 대해 "인품이 매우 높고 가슴속이 맑고 깨끗하여 마치 비 갠 뒤의 빛나는 바람과 맑은 달과 같다."고 칭찬한 바 있다. 그러나 사실 주돈이는 살아 있는 동안에는 크게 주목받지 못했다. 평생을 지방 하급 관리에 머물면서 제자를 기르고 책을 저술했다. 제자 중에 정호와 정이와 같은 뛰어난 학자들이 있었지만, 그들의 그늘에 가려 당대에는 주목받지 못했던 것이다. 주희에 와서 맹자 이후 1400년 동안 묻혀 있던 도통을 다시 이은 이가 주돈이라고 추켜세우면서 세상에 알려지기 시작했다.

이러한 주돈이(1017~1073)는 영도현 염계의 변방에서 주보성의 아들로 태어났다. 본명이 돈실(敦實)이었는데, 후에 황제 영종의 이름을 피하여 돈이(敦頤)로 고쳤다. 출생지인 '염계(濂溪)'를 호로 삼았다. 어렸을 때 홀로 자랐으며, 15세에 외삼촌 정향(程珦)의 집에서 컸는데, 그의 재주를 아끼어 자식처럼 여겼다고 한다.

동양의 지혜를 찾아서

어렵게 공부하여 20세부터는 여러 관직에서 일하면서 선량한 관리라 칭송받았다. 나이 30이 되자, 정향이 그의 비상함을 알고 두 아들 정호와 정이로 하여금 그를 스승으로 섬기게 했다. 당시 정호는 15세였고, 정이는 14세였다. 그는 지방의 하급관리를 몇 차례 더 역임하다 55세에 은퇴하고, 후에는 강주 여산의 연화봉 아래에 '염계서당'을 지어 머물다 57세를 일기로 세상을 떠났다.

그는 학문의 경지가 매우 깊어 일찍이 왕안석을 만나 밤낮으로 토론했는데, 왕안석은 돌아가서 침식을 잊고 주돈이를 깊이 생각했다고 한다. 항상 욕심이 없고 깨끗하여 녹봉을 가난한 친척들에게 나누어 주었지만 성품은 아주 강직했다고 한다. 저서로는 『태극도설(太極圖說)』과 『통서(通書)』 등이 있다. 특히 『태극도설』을 통하여 성리학의 틀을 형성하였는데, 이는 정호 · 정이 두 형제와 주희에게 많은 영향을 주었다. 주희는 그를 일컬어 '성리학의 창시자'라 하였고, 송대의 공자로 추앙했다.

* 태극도설

주돈이의 학설은 『태극도설』과 『통서』에 집약되어 있다. 그중 『태극도설』은 '태극도(太極圖)'를 가지고 철학적으로 설명한 것인데, 주돈이는 이러한 태극도를 유학의 사상적 재료로 삼았다. 『태극도설』의 전문은 다음과 같다.

무극(無極)이면서 태극(太極)이다. 태극이 움직여서 양을 낳고, 움직임이 극에 달하면 고요해진다. 고요하면 음을 낳고, 고요함이 극에 달하면 다시 움직인다. 한번 움직이고 한번 고요함이 서로 그 뿌리가 되어 음·양으로 나누어져서 양의(兩儀)가 성립된다. 음과 양이 결합하고 변화하여 수·화·목·금·토의 오행(五行)이 생겨난다. 이 다섯 가지 기(氣)가 순조롭게 퍼져서 사계절이 운행된다. 오행은 하나의 음양이고, 음양은 하나의 태극이며, 태극은 본래 무극이다. 오행이 생성되면 각각 그 독특한 성질을 갖게 된다. 무극의 참된 본체인 진(眞; 원리)과 음양·오행의 정수[精]가 묘하게 결합하여 응결되는데, 건도(乾道)는 남자를 형성하고 곤도(坤道)는 여자를 형성한다. 남녀 음양의 두 기(氣)가 서로 감응하여 만물을 생성한다. 만물이 생겨나고 또 생겨나서 변화가 그 속에 무궁하다. 오직 사람만이 빼어남을 얻어 가장 영험(靈驗)하다. 인간의 형체가 이미 생겨남에 정신이 지각을 계발시킨다. 오성(悟性)이 감동하여 선악이 나누어지고 만사가 나타나게 된다. 성인은 자신을 중정(中正)과 인의(仁義)로써 규정하고 고요함을 주요소로 삼아 사람의 표준을 세운다. 그러므로 성인은 천지와 더불어 그 덕을 합하고, 일월과 그 밝음을 합하고, 사계절과 그 차례를 합하며, 귀신과 그 길흉을 합한다. 군자는 이러한 도를 닦게 되니 길하고, 소인은 이러한 도를 거스르니 흉하다. 그러므로 하늘의 도를 정립하여 음과 양이라 하고, 땅의 도를 정립하여 부드러움과 강함이라 하며, 사람의 도를 정립하여 인(仁)과 의(義)라고 한다. 또 시작에 근원해서 마침내 돌아가는 까닭으로 죽고 삶의 이치를 알게 된다. 크도다. 주역이여! 지극하도다.

위의 글에서 알 수 있듯이 주돈이는 태극을 우주의 본체로 삼는 한편 무극이라 칭하였기 때문에 무극이면서 태극이다. 태극과 무극은 구별되는 것이 아니다. 태극 밖에 무극이 있는 것이 아니고 무극 밖에 태극이 있는 것이 아니다. 태극은 움직임과 고요함의 두 성능을 가진다. 움직이면 양(陽)을 낳고 고요하면 음(陰)을 낳는다. 움직임이 극에 달하면 고요해지고 고요함이 극에 달하면 움직인다. 한번 움직임과 한번 고요함이 서로 뿌리가 되어 혼돈의 태극에 음과 양의 구별이 생겨난다.

음양의 양태가 성립하면 음과 양이 결합하고 변화하여 수(水)·화(火)·목(木)·금(金)·토(土)의 5원소가 생겨나는데, 이를 '오행(五行)'이라 한다. 오행이 순조롭게 퍼져서 사계절이 운행되는데, 이는 만물이 생성되기 이전의 상태를 말한다. 태극이 있으면 음양의 양태로 나누어지고, 음양이 있으면 오행을 생성하니 이는 필연적인 힘이다. 역으로 오행은 음양에서, 음양은 태극에서 생성되니, 오행의 생성은 모두 태극에 근본 한다. 음양의 양태가 나누어짐에 미쳐 오행이 순조롭게 퍼지면 우주는 두 원리를 생성하니 남녀 양성이다. 그러므로 무극의 참된 본체인 진(眞)과 음양·오행의 정(精)이 묘하게 결합하여, 건도(乾道)는 남자를 형성하고 곤도(坤道)는 여자를 형성한다고 한다.

그리고 우주 만물은 모두 이 두 원리로부터 생성되는데, 개별의 만물이 발생할 때 순전히 빼어나고 아름다운 오행의 기(氣)를 얻으면 사람이 되고 조잡한 기를 얻으면 물질이 된다고 한다. 결국 사람은 만물 중에서 가장 우수한 기를 얻어 태어나는 영특한 존재라고 한다. 이러한 존재는 그 본성이 순수하고 지극히 선하다. 주돈이는 이

를 '성(誠)'이라고 하였고, 성의 근본을 '태극'이라 하여 태극과 성은
차이가 없다고 하였다. 이를 우주의 본체에서 말하면 '태극'이고, 사
람의 본성으로 말하면 '성(誠)'이 된다.

주돈이는 이러한 성을 가진 사람을 '성인(聖人)'이라 하고, 그러한
성인에게는 성실함이 그 근본이 된다고 하였다. 성실함은 지극히 순
수하고 선한 것이다. 이것은 사람이 무극이면서 태극인 성실함을 얻
어서 태어났으므로 그 본래의 상태는 성실하고 순수하고 지극히 선
하다는 것이다.

그러나 사람은 오행의 기를 받은 육체가 있어서 바깥 사물과 접촉
하게 되는데, 이때 오성(五性)이 형기의 사사로움에 끌려서 지극히 선
한 본성을 잃기 때문에 선악의 구별이 생겨난다고 한다. 따라서 군
자는 항상 마음의 움직임을 삼가지 않으면 안 된다고 강조하였다.

* 도덕정치

주돈이는 유교의 '덕치'를 계승하여 정치의 큰 근본은 도덕에 있다
고 생각했다. 특히 군주의 덕행을 매우 중시했다. 군주가 품행이 바
르면 그 덕이 반드시 백성에게 이르러 천하를 잘 다스릴 수 있다는
것이다.

그래서 그는 "열 집이 사는 마을에서 사람마다 귀를 잡고 가까이
서 가르쳐도 미치지 못하는데, 넓은 천하와 많은 백성들의 무리에
미칠 수 있겠는가? 단지 그 마음을 순수하게 할 뿐이다. 인·의·
예·지 4덕과 동(動)·정(靜)·언(言)·모(貌)·시(視)·청(聽)이 어긋나
지 않음을 '순수'라 한다. 마음이 순수하면 어진 인재가 돕고, 어진

인재가 도우면 천하가 다스려진다. 그러므로 마음을 순수하게 하고 어진 인재를 등용하는 것이 요긴하다."(『통서』)고 하였다. 여기서 주돈이는 정치를 함에 있어서 어진 인재를 등용하는 것이 무엇보다 중요함을 강조하고 있다. 이는 묵자의 사상에서도 강조된 바 있는 전형적인 '상현(尚賢)'의 모습이다.

또한 주돈이는 "성인이 윗자리에 있으면서 인(仁)으로 만물을 자라게 하고, 의(義)로 모든 사람들을 바르게 한다. 하늘의 도가 운행하니 만물이 순행하고, 성인의 덕을 닦으니 모든 사람들이 감화된다."(『통서』)고 하였다. 즉, 군주가 먼저 인의(仁義)의 덕으로 백성들을 다스릴 때 백성들은 감화되어 그러한 군주를 잘 따른다는 것이다.

그리고 주돈이는 예악(禮樂)이 세상을 다스리는 중요한 도구라 생각했다. 그래서 그는 "옛날에 성왕(聖王)이 예법을 제정하여 다스리니 삼강(三綱)이 바르고 법도에 순서가 있어 백성들이 크게 화목했다. 이에 악(樂)을 만들어 8풍(風)의 기를 바르게 함으로써 천하의 심정을 고르게 하였다."(『통서』)고 하였다. 그러면서 주돈이는 "예(禮)에 먼저 나가고 악(樂)을 뒤로 한다."고 하였다. 그 이유는 만물이 각각 그 이치를 얻은 후에 화목하게 된다고 여겼기 때문이다. 또 형벌은 비록 나라를 다스림에 불가결한 것이긴 하지만 그것은 부득이한 경우에만 사용해야 한다고 생각했다. 결국 예와 악을 통한 도덕정치의 한 방법을 제시한 것이다.

이러한 주돈이의 학설은 주희에게 크게 영향을 미쳐 성리학의 학문적 기초를 이루었다. 더 나아가 주돈이는 우주와 인간의 구조 그리고 윤리적 가치를 하나로 설명하는 성리학의 학문적 경향의 문을 열었다는 점에서 성리학의 개척자로 평가된다.

기철학자 장재

장재(1020~1077)는 북송 중기의 인물이다. 이 시기는 북방의 이민족이 자주 쳐들어오고 정치적으로도 혼란스러웠지만, 사상적으로는 자유로운 풍토가 형성되어 여러 학자들이 자기 학문을 펼쳐 가던 때였다. 그는 이러한 분위기 속에서 장적(張迪)의 아들로 태어났다. 자는 자후(子厚)이고, 호는 횡거(橫渠)이다. 그래서 흔히 '횡거 선생'이라 하였다.

장재는 일찍 고아가 되었으나 자립하여 학문에 힘쓰고 특히 병학(兵學)을 좋아했다. 18세 때 당시 개혁론자로서 상당한 권위를 지녔던 범중엄(范仲淹)을 회견하였는데, 범중엄은 장재의 재주가 비범함을 인정하였지만 지나치게 병학에 치우쳐 있는 것을 알고 『중용』을 주어 읽게 했다. 장재는 크게 기뻐하며 『중용』을 읽었고, 거기서 비로소 도(道)를 구할 것을 결심하고 한때 불교와 노장사상도 접하였으나 오래지 않아 6경(六經)의 학문으로 돌아왔다.

하루는 13세 아래인 외조카 정호와 정이가 그를 방문하여 『주역』에 관하여 토론을 하였는데, 그는 자신이 조카들만 못함을 알고 다음 날 제자들에게 "나는 두 정씨 형제를 만났는데, 주역에 대한 그들의 조예가 심오하고 밝아서 내가 미칠 바가 못 됨을 알았다. 너희들은 그들을 스승으로 삼도록 하라."(『문집』)고 하고 가르치는 것을 그만두었다고 한다.

그 뒤로 그는 다른 학문을 버리고 유교경전을 꾸준히 연구하여, 유교의 정신이 공허하고 오묘한 말을 하는 데 있지 않고 실천궁행하는 데 있다는 것을 깊이 깨달았다. 불교와 노자의 것을 배척하였지만 사실 그의 사상은 불교와 노자의 영향을 많이 받았다. 약간의 관직 생활을 하다 58세 때 사직하고 고향으로 돌아가는 도중 세상을 떠났다.

저서로는『정몽(正蒙)』,『동명(東銘)』,『서명(西銘)』,『역설(易說)』,『어록(語錄)』등이 있다. 그의 사상은 정호 · 정이 형제에게 깊은 영향을 주었고, 청대의 왕부지(王夫之), 대진(戴震) 등에 의하여 계승 · 발전되었다.

* 우주의 근원 '태허'

장재의 학설은 심원함과 정밀함이 그 특색인데, 그는 '태허(太虛)'라는 개념을 개발하여 우주의 본체와 현상을 해석했다. 태허는 '허(虛)'와 '허공(虛空)'으로도 불리며, 그것은 전 우주의 공간을 가리킨다.

그는 '태허'를 우주의 본체로 보았다. 그리고 그 태허는 형체도 없는 기(氣)라고 하였다. 기가 응집하여 모일 때를 '음(陰)'이라 하고, 기가 발산하여 움직일 때를 '양(陽)'이라 한다. 그러므로 음은 기의 고요함이고, 양은 기의 움직임이다. 그렇다면 음과 양의 두 기는 태허의 실질이며 속성이다. 기가 태허에서 생성되는 것이 아니라 태허가 기이고 기가 태허인 것이다. 이와 같이 태허와 기는 분리될 수 없기에 장재의 학설을 '기일원론(氣一元論)'이라 한다.

장재는 태허를 우주의 본체로 삼으면서, 우주 만물은 모두 이 본체인 태허의 활동으로부터 생성된다고 생각했다. 그리고 태허는 스스로 활동하는 성능을 가지고 있는데, 그러한 활동의 성능이 있기에 장재는 태허를 또한 '태화(太和)'라고도 했다. 태허와 태화는 그 이름만이 다를 뿐이다. 태허는 그 안에 자신의 성능을 가지고 있기 때문에 필연적으로 모이고 흩어지는 활동을 하게 된다. 모일 때에 형상이 생성되어 만물이 되고, 흩어질 때에 형상을 잃어 태허로 돌아간다. 이와 같이 만물은 태허가 모이고 흩어짐으로 말미암아 생성되고 소멸되는 것이다. 그러나 태허는 모이고 흩어진다고 해서 그 본질이 바뀌는 것은 아니다. 모이면 만물이 되고 흩어지면 태허로 돌아가는 것으로, 다만 그 상태가 다를 뿐이지 본질은 같은 것이다. 그런데 우주 만물은 천차만별이라 동일하지 않은데 그 까닭은 무엇인가? 장재는 이에 대해 음양 두 기(氣)의 교합 정도가 같지 않기 때문이라 하였다.

　이러한 장재의 태허설은 허(虛)로부터 기(氣)가 생성되는 것으로, 분명 노자가 말하는 무(無)로부터 유(有)가 생선된다는 것과는 구별된다. 그러나 장재의 태허, 즉 기의 사상은 노자의 허무론(虛無論)과 『주역』에서 말하는 태극음양설을 합한 것이라 할 수 있다. 여기서 유가와 도가의 절묘한 조화를 이룬다.

　* 인간 본성의 두 측면 '본연지성'과 '기질지성'

　장재는 우주 만물은 태허의 활동으로부터 생성되며 태허의 모양에 불과하다고 보았다. 그의 주장에 따르면, 사람이 태허의 모양으로 된 것도 만물과 동일하다. 대체로 태허의 본성은 '허명(虛明; 텅빈 밝음)’이다. 태허가 엉기어 모임으로 말미암아 사람이 형성되고, 그 본성도 반드시 허명이므로 사람은 착하다. 따라서 장재의 인간에 대한 관점 역시 맹자의 ‘성선설’과 같은 입장이다. 그런데 사람에 착하고 악한 자가 있음은 왜 그런가?

장재는 사람의 본성은 허명으로 그 근본을 삼았으나 태허가 엉기어 모일 때에 밝기도 하고 흐리기도 하여 기질의 같지 않음이 생긴다고 하였다. 그래서 ‘천지의 성(天地之性)’은 본연의 성으로 원래 착한 것이나, ‘기질의 성(氣質之性)’ 때문에 선악의 구별이 있게 된다고 보았다. 이렇듯 장재는 ‘천지의 성’과 ‘기질의 성’을 구별하여 두 성을 조화시켰다. 그런데 그의 인성론은 명쾌하지 못한 점이 있다. 만약 태허, 즉 기가 엉기어 사람이 생성되었다면 천지의 성 이외에 기질의 성은 왜 생성되는 것인가? 장재는 이에 대해 명확한 답을 하지 않았다.

사람의 본성은 허명이다. 그렇다면 사람에게는 또한 마음[心]이 있는데, 마음과 성은 어떠한 관계가 있으며 어떻게 생성되는가? 장재는 태허가 엉기어 마음이 형성되고 사물에 접촉하여 지각이 생성된다고 여겼다. 그래서 “사람은 본래 마음이 없었는데 사물 때문에 마음이 생겼다.”(『정몽』)고 하였다. 장재는 성과 지각을 합하여 ‘마음‘이라 불렀고, 성이 바깥 사물을 지각할 때에 기쁨 · 노여움 · 슬픔 · 즐거움 등의 감정이 일어난다고 하였다. 성은 본체이고 정은 작용이며, 본체가 움직이면 작용이 된다. 마음에는, 즉 성(性)이 스스로 지각하고 작용하는 측면이 있다는 것이다. 그러므로 마음은 성과 정을 통솔하는 것이다.

그러나 장재는 오직 귀와 눈을 통해서 바깥 세계를 지각하는 것을 마음이라 하지 않았다. 즉, "보고 듣는 것을 마음이라 할 수 없다. 만약 보고 듣는 것을 마음이라 한다면, 마음은 천하의 사물을 일일이 보고들을 수도 없거니와, 결국 이러한 해석은 마음을 작게 만들어 버릴 뿐이다. 모름지기 마음만이 태허와 합한다. 마음이 허하면 공평해지고, 공평해지면 옳고 그름의 판별을 가능하게 하고, 할 수 있는 일과, 할 수 없는 일을 스스로 알 수 있게 한다."(『정몽』)고 하였다. 장재는 태허가 일체의 원리를 포함하는 것으로 여겼다. 태허가 엉기어 사람의 마음이 생성되며, 그것이 허명할 때는 태허의 원리가 분명히 나타난다. 그래서 장재는 지식을 두 종류로 나누었다. 귀와 눈으로 바깥 사물을 보고 듣는 것을 '작은 지식'이라 하였고, 선천적으로 고유한 지식을 '큰 지식', 즉 '양지(良知)'라고 하였다.

어쨌든 장재에 와서야 인성을 '천지지성'과 '기질지성'으로 나누어 보았다. 천지지성은 항상 허명하며 기질지성은 청탁(淸濁)이 있다고 보았다. 즉, 악이란 기질지성의 탁한 측면으로 인해 생긴다는 것이다. 그런데 장재는 기질의 청탁은 비록 천부적인 것이긴 하나 수양을 통하여 그것을 변화시킬 수 있다고 보았다. 그렇다면 수양의 목적은 기질지성을 변화시켜 천지지성으로 돌아가게 하는 데 있다. 그 수양의 방법으로 장재는 '정심(正心; 마음을 바르게 함)'과 '숭예(崇禮; 예를 중시하는 것)'를 강조했다.

만약 정심하여 허심(虛心)의 경지에 다다르면 기(氣)는 스스로 천지지성에 합칠 수 있다고 여겼다. 그리고 만약 예를 중히 여겨서 그것을 지킨다면 천인합일과 물아일체의 이상을 체험할 수 있다는 것이다. 여기서의 '예'라는 것은 만물이 생성될 때 만들어지는 일정한 질서로써 태허의 중심에 스스로 포함되어 있으며 사람에 의해서 만들어지는 것이 아니라 천도(天道)에서 나오는 것이다.

결과적으로 장재의 철학은 신유학에 우주 만물의 자연적 구조와 변화에 관한 이론을 제공했다. 특히 자연의 구조를 이해하고 이를 체계적으로 설명하되 그 안에 인성의 문제, 수양의 문제를 덧붙이는 그의 철학은 주희에게 큰 영향을 주었다. 결국 주희는 장재의 기(氣) 이론과 이정 형제의 이(理)이론을 결합하여 성리학의 가장 핵심적인 토대인 이기론(理氣論)을 완성시켰다.

온후한 유학자 정호

정호와 정이 두 정씨 형제는 신유학의 토대를 닦은 대표적 학자였다. 둘은 늘 같이 학문을 했으므로 두 사람의 사상을 명확히 구분하는 것은 쉽지 않다. 그러나 그들은 기질적으로 많이 달랐다. 정호가 혼화한 성품이었다면 정이는 매우 엄격했다. 이러한 그들의 성품이 바로 학문에도 그대로 묻어 있었다.

정호(1032~1085)는 호가 명도(明道)라 흔히 '명도 선생'이라 한다. 어려서부터 총명하여 4~5세에 이미 시(詩)와 문장을 암송하고 10세에는 시를 지었다. 동생 정이와 함께 스승 주돈이에게서 배웠는데, 26세 때 진사에 급제하여 상원주부를 거쳐 감찰어사가 되었다. 늘 선정을 베풀어 백성들의 신임을 크게 얻었다. 택주에 학교를 세워 아동들에게 책을 나누어 주고 종종 학교를 방문하여 담소를 즐겼다. 그 결과 풍속이 순화되어 도적질과 다툼이 없어졌다고 한다. 신종(神宗)은 그의 명성을 듣고 그에게 인재를 추천하라고 하였다. 이에 정호는 여러 사람을 추천하였으며 장재도 그중 한 사람이었다.

당시에 왕안석이 득세하여 신법(新法)을 모의하자, 정호는 이를 비난하여 신종에게 신법시행의 부당함을 간하였다. 그러나 신종은 그의 말을 듣지 않았고, 결국 그는 관직을 그만두고 말았다. 그 후 철종이 관직을 하사하였으나 부임하기도 전에 병으로 세상을 떠났다. 저서로는 『명도문집』, 『이정유서』, 『이정외서』 등이 있다. 『이정전서』 66권이 전해지고 있으나, 어느 것이 정호의 것이고 어느 것이 정이의 것인지는 분명치 않다.

정호는 순수한 유교주의를 표방한 선량한 정치가이자 당대 최고의 학자였으며 덕행가였다. 앞서 주돈이, 소옹 등과 같은 유명한 학자들이 있었지만 유학적 정신으로 철학의 발전을 도모한 사람은 정호뿐이었다 해도 지나치지 않다. 늘 동생 정이와 비교되는데, 동생 정이가 가을의 서리와 같은 성품이었다면 그는 봄바람과 같은 성품이었다. 그가 화내는 모습을 본 사람이 없다고 한다. 이러한 성격의 차이가 결국 두 사람 간의 학문의 차이로 나타났다. 사람들은 정호를 '대정자(大程子)'라 하고 정이를 '소정자(小程子)'라 하여 합하여 '두 정자'라 불렀다.

* 우주의 근원 '천리(天理)'
정호는 『주역』의 태극음양설을 근본으로 삼아 그의 우주론을 정

립했다. 본래 『주역』에서는 태극으로부터 음양을 낳고, 음양으로부터 오행을, 오행의 활동으로 만물을 낳는다고 하였다. 정호의 우주관 역시 그와 동일하다. 단지 정호는 태극이라는 용어 대신에 '천리(天理)'라는 용어를 사용했다. 즉, 정호는 주돈이가 태극을 우주 만물의 근원이라 한 것에 대해 '천리'로써 대신했다. 성리학에서 가장 기본이 되는 '이(理)'의 개념이 여기서 드러난다. 그러나 정호의 이(理)는 정이나 주희의 그것과는 성격을 달리한다. 즉, 정이나 주희의 이(理)는 기(氣)에 대립하는 차갑고 엄격한 것이지만, 정호의 이는 기도 포용하는 넓고 따뜻함을 지닌다.

정호가 말하는 '천리'는 곧 우주 만물의 법칙이며 도리이다. 이러한 하늘의 이치는 만물을 생육해서 끊임없이 생생한 작용 속에 드러나는 자연 현상에 내재하며, 생생한 작용은 인간의 내부에서 충족된 자기 확인 안에서 규정될 수 있는 것이므로, 이것을 '인(仁)'이라고 한다. 이러한 인은 인간을 포함한 만물 속에 내재한다. 그러므로 사람으로서의 도는 자기 속에 있는 만물 일체의 인을 자각하고 실현하는 것이다.

이처럼 만물 일체가 천리라고 하면, 천리 속에는 모든 만물이 포함되어 있는 것이 된다. 극단적으로 말해서, 악도 천리 속에 있는 것이다. 정호에게 있어 악은 선에 대립하는 개념이 아니다. 천하의 선악은 모두 천지의 이치이기 때문에, 악이라 하여 그것이 본래적으로 악인 것이 아니라 지나치고 혹은 부족한 것에 불과하다는 것이다. 다시 말해서 악은 선에 지나친 것 또는 부족한 것이고 선과 질적으로 다른 것이 아닌 것이다. 그래서 악이란 단지 '불완전한 선'

에 불과하다.

그리고 정호는 천지간의 만물은 음과 양의 두 기(氣)로부터 생긴다고 보았다. 그런데 정호는 이때의 기를 일컬을 때 '건원일기(乾元一氣)'라는 특유의 용어를 사용했다. 여기서 '건원'은 태극에 상응하는 용어이다. 그렇지만 정호의 건원은 음양의 상위에 있는 개념이 아니라 직접 만물을 낳게 하는 생명력을 의미한다. 결국 정호는 '건원일기'로부터 만물이 생성된다고 보았다. 이러한 관점에서 보면 그의 우주론은 분명 '기일원론(氣一元論)'의 입장이다.

이와 같이 만물이 음양 두 기(氣)의 교감으로 생성되는 것이라면, 곧 모든 만물들은 같은 뿌리를 가진 일체이다. 그런데 만물은 왜 사람, 금수, 초목 등과 같이 구별이 생기는 것인가? 정호는 만물이 생성될 때 음양의 두 기(氣)가 그 교감의 정도에 따라 달라진다고 하였다. 즉, 교감의 정도가 바르거나 기울기 때문에 만물의 구별이 생긴다는 것이다. 음양의 교감이 기울면 새, 짐승, 풀, 나무 등과 같은 존재가 되고, 음양의 교감이 바르면 사람이 된다고 하였다. 이로써 천지 만물은 다양한 모습으로 존재하게 되는 것이다.

* '성즉기'의 인성론

그의 우주론적 관점은 인성론에도 그대로 적용된다. 정호는 인간의 성에 대해 말하기를, "생(生)을 성(性)이라 한다. 성이 곧 기(氣)이며, 기가 곧 성이라 할 수 있다."(『명도문집』 1권)고 하였다. 이처럼 정호는 '성즉기(性卽氣)', 즉 성을 '기'라 하고 사람도 이러한 기로부터 생성되는 것으로 여겼다. 그러므로 성과 기는 하나이며 나누어지지 않는다.

동양의 지혜를 찾아서

이러한 점에서 보면 사람의 성은 선도 악도 아니다. 단지 각 개인들이 태어날 때 기를 얻음이 치우치거나 바름의 정도가 같지 않기 때문에 성의 선과 악이 유래하는 것이다. 과불급이 없으면 선이고 과불급이 있으면 악이다. 이러한 구별이 있기 때문에 성선도 성악도 있게 되지만, 성의 중심에서는 선과 악이 대립하지 아니한다고 보았다. 정호는 또 성을 물에 비유하면서 "모든 물은 흘러서 바다에 이르러 탁함이 없어지는데 이것은 사람의 힘으로써 할 수 있는 것이 아니다. 물이 흘러 아직 멀리 가지 않을 때에는 탁하다하여 물이 아니라고 할 수 없다."(『명도문집』 3권)고 하였다.

이러한 그의 인성론적 관점은 건원일기에 입각하여 성의 선과 악을 논함으로써 다소 애매모호한 점이 없지 않다. 이러한 점에 입각하여 장재는 천지지성과 기질지성을 대립시켜 이 문제를 해결해 보려 했지만, 결과적으로 그 역시 철저하지 못한 점이 있었다.

* 온화한 수양의 방법

정호는 인간이 추구해야 할 최고의 인격적 경지를 '인(仁)'에 도달하는 것이라 생각했다. 그렇다면 정호가 말하는 인(仁)의 의미는 무엇인가? 정호는 인의 의미를 매우 넓게 해석했다. 인은 모든 행실을 통괄한다고 보면서 "인은 혼연이 사물과 같은 바탕이다." 또는 "의·예·지·신이 모두 인이다."라고 하였다. 그렇다면 어떻게 이러한 인의 경지에 도달할 수 있는 것인가?

그에 의하면, 성을 통솔하면 성의 천진함을 발휘할 수 있다고 한다. 여기서 정호는 성과 인을 하나로 보았다. 그리고 만물의 근원을

'기(건원일기)'라고 하였다. 기는 절대적인 것이며, 성이며 인이 된다. 즉, 성은 고요한 기의 상태이고, 인은 움직이는 기의 상태이다. 그러므로 성도 인도 기이다. 따라서 사람이 그 성의 천진함을 발휘하는 것, 이것이 곧 인에 도달하는 방법이다. 이와 같이 사람들의 본성이 곧 인이기 때문에 어떠한 인위적인 방법도 사용하지 않고, 또 자연에 따름을 방해받지 않고 행동할 수만 있다면 별도의 수양이 필요 없게 된다. 그러나 이것은 성인의 경지에 있는 사람에게나 가능한 것이고 대다수의 일반 사람에게는 수양이 필요하다.

대개 사람이 태어날 때 기(氣)의 품수에는 치우침과 바름이 생긴다. 이처럼 기의 치우침과 바름 때문에 성은 선과 악의 차별을 낳는다. 절대선의 성을 온전히 갖추어 과불급이 없으면 거의 성인이다. 그러나 일반 사람들은 과불급의 기를 얻어 태어나기 때문에 노력과 수양을 하지 않으면 그 천진함을 발휘하는 것이 불가능하다. 이처럼 기를 얻음에는 과불급이 있기에 사람은 쉽게 물욕으로 그 본성을 가리게 된다고 하였다.

그러면서 정호는 마음을 '도심(道心)'과 '인심(人心)'으로 나누었다. 원기(元氣)가 한 몸의 주재로 된 것을 '도심'이라 하고, 도심의 밝음이 인욕으로 가려진 것을 '인심'이라 하였다. 이른바 수양은 인심을 제거하고 도심의 밝음을 발휘하는 것이다. 여기서 정호는 좀 더 구체적인 수양 공부로 '경(敬)'과 '의(義)'를 들고 있다. "경은 내면의 마음을 곧게 하며, 의는 밖의 행동을 바르게 한다."(『이정유서』)고 하였다. 즉 '경'은 내면적 수양의 방법이고, '의'는 외면적 수양의 방법인 것이다.

여기서의 '경'은 주일무적(主一無適)의 의미를 지닌다. 즉, 주일무적이란 여러 가지 각종 유혹을 물리치며 마음을 하나에 집중하여 정신 통일의 습관을 기르는 것이다. '의'는 외부의 규범을 따르는 것으로 천성을 발휘하고 세우는 것을 말한다. 대체로 정호에 있어서의 '경'은 장재의 '허(虛)'와 유사하며, '의'는 장재의 '예(禮)'와 유사하다.

이러한 정호의 수양법은 매우 온화한 것이었다. 즉, 성인의 커다란 마음은 어떠한 외적 사물이 온다고 해도 이것을 거부하지 않고 사사로운 정념을 가지지 말아야 한다. 헛되이 내외의 구별을 해서 외부 사물의 유혹을 물리치는 것이 아니다. 본래 외부 사물에 대해서 희로애락의 정념을 가지는 것은 인간 성품의 자연적인 현상이다. 노할 것은 노하고 기뻐해야 할 것은 기뻐하는 것이다. 일체를 그대로 포용한다는 입장이었다.

이러한 정호의 온화한 태도는 당대에 같은 성리학적 입장에 있으면서도 아우인 정이나 주희와는 매우 다른 모습이었다. 도리어 후대의 육구연과 왕수인의 심학(心學)과 오히려 통하는 점이 많다. 따라서 그의 학문은 명대의 육왕학(陸王學)에 많은 영향을 끼치게 되었다.

엄격한 유학자 정이

정호보다 한 살 아래인 정이는 형만큼이나 뛰어난 학자였다. 정이 (1033~1107)는 이천백(伊川伯)에게 봉함을 받았다고 하여 호를 이천(伊川)이라 하였다. 일찍이 형과 함께 주돈이에게서 배운 정이는 태학에 입학하여 호원(胡瑗)에게 지도를 받으면서 크게 인정받아 학관(學官)으로 임용되었다. 가우 2년에는 장재와 함께 진사에 합격하였으며, 어린 철종을 가르치는 스승이 되어 천하에 이름을 떨쳤다.

소동파와 충돌하여 낙촉(洛蜀)의 당쟁을 야기하게 되었는데, 이로 인해 벼슬에서 쫓겨나 부주로 귀향을 갔다. 그러나 전혀 낙심하지 않았고 오히려 기쁜 마음으로 도(道)를 논하였다고 한다. 형은 54세에 죽었으나 그는 75세까지 살면서 그의 성격에 따라 항상 군왕에게 직언을 하였다. 정치적인 입장은 소위 구당(舊黨)에 속했는데, 구당 내에서도 형 정호를 수령으로 하는 낙당(洛黨)과 문장가 소식(蘇軾)을 수령으로 하는 촉당(蜀黨) 간의 대립으로 인한 항쟁 가운데 귀양살이를 하는 신세가 되었다. 그 후에도 그는 많은 탄압을 받다가 파란 속에서 생을 마쳤다.

임종 시에 '도학(道學)의 근본이념은 다른 무엇을 위해서가 아니라 도(道) 그 자체를 위해서 도를 배우고 실천하는 것이다.'라고 하였다고 전해진다. 이 한마디가 그가 도학자임을 여실히 보여 준다. 저서로는 『역전(易傳)』, 『이천문집』, 『정씨유서』, 『이정외서』 등이 있다.

*만물은 이기의 조화

정이의 우주론은 '이기이원론(理氣二元論)'을 근본 사상으로 한다. 즉, 정이는 우주가 이기(理氣)의 이원으로부터 형성된다고 보았던 것이다. 위로는 해, 달, 별로부터 아래로 산천, 초목에 이르기까지 천지간의 만물은 모두 이기의 이원으로부터 형성된다고 생각했다.

만물의 형상을 이루는 것은 기(氣)이며, 형상에 중심의 도를 부여하는 것은 이(理)이다. 그러므로 이는 형이상이고 기는 형이하이다. 이는 보편적 원리이며 기는 개별적 원리이다. 만물은 음양의 교감으로부터 생성되는데, 여기서 음양은 기이다. 그리고 만물이 생성되는 데는 일정한 도가 있는데, 여기서 도는 이(理)이고 음양과 분리되어서 존재하지 않는다. 음양이 존재하지 않는 곳에는 이른바 도가 없다. 또한 음양이 사라지면 도 또한 없어진다. 따라서 이와 기는 각각 따로 존재하지 않는다. 이가 있으면 기가 있고 기가 있으면 이가 있는 것이다. 이와 같이 이와 기는 항상 서로 의지하며 존재한다고 생각했다.

이러한 정이의 우주론적 관점이야말로 명백한 '이기이원론'이라 하겠다. 이것이야말로 정이 학설의 특색이며 결국 주자학의 근간이 되었다.

* 성이 곧 이치이다 '성즉리'

정이는 우주론적 이기이원론을 바탕으로 그의 심성론 또한 정립했다. 정이는 우주 간의 만물은 모두 이기의 이원으로 말미암아 생성된다고 보았다. 사람 역시 이기의 이원으로부터 형성됨은 다른 만물과 다르지 않다. 이(理)로부터 성(性)이 생겨나고, 기(氣)로부터 재(才)가 생겨남으로써 성과 재가 있게 된다. 성은 이(理)에 근본 하여 생겨나기 때문에 모든 사람은 선하다. 그러나 재는 기에 근본 하여 생겨나기 때문에 각각 사람마다 같지 않다. 즉, 맑은 기를 받아 생기면 선하고, 탁한 기를 받아 생기면 불선이 된다. 사람의 본성은 모두 선한데 선악의 구별이 있게 되는 것은 재(才) 때문인 것이다. 이처럼 성과 재의 구분으로 악의 유래를 밝힌 것 또한 정이 학설의 큰 특징이다.

형 정호는 기일원론으로 근저를 삼음으로써 '성즉기'라 하였다. 그러나 정이는 이기이원론적 입장에서 성을 이(理)로, 재를 기(氣)로 봄으로써 성과 재를 완전히 분리되는 것으로 여겼다. 그리하여 사람에게는 성도 있고 재도 있는데, 성으로 말하면 모든 사람이 선하고, 재로 말하면 선도 있을 수 있고 불선도 있을 수 있다는 것이다.

그리고 정호는 우주의 본체를 정적인 것으로 설명하였지만, 정이는 동적인 것으로 보았다. 즉, 정호는 기를 성이라 하면서 그것을 정적인 것으로 보았지만, 정이는 성의 활동성을 인정하여 성(性)이 발하여 정(情)이 된다고 보았다. 즉, 성은 본체이고 정은 작용인 것이다. 성이 이미 선함으로 정 또한 스스로 선하지 않을 수 없다. 그러나 희로애락의 정은 '미발(未發; 아직 발하지 않는 경우)'과 '기발(既發; 이미 발한 경우)'로 구분된다. 미발의 경우는 성이 아직 움직이지 아니하여 겉으로 나타나지 않은 것이고, 기발의 경우는 성이 발하여 겉으로 정이 나타난 것이다. 정이 겉으로 나타나면 선할 수도 악할 수도 있다는 것이다.

정이는 성과 마음[心]은 바탕이 같은데 명칭만 다른 것으로 보았다. 사람은 음과 양, 두 기의 교감으로부터 형성되거니와 여기에 이가 부여된 마음이 된다. 따라서 '심즉성(心即性)', 즉 마음이 곧 성이고, '성즉리(性即理)', 즉 성이 곧 이(理)이다. 그리고 이(理), 성(性), 심(心), 명(命), 천(天) 등은 모두 명칭은 다르나 내용은 같은 것이다.

그래서 그는 "하늘에서는 명(命)이 되고, 사물에서는 이(理)가 되고,

사람에서는 성(性)이 되며, 몸의 주인은 심(心)이 되는데, 그 내용은 한가지이다."(『정씨유서』)라 하였다. 이 설에 의하면 천지를 관통하는 것은 오직 이(理) 하나이며, 한 마음의 성은 천지의 이(理)이다. 그러므로 "한 사람의 마음은 천지의 마음이고, 한 물건의 이치는 만물의 이치이며, 하루의 운수는 1년의 운수이다."(『정씨유서』)라고 하였다.

* 거경과 궁리의 수양

정이의 인성론에 의하면 악은 기에 근본 한 재(才)로부터 생겨난다. 성(性)은 언제나 절대적으로 선하지만, 재에는 선한 요소도 악한 요소도 있다. 따라서 재의 악한 요소와 탁한 기를 제거할 필요가 있다. 여기서 정이는 수양 공부의 방법으로 두 가지 강령을 제시했다. '거경(居敬)'과 '궁리(窮理)'가 바로 그것이다.

우선 정이는 내적 수양의 방법으로 거경을 중시했다. 경(敬)은 정호의 수양법에서 이미 거론된 바 있다. 그것은 마음을 한곳에 전일하여 주일무적 하는 것이다. 마음을 한 가지 일에 집중하면 번잡하고 혼란스러운 생각이 자연스럽게 소멸된다. 따라서 남을 속이지 않게 되고, 스스로 게으르지 않게 된다는 것이었다.

대체로 경은 우리들의 행위를 조절하는 것이기 때문에 실행함에 있어서 우선적으로 경을 중요시한 것이라 할 수 있다. 따라서 정이는 고요히 앉아 한 가지만을 생각하는 것을 거경하는 방법이라 생각했다. 마음을 오로지 한 가지에만 전일하려면 먼저 용모와 태도를 엄숙히 보전하지 않을 수 없다.

이에 대해 어떤 이가 묻기를 "사람이 편안하게 거하여 몸을 태만

하게 하면 마음도 게을러지지 않겠습니까?"라고 하였다. 그러자 정이는 "어찌 편안히 있다고 해서 마음이 게을러지겠는가, 학자는 모름지기 공경(恭敬)하여야 한다."고 하였다. 이는 공경하는 자세야말로 마음을 한 가지로 전일하게 하는 자세임을 강조하고 있는 것이다.

그리고 정이는 외적 수양 방법으로서의 '궁리' 또한 중시했다. 궁리라는 것은 하나하나의 사물에 대하여 그 이치를 깊이 연구하는 것인데, 그 이치를 깊이 연구하면 우주의 삼라만상을 확연히 알게 된다고 보았다. 여기서 그는 궁리의 구체적인 방법 또한 제시했다. 즉, 독서를 통하여 의리(義理)를 밝히고, 고금(古今)의 인물을 논하여 옳고 그름을 가리며, 사물에 접하여 그 마땅함에 처해야 한다고 하였다.

결국 정이는 거경과 궁리를 강조함으로써 그의 수양론을 정립하였는데, 이러한 정이의 수양론은 통로 역할을 하였고, 주희에 의해서 그 완성을 이룬다.

3

성리학의 완성자 주희:
천리(天理)를 실현하는 도덕적 인간

동서양을 막론하고 철학사를 살펴보면, 앞선 사상들을 큰 그릇에 담아 아주 독창적인 종합적인 사상 체계를 만들어 후대에 전수하는 역할을 한 학자들이 있다. 서양에서 그런 역할을 한 인물로는 보통 토마스 아퀴나스나 칸트 등을 꼽는다. 반면에 동양에서 그런 역할을 한 인물로는 단연 주희(朱熹)를 들 수 있다. 왜냐하면 주희는 선진유학부터 북송에 이르는 오랜 사상적 흐름과 축적들을 하나의 용광로에 담아 독창적으로 정리하고 체계화해서 새로운 유학을 이끌었기 때문이다.

이처럼 철학사적으로 중요한 위치를 점하는 주희(1130~1200)는 남검 우계에서 주송(朱松)의 아들로 태어났다. 자는 원회(元晦)이고, 호는 회암(晦庵)이다. 흔히 '주자(朱子)'로 존칭된다. 그의 아버지 주송은 당시의 송학에 깊은 관심을 갖고 있었는데, 바로 이 점이 아들인 주희의 학문 방향을 결정하게 되었다.

주희는 어려서부터 매우 총명했다. 5살 때 『효경』을 읽었는데, 한

번 읽고는 책머리에 '이렇게 하지 못한다면 사람이 아니다.'라고 써 놓았다고 한다. 13세 때 아버지가 돌아가셨는데, 유언에 따라 그해 부터 두 정씨의 제자들로부터 배운 호헌, 유면지, 유자취 등에게서 배웠다. 당시 그는 공맹의 유가사상을 주로 배웠다. 그러나 그는 선생의 가르침에 만족하지 못하여 스스로 도가와 불교 공부도 병행했다. 특히 그는 불교의 선(禪)에 관심이 많았다.

19세 때 진사시험에 급제하여 잠시 관직 생활을 하다가 25세에는 관직을 사임하고 학문에만 전념했다. 30세에는 이동(李侗) 선생에게 정자(程子; 두 정씨)의 학문을 배움으로써 이제까지 그가 심취했던 도가와 불교가 헛된 것임을 깨달았다. 이동 선생이 죽은 후에는 장식(張栻)과 교분을 맺어 그로부터 많은 영향을 받았다. 그 후로 그는 오직 학문 연구에 몰두하여 1168년부터 1174년 사이에 『논맹정의』, 『자치통감강목』, 『서명해의』 등 많은 책을 저술했다.

46세에는 여동래(呂東萊)와 토론한 후 『근사록』을 펴냈다. 여동래를 전송하는 길에 아호사에 들러 육구연(陸九淵)을 만나 토론했는데 서로 의견이 맞지 않았다. 그 후 육구연과는 수차례에 걸쳐 서신논쟁을 했다. 그리고 48세에는 『시집전』, 『주역본의』, 『논맹집주』, 『논맹혹문』을 완성했다. 57세에 『역학계몽』, 『효경간오』를 썼고, 이듬해에는 『소학』을 편찬했다.

그 후에도 그는 많은 관직을 제수받았으나 모함으로 물러났다. 65세에 낙향하여 고정에 죽림정사(竹林精舍)를 세워 제자들을 가르치고 저술에 몰두했다. 그러나 조정에서는 그의 학문을 위학(僞學; 정도에서 벗어난 학문)이라 하였고 또한 그가 임금 자리를 넘본다는 모함이 있어 탄핵을 받아 여러 직명을 박탈당했다. 그러자 수많은 제자들이 그의 곁을 떠났다. 이런 상황에서도 그는 초연하게 강학(講學)을 계속하다 71세 되던 해 3월 9일, 지켜보던 문인들에게 '뜻을 굳게 가져라'는 최후의 말을 남기고 숨을 거두었다.

우주론의 종합

주희 사상의 가장 두드러진 특징은 그의 종합적 우주론에 있다. 즉, 주희는 주돈이의 '태극설'과 정이의 '이기이원론'을 융합하여 자신의 우주론을 체계화했다. 주돈이는 우주의 본체를 무극이면서 태극이라고 하였고, 정이는 이기이원을 우주의 원리로 삼았다. 주희는 이 두 설을 조화하여 우주의 본체를 '태극'으로 삼고, 태극을 이기이원의 종합이라고 여겼다. 즉, 그의 우주론의 특색은 이기이원을 태극으로 귀착시키는 데 있다.

여기서 그는 이기론을 통하여 우주와 자연의 모든 현상은 물론 그 근원에 대하여 정의하려 했다. 이러한 지적 작업은 인간에 있어서의 윤리, 즉 도덕 행위의 가능성을 구명하는 것이기도 하다. 보다 구체적으로 '인간은 어떠한 존재인가?' 하는 문제로 내려와 그 윤리의 의미와 개인의 행위 결과로서 드러나는 선악(善惡)과 정사(正邪)의 판단 문제를 형이상학적 관점에서 해명하려 했다. 다시 말해, 우주의 진상과 인간의 생명과 정신의 기원 모두를 이(理)와 기(氣)로 설명했던 것이다.

주희에 있어 이(理)는 곧 태극이며, 태극은 다름 아닌 천지 만물의 근원으로서 구체적 사물 속에 내재한다. 그래서 이는 천지에 앞서 존재한다. 그뿐만 아니라, 이가 없다면 천지도 없고 사람과 사물도 없다. 이가 있어야 기의 운동이 있게 되어 만물을 발육하게 한다. 이처럼 이는 모든 존재를 생성하는 근원이다. 따라서 이것은 절대성을 지니며 불멸한다. 이러한 이의 존재를 설명하기 위해서 주희는 소이연(所以然; 그러하게 된 까닭)과 소당연(所當然; 마땅히 그러한 까닭)의 개념을 사용했다. 소이연으로서의 이는 논리적으로 만물에 선재(先在)하는 보편적 원리이고, 소당연으로서의 이는 만물에 내재하는 당위적 원리이다.

주희는 우선 소이연의 이를 논함에 있어 이는 일찍이 기를 떠나 존재하지 않지만, 그 내력을 추론하려면 이의 선재를 인정해야 한다고 말한다. 이것은 곧 이가 기의 근원임을 말하는 것이며, 이가 만물의 선천적 존재 근거임을 나타내는 것이다.

그리고 주희는 소당연의 이를 만물에 내재하는 원리로 설명했다. 즉 "대개 기는 한데 엉겨 맺힘으로 운동하지만, 이(理)는 감정이나 의지도 없고 사물을 헤아려 분별함도 없으며 운동도 없다. 다만 기가 운동할 때 이는 그 속에 내재한다."(『주자어류』 권58)라고 하여 만물 속에서의 이는 어떠한 감정도 운동도 없는 존재임을 밝히고 있다. 그러나 이는 스스로 동정(動靜; 일이나 현상이 움직이거나 벌어짐)하지 않지만 기가 동정하게 하는 원리로서 존재한다고 보았다. 그러므로 이가 없으면 기가 동정할 수가 없는 것이다.

이러한 논리는 말을 탄 사람에 비유할 수 있는데, 움직이고 있는

동양의 지혜를 찾아서

것은 말이지만 움직이게 하는 것은 사람이라는 것이다. 여기에서 말은 기에 비유되고 사람은 이에 비유된다. 이것을 주희는 '당연히 그러해야 하는 법칙'이라 설명한다. 인간을 포함하여 현상계의 모든 존재는 스스로 그러한 법칙을 가지며 인간에 있어서는 윤리적 행위의 가능 근거로 나타난다. 이와 같이 이는 만물의 존재 근거인 '소이연의 이'와 윤리적 행위의 실천 근거인 '소당연의 이'의 두 가지 의미로 집약된다.

주희는 이러한 소이연과 소당연의 이를 현상계와 관련하여 설명했다. 즉, 본체가 운동밖에 있지 않고 운동 또한 본체를 떠나 있지 않으므로 본체로 말하면 '이일(理一)'이요, 운동으로 말하면 '분수(分殊)'라고 했다. 모든 만물이 한 근원으로부터 나왔으므로 결국 분수는 이일에 귀일된다고 보았다. 예를 들어 '내가 하고 싶지 않은 바를 남에게 베풀지 말라'는 명제, 즉 윤리적 행위의 선재근거인 이일이 나와 남 속에 분수의 이로서 공통적으로 존재하기 때문이다. 그러므로 내 속에 있는 보편적 이를 미루어 남에게 나아가게 된다.

이러한 이(理)가 형이상의 원리로서 만물의 본체라면, 기(氣)는 형이하의 기(器)로서 만물의 형체를 이루는 도구에 해당된다. 즉, 사물을 생성시키는 근본을 '이'라 하고, 사물이 되는 구체적 도구를 '기'라고 한다. 아울러 겉으로 드러나는 현상은 기의 응결과 조작에 의한 것이라 한다. 사물과 현상의 천차만별 그리고 사람과 사물의 귀천의 구별은 기의 다양한 형상이다. 즉, 이(理)로 말하면 만물의 근원은 하나로 귀천의 차이가 없다. 그러나 기(氣)로 말하면 정통한 것을 얻으면 사람이 되고, 치우치고 막힌 것을 얻으면 사물이 된다. 귀천은 단지 기의 정통과 편차의 사이에서 오는 것이다. 사람들 간의 개인차 역시 기의 편향에서 비롯된다.

결국 주희 철학에 있어서 이(理)는 감정이나 의지도 사물을 헤아려 분별함도 운동도 없으며, 응결 조작하는 것은 바로 기(氣)이다. 그러나 기가 응집되어 있는 곳이면 이는 바로 그 가운데 있게 된다. 이와 같이 기가 있으면 이는 그 속에 내재하므로 기는 이가 드러나는 의지처라 하겠다. 이와 같이 주희는 이기가 두 가지임을 분명히 하면서도, 이는 우주 만물의 원리이자 각 사물에 내재해 있는 것이므로 기 없이는 있을 수 없고, 기 또한 이가 없으면 그 존재 근거를 상실하게 된다고 하였다. 그러므로 이와 기는 '불잡불리(不雜不離; 섞이지도 않고 떨어지지도 않음)'의 관계에 있다고 할 수 있다.

주희의 이기론에 있어 또 하나 중요한 것은 이기의 선후 문제이다. 그의 제자들이 이(理)가 있은 후에 기(氣)가 있다는 것이 어떠한 것이냐고 물었다. 이에 주희는 "그것은 본래 선후를 말할 수 없는 것이나, 그 내력을 미루어 보아 이가 먼저이다."(『주자어류』 권1)라고 답했다. 이렇게 말한 주희의 본의는 무엇일까?

그에 의하면 이가 먼저라는 것은 분명하다. 그러나 앞부분에서 '선후를 말할 수 없다'고 한 것은 하나의 구체 사물에 있어 그것의 기본 구조인 이기의 가치가 동등함을 말함이다. 자칫 선후 문제가 존비(尊卑)의 가치 평가를 불러올 수도 있기 때문이다. 어쨌든 주희는 이가 먼저라 하여 이에 보다 많은 의미를 두고 있는 것은 사실이다. 그렇다고 하여 결코 기의 가치를 폄하하는 것은 아니다. 이것은 존재를 이루는 기본 구조로서의 이와 기에 대한 의미를 동시에 인정하는 것이다.

결국 주희의 이기론은 이(理)의 선재를 말함으로 해서 '주리적 이기 이원론'의 입장임을 알 수 있다. 즉, 이와 기를 이물(二物)의 관계로 봄으로써 이기를 이원론적으로 파악하였고, 또한 이와 기를 동등하게 가치 부여하면서도, 그는 이(理)에 비교적 많은 비중을 두어 주리적 입장임을 분명히 하고 있다.

마음이 성과 정을 통솔한다

주희는 그의 이기론을 바탕으로 체계적 심성론 또한 완성했다. 그런데 그의 심성론은 '심통성정(心統性情; 마음이 성과 정을 통솔한다)'이라는 한마디로 요약된다. 먼저 주희 철학에 있어 심(心)의 기능과 역할은 성(性)과 정(情)의 구분을 통해서 드러난다. 선진유학에서는 심(心), 성(性), 정(情) 나아가 재(才)까지도 모두 동일 개념으로 파악했다. 특히 맹자가 그러했다. 주희는 이러한 맹자의 이론을 기초로 그의 심성론을 전개하면서 심ㆍ성ㆍ정의 삼자를 구분하여 설명했다.

성(性)은 아직 움직이지 않은 것이요, 정(情)은 이미 움직인 것인데, 심(心)은 이미 움직인 것과 아직 움직이지 않은 것을 모두 포괄하고 있다. 대개 심이 움직이지 않은 것은 성이요, 이미 움직인 것은 정이니, 이른바 심이 성정을 통솔한다는 것이다.(『주자어류』 권5)

여기서 주희는 심의 미발(未發), 즉 마음이 아직 움직이지 않은 상태를 '성'이라 하였고, 심의 이발(已發), 즉 마음이 이미 움직인 상태를 '정'이라 하였다. 그리고 마음은 바로 성과 정을 통섭하는 기능자임을 말하고 있다.

먼저 '성(性)'의 문제에 있어서 주희는 "성은 인간이 받은 바의 천리이다."(『주자대전』권40)라고 하였다. 즉, 인간이 가지고 있는 성은 태어날 때부터 마음속에 가지고 있는 것으로서 천지 공동의 이(理)이지, 나만이 홀로 사사로이 가지고 있는 것이 아니라는 것이다. 이를 일러 '성즉리(性卽理)'라 표현한다. 즉, 성은 인간과 우주를 연결시켜 주는 끈과 같은 것이다.

그러면 인간의 마음속에 갖추어진 '성'의 내용은 무엇일까? 이것은 곧 천리의 본성이기도 하다. 인간이 부여받은 성은 바로 인(仁)·의(義)·예(禮)·지(智)이다. 인은 사랑의 이(理)로서 남이 곤경에 처한 것을 보면 문득 측은한 마음이 생기는 '측은지심'이고, 의는 마땅함을 취하는 이로서 자신의 착하지 않음을 부끄러워하고 다른 사람의 착하지 않음을 미워하는 '수오지심'이며, 예는 공경함의 이로서 자신을 양보하고 미루어 남에게 베푸는 마음인 '사양지심'이며, 지는 분별하는 이로서 시비를 가리는 마음인 '시비지심'이다. 이와 같은 인의예지의 성은 인간이 억지로 꾸미거나 갖게 된 것이 아니라 인간이 본래 갖추고 있는 것이다. 이와 같은 인간의 성은 절대적으로 선한 것으로서 인간이 도덕적 행위를 할 수 있게 하는 근거가 된다.

그리고 '정(情)'의 문제에 있어서 주희는 그 본체인 '성'과의 관계에서 생각했다. 즉 "성이란 마음의 이(理)이며, 정이란 마음의 움직임이다."(『주자어류』 권5)라고 했다. 여기서 성은 마음에 존재하는 이치로서 고요하게 아직 발현하지 않은 상태이며, 정이란 마음이 외물을 접해서 마음의 움직임을 통하여 성이 발현한 것이다. 예컨대 악한 것을 보고 화를 낸다고 했을 때 화를 내는 것은 마음의 움직임으로서 정이고, 마음에 시비를 가리는 이치가 있는 것이 악한 것을 보고 화를 내게 되는 이유로서의 성이다. 따라서 맹자가 말한 측은지심, 수오지심, 사양지심, 시비지심의 마음이 일어나 외물에 접해서 느끼는 정이다.

이러한 정은 마음의 성으로부터 유래한 것이기 때문에 선하다. 다시 말해서, 정이 발현하는 것은 아무런 바탕이 없는 것이 아니라 정이 발하도록 하는 그 무엇이 마음 안에 있기 때문이다. 그것이 바로 인·의·예·지의 성이다. 미발의 성은 아무런 움직임이 없는 고요한 상태로서 선한 것이고, 마음이 외물에 접하여 느낌으로써 성으로부터 발한 정 또한 선한 것이다. 이와 같이 성과 정은 대립되는 것이 아니라 마음의 양면을 이룬다.

결국 주희는 성은 이(理)로, 정은 기(氣)로 설명하였다. 여기서 이는 완전무결한 선이고, 기는 선하기도 하고 악하기도 한 것이다. 또한 주희는 심·성·정의 관계에 있어 인·의·예·지는 '성'이고, 측은지심·수오지심·사양지심·시비지심은 '정'이며, 인으로 사랑하고 의로 미워하고 예로 사양하고 지로 아는 것은 '심'이라고 보았다. 곧 성은 심의 이(理)이고, 정은 성의 용(用)이며, 심은 성정의 주(主)이다. 이러한 주희의 관점을 일러 '심통성정', 즉 '마음이 성정을 통솔한다.'고 표현한다.

본연의 성과 기질의 성

주희는 만물은 동일한 이치를 부여받아 존재한다고 보았다. 그러나 사람은 다른 사물이 할 수 없는 일, 즉 생각하고 반성하는 능력을 가지고 있어서 이치를 깨달아 하늘의 뜻을 인간 세계에서 실현할 수 있는 가능성을 가지고 있으므로 다른 사물과는 구별된다고 하였다. 이에 대하여 그는 "하나의 기운으로 말하면 사람과 사물은 모두 기를 받아 태어난다. 그러나 사람은 그 기운의 올바름과 통함을 얻고 사물은 기의 치우침과 막힘을 얻는다."(『주자어류』 권4)라고 하였다.

이는 기질의 정밀함과 거침의 차이에 따라 인간과 다른 사물의 구별이 있다는 것이다. 즉, 인간과 사물 사이의 질적 구별을 해 주는 것은 기질의 차이라는 것이다. 인간은 올바른 기운을 받아 생겨났으므로 다른 사물이 갖지 못하는 영특한 능력을 가지고 있으며, 사물은 그 부여받은 기질이 치우치기 때문에 천리의 온전함을 확충할 수 없다는 것이다. 그러나 이것은 인간과 사물을 비교하여 한 말이고, 사람들 간에도 타고난 기질이 서로 다르다고 한다.

맑은 기질을 부여받은 사람은 현명하고, 탁한 기질을 부여받은 사람은 어리석다. 개별자 사이에 보이는 강약(强弱), 강유(剛柔), 지우(智愚)와 같은 차이는 기질의 차이로 설명할 수 있다. 그러나 약(弱), 유(柔), 우(愚)와 같은 기질이 고정적이거나 불변의 것은 아니다. 단지 청탁의 차이는 사람들 사이에 보이는 정도의 차이일 뿐, 그 이전에 모든 인간은 인간된 근원적인 요소를 공유하고 있기 때문이다. 어리석거나 어질지 못한 사람도 탁하고 아름답지 않은 기질로 인해 잘 드러나지 않을 뿐, 성을 간직하고 있기 때문에 기질의 한계를 극복하고 하늘의 명을 다할 수 있는 것이다.

　주희에 의하면 사람이 태어날 때의 몸과 마음속에 갖추어진 이(理)가 성이므로 성은 몸과 마음을 떠나서 독립적으로 존재할 수 없다. 따라서 인간의 성에는 이(理)로서의 성인 '본연지성(本然之性)'과 기(氣)로서의 성인 '기질지성(氣質之性)'이 있다고 하여 성을 둘로 나누었다. 여기서 본연지성은 천리로서 순수하고 지극히 선한 것이지만, 기질지성은 기질의 차이에 따라 선악의 차이가 있다고 한다.

　그런데 주희는 이는 기에서 분리되지 않고 섞이지도 않듯이 인간의 지선한 성은 기질에 실려 있으나 뒤섞이지 않는다고 한다. 따라서 성은 기질에 실려 있지만 그것의 한계에 구속되어 왜곡되거나 변형되지 않는다. 이러한 의미에서 기질지성은 본연지성과는 다른 하나의 성이 되는 것이 아니라 '기질중지성(氣質中之性; 기질 가운데의 본연지성)'을 의미한다.

　이는 본연지성은 좋은 것이고, 기질지성은 나쁘다는 이분법적 대립을 의미하는 것이 아니다. 오히려 주희가 이 둘을 구별한 이유는 기질지성이 기질 가운데 있는 본연지성을 자각하도록 하는 데 있다. 즉, 아름답지 못하고 탁한 기질을 가진 인간일지라도 수양과 공부를 통해 은폐되어 있는 본연지성을 회복하는 노력을 부각시키기 위함이다. 결국 주희는 인간의 탁한 기질에 가려서 본연의 성을 간과하는 오류를 범하지 않고 교육을 통해 모든 인간이 가지고 있는 본연의 성을 회복할 수 있다는 믿음을 시사해 주고 있다.

도에 합치된 마음과 인욕에 이끌리는 마음

주희는 사람의 마음은 본래 고요하여 흔들리지 않는 허령한 것으로서 오직 하나라고 한다. 그런데 이러한 마음이 사물에 접촉하면 희로애락의 감정(情)이 발하게 된다고 하였다. 이때 발한 마음이 도에 합치하면 '도심(道心)'이라 하고, 인욕에 이끌릴 수 있는 사람의 마음이면 '인심(人心)'이라 한다. 다시 말해서, 하나의 마음이 이를 좇아서 지각하느냐 아니면 기질의 욕을 좇아서 지각하느냐에 따라 도심과 인심으로 구별된다는 것이다.

즉, 기식갈음 등의 육체적 욕망이나 개인적 욕망에 관한 지각은 바로 인심에 속하고, 군신·부자 등의 인간관계 속에서 인(仁)에 대한 자각은 도심에 속한다는 것이다. 이렇게 볼 때 인심과 도심은 누구에게나 공존하는 것으로 누구에게는 인심만 있고 누구에게는 도심만 있는 것이 아니다. 인간이라면 누구나 육체가 있고 인의예지의 본성에 의한 마음이 있다. 그러므로 마음은 육체와도 관계가 있고 인의예지와도 관계가 있다. 이때 육체와 관계있는 마음이 인심이 되고, 인의예지와 관계있는 마음이 도심이 될 뿐이다.

그런데 주희에 의하면 인심은 육신의 사사로움에서 생겨나는 것이므로 선하게 될 수도 있고 불선하게 될 수도 있다고 한다. 이는 인심이 밖으로 나타나기 전에는 선이나 불선으로 될 가능성만을 가지고 있음을 말하는 것이다. 즉, 선의 인심과 불선의 인심이 따로 존재하는 것이 아니라 사람의 마음은 하나일 뿐인데 선과 불선으로 나아갈 방향성만 가지고 있을 따름이다. 결국 그는 인심과 도심을 두 가지의 마음으로 보지 않고 사람의 마음은 오직 하나임을 강조하고 있다.

동양의 지혜를 찾아서

어쨌든 인심은 기질의 욕, 즉 인욕을 지각의 대상으로 삼고 있으며, 선과 불선 두 가지로 나타날 가능성이 있는 것이다. 그렇다면 인심은 어떻게 선이 되고 불선이 되는 것인가? 이에 대하여 주희는 인심을 그대로 방치하면 불선으로 흐르게 되고, 이 인심을 항상 의리에 맞게, 즉 도심에 따라 인심을 유도하면 선으로 나타나게 된다는 것이다. 이때는 이미 인심이 아니고 도심이 된다.

이렇게 볼 때, 인심에 있어서 선과 불선의 문제는 도심을 가지고 인심을 제어하느냐 못하느냐에 달려 있는 것이다. 결국 마음은 하나이기 때문에 인심이라 해도 잘 제어하면 도심이 되고, 도심이라 해도 그것을 잘 보존하지 못하면 인심이 된다. 다시 말해서 인간의 육체는 하나의 마음을 가지고 있는데, 이 마음이 나타날 때는 도심이든 인심이든 둘 중 하나만 나타나게 된다. 만약 도심을 항상 지켜서 일신(一身)의 주(主)가 되게 한다면 비록 인심이 있다 하더라도 이 인심은 도심에 의해서 제어되기 때문에 결국 나타나는 것은 도심이다. 반대로 비록 도심이 있다고 하더라도 이 도심을 잘 보존하지 못하면 인심을 제어할 수 없기 때문에 결국 나타나는 것은 인심이 된다.

그리고 주희는 인심은 인성에서는 기질지성에 해당하는 것으로서 육신의 사사로움에서 생겨난 것이므로 인욕에 끌릴 수 있어서 위태롭다고 하였다. 그리고 도심은 본연지성에 해당하는 것으로서 성명(性命)의 올바름, 곧 천리이므로 오묘하다는 것이다. 그리고 마음의 신령함이 천리를 생각하는 것이 도심이요, 욕구를 생각하는 것이 인심이라고 하였다.

또한 인심은 이기심에 의하여 나오는 사적인 욕구요, 도심은 공공한 욕구라는 차이가 있을 뿐 그 나눔의 경계는 미미하다고 한다. 예를 들어 배가 고파서 먹고자 하는 것은 공공한 욕구이고, 감미로운 맛을 요구하는 것은 사적인 욕구라는 것이다. 이러한 맥락에서 본다면, 성인이라 하여 인심이 없을 수 없고 우둔한 사람이라도 도심이 없을 수 없다.

요컨대 도심은 우리의 마음 곧 인심 속에 있는 것으로서 오직 선할 뿐이지만, 인심은 인욕에 끌릴 수는 있으나 그 자체가 선·불선의 어느 하나로 규정되는 것이 아니다. 즉, 인심은 상황에 따라 달라질 수 있는 것이다. 인심이 도심에 합치하여 드러날 때 곧 과불급이 없을 때는 선이 되는 것이요, 그렇지 못할 때는 불선이 되는 것이다. 그러므로 반드시 도심으로 자신의 몸을 주재하고 인심으로 하여금 언제나 천명을 따르도록 해야 한다.

거경과 궁리의 수양

주희는 인간의 성을 기질지성과 본연지성으로 구분했다. 그리고 인간의 마음을 도심과 인심으로 양분했다. 그렇다면 이러한 기질지성과 인심을 어떻게 해서 본연지성과 도심에로 변화시킬 것인가? 이러한 변화에 대한 논의는 곧 인격수양의 문제가 된다. 이에 대하여 주희는 정이의 학설을 받아들여 '거경(居敬)'과 '궁리(窮理)'의 수양법을 제시했다.

먼저 주희는 내적인 수양 방법으로 '거경'할 것을 주장했다. '거경'

이란 기거동작을 신중히 하고 마음을 항상 한군데 집중하여 인간에게 갖추어진 본연의 덕성을 함양하는 것을 말한다. 이는 또한 마음을 가다듬어 언제나 선량한 마음을 가지고 타고난 품성을 기름을 뜻한다. 특히 주희는 거경 공부의 구체적 방법으로 '정제엄숙(整齊嚴肅)', '주일무적(主一無適)', '상성성(常惺惺)' 등의 다양한 원리들을 제시했다. 비록 표현은 서로 다르지만 그 추구하는 목적은 경을 실천하기 위한 것이라는 점에서 동일하다.

정제엄숙은 주희의 인격 수양의 방법 중에서도 가장 일차적이고 핵심적인 것이다. 왜냐하면 정제엄숙을 하면 나머지의 것들은 그것에 결과하기 때문이다. 여기서 정제엄숙이란 심신을 다스려 가지런하게 하고 몸과 마음을 엄숙하게 가지는 것이다. 즉, 자아의 통제를 견지할 것을 강조하는 것이다. 그리고 주희는 "주일무적하여 예가 아니면 움직이지 않는 것은 곧 중심에 주장함이 있어 마음이 스스로 존재할 뿐이다."(『주희집』 권47)라고 하였다. 이는 정이의 견해를 그대로 받아들인 것인데, 주희는 주일과 무적을 각각 경(敬)과 일(一)로 해석한다. 경은 한 가지 일에 몰두하는 것, 즉 한 가지 일을 하게 되면 그 밖의 다른 일을 하지 않는 것이라 하였다. 그리고 무적은 이것에서 벗어나지 않는 것이라 한다.

또한 주희는 '상성성'을 매우 중시했다. 이는 '항상 마음을 깨어 있게 하는 것', 즉 그 본연의 맑음을 유지하도록 하는 것을 의미한다. 그러면 구체적으로 성성(惺惺), 즉 '깨어 있음'이란 무엇을 말하는 것인가? 이것은 마음이 가려짐이 없는 맑은 상태를 의미한다. 거울에 먼지나 잡티가 있으면 사물을 있는 그대로 투영할 수 없는 것처럼 사람의 마음 또한 맑지 못하면 이치 또한 그대로 드러날 수 없게 된다. 그래서 사물을 있는 그대로 담아내기 위하여 거울의 먼지나 잡티를 제거하는 노력이 필요한 것처럼 사람에게도 이와 같은 노력이 요청된다는 것이다.

그리고 주희는 외적인 수양 방법으로 '궁리'할 것을 주장했다. '궁리'란 '사물의 이치를 궁색하여 지식을 넓히는 것'을 말한다. 즉, 인간과 사물에 있어서 융회관통(融會貫通)의 이(理)를 공부하는 것이 바로 궁리인 것이다. 주희는 바로 이 궁리를 성인됨의 한 방편으로 삼았다.

이러한 궁리는 '격물치지(格物致知)'를 통하여 이루어진다고 볼 수 있다. 격물은 '사물의 이를 궁구하여 그 극처에까지 이르는 것'이다. 주희는 이를 해석하여 '격'은 '끝까지 캐내어 이르다'는 뜻이고, '격물'은 '끝까지 캐내다'에 비중이 있어서 마음이 사물의 이치를 깊이 연구하여 앎을 이루어 가는 공부로 보았다. 그리고 '치지'는 '이르다'에 비중이 있어서 사물의 이치의 지극한 곳에 도달하여 앎에 이르게 됨을 말한다. 여기서 주희는 대상의 사물에 이치가 있음을 인정하면서 사물의 이치와 마음의 이치가 하나임을 전제로 한다.

그러면 격물하여 궁구하고자 하는 내용은 무엇인가? 그것은 '사물의 그러한 까닭'과 '마땅히 따라야 할 당위법칙'인 것이다. 따라서 격물을 통한 궁리는 '사물의 그러한 까닭'을 인식하는 것이며, '마땅히 따라야 할 당위법칙'을 자각하고 실천하는 것이다. 그래서 격물하는 까닭이 마음을 밝히고자 하는 데 있다고 한다. 결국 격물의 목적이 다름 아닌 존재의 법칙에 대한 이해와 더불어 도덕적 완성에 있음을 알 수 있다.

이와 같이 주희는 인격 수양의 주된 방법으로서 거경과 궁리를 들고 있다. 양자는 위에서 언급한 바와 같이 내·외 각기 독립된 영역의 수양법이지만, 서로 병행하여 수양해야 함을 강조했다. 그리하면 '활연관통(豁然貫通; 환하게 통하여 도를 깨달음)'하는 경지에 이를 수 있다고 한다. 즉, 인간 의식의 주체인 마음이 기질을 변화시키는 공부를 지속적으로 하여 쌓이는 것이 많아지면 저절로 툭 트이듯 깨닫게 되는 경지에 이른다는 것이다. 다시 말해서, 점진적인 수양 공부를 하다 보면 어느 순간 사상과 인식이 비약하여 활연관통하게 된다는 것이다. 이러한 경지야말로 주희가 말하는 가장 이상적인 인간의 모습이다.

주자학의 가치와 문제점

주희는 중국 역사상 크게 학문을 발전시킨 위대한 인물이다. 그의 학문의 특색은 종전에 있던 학문들을 모아 창조적으로 집대성함에 있었다. 그는 고금(古今)의 사상을 가려 자신의 심중(心中)에 끌어안았다. 계통을 살펴 배열하고 조직함으로써 '주자학'이라는 학문체계를 확립했다. 그의 학문 체계가 후대에까지 인정을 받고 생명력이 있는 것은 그것이 적어도 다른 학문 체계보다 논리적인 모순이 적고 합리성을 갖추고 있으며, 또한 그것은 종합에 바탕을 둔 다양성을 인정하는 포용적이고 개방적인 체계이기 때문이다.

따라서 주희의 사상은 개인의 바람직한 삶을 위한 도덕 실천 가능성의 근거를 확보하고, 이를 기반으로 이상적인 세계의 발전이 어떻게 가능한가를 설득력 있게 제시하였다. 이러한 그의 학문의 체계와 사고의 명석함은 중국 사상사에게서도 보기 드문 것이다. 우주론적으로 이기이원론을 제창하고, 인간의 성을 본연의 성과 기질의 성으로 구분하여 초기 성리학자들의 우주관과 인생관을 종합적으로 밝혀낸 그의 업적은 실로 위대하다.

그러나 엄밀히 따져 보면 그의 학설은 새롭고 독창적인 견해가 없다는 지적도 받는다. 그의 방대한 학설 중에는 다소 모순되는 것들도 있고 애매하며 설명 또한 부족한 점도 있다. 이러한 점 때문에 육구연 등으로부터 공격을 받기도 했다. 한편 주희의 사상은 관학으로 채용되어 철학사상으로서의 생명력을 잃고 출세의 수단 및 정치의 수단으로 전락하여 고착화 내지는 경직화를 초래한 면이 없지 않다. 그리고 현대적 입장에서 보면 자유민주주의 정신이나 공리주의적인 측면에의 기여가 없다는 점에서 지적을 받는다. 이러한 지적 또한 오늘날 우리들이 참고하여야 할 삶의 지혜일 것이다.

그렇지만 이러한 지적들은 사실 아주 미세한 것에 불과하며, 이러한 점이 지적된다고 하여 그의 위대함이 크게 손상되는 것은 아닌 듯하다. 중요한 것은 그의 사상의 긍정적인 면을 다각도로 재조명하여 현대적 적용을 모색해 보는 절실한 노력일 것이다.

양명학의 주인공 왕수인:
본성에서 마음으로

세월은 흘러 명나라에 이르렀다. 명나라에 아주 어린 나이에도 불구하고 높은 학문에 이른 촉망받는 젊은이가 있었다. 그는 어느 날 주희의 글을 읽다가 한 가지 궁금증이 생겼다. '사물에 이르러 그 사물의 본질을 깨달으면 모든 것을 다 알게 된다'는 구절을 보고, 그렇다면 나는 저 대나무를 통해 만물을 이해해 보아야겠다고 생각한 것이다.

마당으로 나간 젊은이는 대나무 앞에 바른 자세로 앉아 식음을 전폐하고 대나무를 뚫어지게 바라보았다. 그러기를 7일 만에 그는 그 자리에 쓰러지고 말았다. 이때 젊은이는 주희의 격물 학설이 문제가 있는 것인지, 아니면 자기가 주희의 격물 학설을 제대로 이해하지 못해서인지 혼란에 빠졌다. 이 젊은이가 바로 왕수인(王守仁)이다.

왕수인(1472~1528)의 호는 양명(陽明)이다. 그래서 그를 흔히 '양명선생'이라 부르며, 그의 학문을 '양명학'이라 한다. 그는 어려서부터 조부로부터 글을 배웠는데, 글 읽기보다 말타기나 활쏘기 등을 좋아하고 병서 읽기를 즐겼다고 한다. 그의 이러한 자유분방한 기질이 염려되었던 그의 부친은 학자를 초빙하여 엄격히 가르쳤다. 그런데 스승의 가르침이 성현이 되는 데 있는 것이 아니고 과거시험을 위한 시문(詩文)이었기에 싫증을 느끼고 열심히 하지 않았다.

28세에 진사과에 급제하여 병부주사의 관직을 제수받았고, 30세 때 공사(公事)를 처리하던 중에 우연히 구화산(九華山)을 유람하였는데, 거기서 어느 한 도사를 만나 신선술에 관한 이야기를 듣고 임금께 아뢰었다. 30세에는 건강이 좋지 않아 낙향하여 양명동에 정사를 짓고 도인술을 익혔으나 부질없는 짓임을 깨닫고 불교에 귀의했다. 불가 역시 성인의 도가 아님을 깨닫고는 결국 유가로 돌아왔다.

32세에는 건강이 회복되자 다시 관직을 청하여 병부주사로 일하였다. 그는 공무 중에도 도학의 공부를 게을리하지 않았는데, 진헌장의 제자였던 담약수와 함께 학생을 모아 가르쳤다. 36세가 되어서는 용장(龍場)으로 가서 숲 속에 초막을 짓고 살다가 다시 암굴에서 살았는데, 거기서는 밤낮을 가리지 않고 바위에 앉아 진리를 깨쳤다고 한다. 그러던 중 어느 날 밤 홀연히 '격물치지(格物致知)'의 참뜻을 깨달았다고 한다.

그 후 관직에서 많은 활동을 하였지만 곧은 성품 때문에 환관들의 모함을 받기도 했다. 50세에 낙향하여 53세에는 '양명서원'을 세워 제자들을 가르쳤으며, 56세에는 전주(田州)에서 반란군을 막고 돌아오는 길에 청룡포에서 쓰러졌다. 유언을 청하자 그는 '이 마음이 광명인데 무슨 말을 하겠는가?' 하고 눈을 감았다. 저서로는 『왕문성공전집』 38권과 문인들의 기록인 『전습록』이 있다. 그의 학설은 크게 심즉리설(心卽理說), 치양지설(致良知說), 지행합일설(知行合一說)로 나누어 진다.

내 마음이 곧 이치이다 '심즉리'

용장의 암굴에서 지내던 어느 날, 왕수인은 잠을 이루지 못하고 뒤척이다가 새벽녘 어떤 목소리를 들었다. 그것은 왕수인이 오랫동안 고민해 오던 주자학의 격물치지에 관한 내용이었다. 그 목소리를 통해 그는 자기의 내부에서 어떤 깨달음이 불현듯 찾아온 것을 느꼈다. 그때 왕수인은 다음과 같이 생각했다. '성인의 도가 나의 본성에 완전하게 갖추어져 있는데, 나의 밖에 있는 사물에서 이치를 구하려 한 것이 잘못이었구나!' 왕수인은 이(理)가 이미 나의 내면에 갖추어져 있음을 깨달았다. 그의 '심즉리(心卽理)'라는 학설은 바로 여기서 도출된다.

왕수인은 주희의 이기이원론을 반대하고, 앞선 심학자 육구연의 '마음이 곧 이'라는 심즉리설을 받아들여 자신의 사상으로 확고히 했다. 그래서 그는 '성인의 학문은 심학이다.'라고 하였다. 그렇다면 왕수인의 심(心)은 주자학에서의 심(心)과 어떻게 다른 것인가?

주희는 인간의 마음이 이와 기의 양분된 것에 의해 이뤄진 것이라 하였다. 여기서 이는 순정으로 선인 것이지만, 기는 정조청탁의 성질을 가진 것이어서 이(理)의 본래 상태를 잃을 가능성을 갖는다. 이 때문에 주희는 마음을 이분해서 본연지성과 기질지성으로 구분하였다. 그리고 기질지성을 본연지성에 가깝게 하기 위한 공부로서 내적으로는 '거경'을, 외적으로는 '궁리'를 궁구하는 것에 의해 마음의 불완전함을 보충하려 하였다.

그런데 왕수인은 이 같은 주희의 마음에 대한 이원론적 사고를 완전히 거부하면서 그의 심론(心論)을 피력했다. 그는 이는 기에 구비된 조리에 불과하므로 마음 밖에 따로 이가 없다고 했다. 그래서 "마음이 곧 이(理)이다. 천하에 마음 밖의 일이나 마음 밖의 이가 있겠는가?"라고 하였던 것이다.

이것은 모든 현상이나 그 존재 원리, 곧 이는 신령스러운 밝은 마음을 통하여 인식함으로써 비로소 존재한다는 것이다. 그래서 그는 "나의 신령스러운 밝은 마음이 곧 천지, 귀신, 만물의 주재자이다. … 천지, 귀신, 만물이 나의 신령스런 밝은 마음을 떠나면 이들은 곧 없어진다."(『전습록』 상)라고 하여 신령스러운 밝은 마음이 곧 천지 만물의 주재자임을 분명히 밝히고 있다.

또한 그는 마음을 통하여 천지 만물이나 그 존재의 원리인 이가 인식되는데, 마음에도 이러한 이가 내재되어 있다고 한다. 따라서 마음이 곧 이라고 하였다. 다시 말해서 천지 만물은 모두 이를 가지고 있는데, 그 천지 만물이 다 가지고 있는 보편적인 이가 천리라는 것이다. 그리고 사람의 마음에도 이러한 천리가 있는데, 사람의 마음 속에 있는 천리가 곧 만물의 본체이며 동시에 사람의 마음의 본체이므로 사람과 만물은 곧 동일한 것이 된다.

그리고 천지 만물이 일체인 것은 마음속의 인(仁)으로 나타난다고 한다. 즉, 그는 "대인이 능히 천지 만물을 일체로 삼을 수 있는 것은 일부러 그렇게 했기 때문이 아니라 그 마음의 인(仁)이 본래 이와 같이 천지 만물과 일치이기 때문이다. 어찌 대인의 마음만 그렇겠느냐? 소인의 마음도 역시 그러하지 않음이 없다."(『전습록』상)고 하였다. 사람은 이러한 인(仁)으로 말미암아 사람과 금수와 초목을 사랑할 수 있는 것이다.

결국 왕수인은 세계와 만물을 마음에서 통일하여 마음 밖에는 어떠한 사물도, 일도, 이치도, 의로움도, 선함도 없게 된다. 즉, 마음의 본체는 모든 것을 포괄하는 것이다. 그렇기 때문에 마음을 말하면 천지 만물은 모두 거기에 거론된다. 이것은 전형적인 관념론으로 '주관적 관념론'이라 부르기도 한다.

내 마음의 천리 곧 '양지'

마음이 곧 이치라는 말은 도덕적 원리가 곧 내 마음속에 있다는 뜻이다. 다시 말해, 행위의 궁극적 원인은 나의 내부에서 나온다는 말이다. 이러한 근거로 왕수인은 마음의 흐름에 따르기만 하면 올바른 도덕적 실천이 이루러질 수 있다고 본다. 경전 공부나 수양을 강조하는 주자학에 비해 매우 간명하며 실천적이다. 이는 왕수인이 사람은 누구나 마음속에 도덕적인 충동을 가지고 있으며, 그 충동에 따라 실천하면 된다고 보기 때문이다. 그 도덕적 충동을 '양지(良知)'라 할 수 있다.

왕수인의 학문 세계는 이러한 양지를 확충하는 치양지의 과정 속에서 사물을 바르게 하고, 사물을 완성하는 것이라 할 수 있다. 그렇다면 그가 말한 '양지'는 과연 어떠한 의미를 지니며, 또한 '치양지'는 어떻게 이루는 것인가?

'양지'란 본래 맹자가 한 말인데, 맹자는 일찍이 사람이 '배우지 않아도 알 수 있는 것'을 양능(良能)이라 하고, '사려하지 않아도 알 수 있는 것'을 양지(良知)라 했다. 이러한 양지의 의미를 왕수인은 그대로 받아들여, 양지를 하늘이 부여해 준 마음의 본체이며 옳고 그름을 가려내는 마음이라고 생각했다. 그런가 하면 그는 『전습록』에서 "양지는 곧 천리이다." "하늘이 명한 본성은 순수하고 지극히 선한 것이다. 그것이 바로 밝은 덕의 본체요 이른바 양지이다." 등으로 표현하여 양지를 천리 혹은 순수하고 지극한 선, 또는 밝은 덕 등으로 규정했다.

또한 그는 양지에 대하여 "양지는 만고에 걸쳐 있고, 우주에 가득 차 있으며, 같지 않음이 없다."(『전습록』 상)고 하여 양지가 우주 만물의 근원적 존재임을 말하고 있다. 결국 양지는 신령스러운 존재로서 우주 안에 가득 차 있으며, 변화 유행하고 엉키어 모여서 만물을 생성하는 존재, 즉 기(氣)라는 것이다. 그것은 양지가 인간의 자연에 갖추어져 있는 것이고, 다른 특별한 수단을 가하지 않아도 이미 완성되어 있음을 의미한다. 따라서 거기에는 별다른 수양이나 공부가 필요 없다.

다만 경우에 따라서 사욕(私慾)이 양지를 가릴 가능성이 있으므로 양지를 바르게 하는 공부가 남아 있다. 왕수인에 의하면, 사람은 누구나 마음의 본체인 양지를 가지고 있으므로 원래 누구나 선하지만 사욕으로 인하여 가려져 악하게 된다고 한다. 즉, 사욕에 의해서 성현과 범인(凡人)의 구별이 생긴다는 것이다.

사욕이 양지를 깊이 가리면 범인이 되고, 얕게 가리면 현인이 되고, 전혀 가리지 않으면 성인이 된다. 그러므로 양지에 이르기 위해서는 사욕의 가림을 제거하여 천리로서의 양지에 이르러야 한다는 것이다. 그렇게 되면 누구나 성인이 될 수 있다. 이러한 치양지는 결국 도덕 수양의 중심에 있는 것이다.

왕수인은 치양지의 구체적인 방법을 모색함에 있어 '격물치지'에 대한 새로운 해석을 가했다. 즉, 그는 격물치지를 해석함에 있어서 주희의 해석을 '지리한 공부에 불과하다'고 비판했다. 그에 의하면 마음 밖에는 사물이 없고, 마음 밖에는 이(理)가 없으므로 격물치지는 사물의 객관적 법칙을 탐구하는 것이 아니고 마음속의 이(理), 곧 양지를 알고 마음을 바르게 하는 것에 지나지 않는다고 했다.

그리고 왕수인은 치양지의 구체적인 실천적 공부 방법 또한 제시했다. 이를 위한 실천적 공부법은 정적인 공부와 동적인 공부로 구분 되는데, 정적인 공부는 단정히 앉아 마음을 맑게 하는 정좌(靜坐)이고, 동적인 공부는 일상의 삶 속에서 정신과 의지를 단련하는 것이다. 왕수인은 마음은 본래 신령하고 밝은데, 이 신령하고 밝은 마음이 본래 가지고 있는 빛을 발하게 하려면 정좌하여 마음을 맑게 해야 한다고 했다. 이러한 정좌법은 송대 성리학자들이 수양의 방법으로 강조하던 것이었는데, 왕수인 역시 정좌는 마음을 한 곳에 모으는 데 효력이 있음을 인정한 것이다.

그러나 왕수인은 여기에 그치지 않고 실제의 삶 속에서 정신과 의지를 단련하는 공부를 중시했다. 이것은 실제의 사물에 처하여 정신적 의지를 단련하는 것을 말한다. 만약 실제적 삶을 외면한 채 정좌하여 무념무상의 경지에 들어간다 한들 그게 무슨 의미가 있겠느냐는 것이다. 당시의 학풍이 대체로 공허하고 막연한 정좌의 방법을 중시했던 것을 감안하면, 왕수인의 주장은 아주 실용적이고 실제적이었다.

앎과 실천은 본래 하나다 '지행합일'

주희는 우선 '이(理)'를 안 후에 비로소 그것을 실행에 옮긴다'고 하는 소위 '선지후행'을 주장했다. 이는 매우 합리적인 이론이다. 그러나 아무리 정확한 이론도 세월이 흐르면서 왜곡되기도 한다. 명대에 와서는 많은 사람들이 주희의 선지후행설을 굳게 믿어 지(知; 앎)에 대해서만 공부하고 의리를 탐구하였다. 그 결과, 이론적인 문제는 매우 복잡해지고 실제적인 문제를 벗어나 개념에 대한 유희만을 일삼게 되었다. 그리하여 지(앎) 자체도 제대로 못하였다.

의리가 명확하지 못한데 어떻게 실행할 수 있으며, 이해할 수도 없는데 어떻게 행동으로 옮길 수 있겠는가? 많은 사람들이 지식을 얻은 뒤에 해야 할 실행은커녕 그들이 얻으려 한 지식도 얻지 못한 채 평생을 살았다. 이와 반대로 어떤 사람들은 의리는 말하지 않고 일의 성취만을 추구하여 되는 대로 행동하기도 했다.

이에 대하여 왕수인은 만약 지(앎)에 대한 공부만 하여 진정한 지식을 얻은 뒤에야 비로소 실행하는 공부를 할 수 있다고 생각한다면, 평생토록 실행하지 못할 뿐만 아니라 평생토록 알지도 못할 것이라고 생각했다. 그래서 그는 이러한 폐단을 바로잡기 위한 처방으로 '지행합일'을 주장했다.

그러면 지행합일이란 무엇인가? 이에 대하여 왕수인은 '앎은 실행의 지침이고, 실행은 알려는 노력이다.', '앎은 실행의 시작이고, 실행은 앎의 완성이다.'라고 했다. 앎과 실행은 한 몸인 까닭에 하나의 앎을 말하면 이미 저절로 실행이 거기에 있으며, 하나의 실행을 말하면 이미 저절로 앎이 거기에 있다고 했다.

어떤 사람들은 앎과 실행이 하나로 합해질 수 없다고 생각하기도 한다. 예를 들어, 어떤 사람이 부모님께 효도해야 함을 알지만 실제로 하지 않을 때, 이는 앎과 실행이 별개의 일이라고 생각할 수 있다. 그러나 왕수인은 이에 대하여 분명한 답을 했다. 즉, "어떤 사람이 효를 안다고 말할 때 반드시 그는 효성스럽게 된다. 그런데 단지 효에 대해서 말한다고 해서 사람들이 그가 효를 안다고 하지는 않는다. 예를 들어 무엇을 일러 고통을 안다고 하는가? 그는 반드시 고통을 겪어 보아야 한다. 앎과 실행은 이렇듯 한 몸인 것이다. 그런데 어떻게 앎과 실행을 나눌 수 있겠는가?"라고 하였다.

또한 왕수인은 '실행에 대해 밝게 깨닫고 정밀하게 살피는 것이 바로 앎이요, 앎에 대해 진실로 절실하고 독실한 것이 바로 실행이다'라고 했다. 즉, 실행에 정확한 것이 아는 것이요, 앎에 절실한 것이 실행이다. 알지 못하고서 실행하는 것은 멋모르는 행동이고, 알고서도 행하지 않는 것은 헛된 생각이다. 왕양명은 좋아하고 싫어하는 감정마저도 모두 행(行)이라 생각했다. 곧 행(行)은 동기를 포함할 뿐만 아니라 어떠한 의향이나 생각마저 포함한다.

결국 왕수인의 지행합일에서는 앎과 행함의 공부는 본래 떨어질 수 없는 것이다. 앎에 이른다는 것은 반드시 행함에 있는 것임을 알 수 있고, 행하지 않고서는 앎에 이르렀다고 할 수 없는 것이 분명하다. 그리하여 그는 주희의 선지후행설은 앎과 행함이 서로 떨어져서 언행이 일치하지 못하고, 그 말이 과장되어 말이 행하여지지 않는 잘못을 저질렀다고 비판했던 것이다.

이러한 그의 지행합일설은 다음과 같이 좀 더 명확히 정리할 수 있다. 즉, 앎은 행함을 포함하고, 행함은 앎을 포함한다. 그래서 앎은 행함의 시작이고, 행함은 앎의 완성이다. 이러한 앎과 행함은 곧 양지를 회복하자는 것이다. 사람은 능히 양지로 하여금 물욕에 가려지지 않도록 할 수 있으며, 양지가 자연히 드러나게 할 수 있다. 다시 말해서, 앎과 행함의 목적과 임무는 물욕을 배제하여 양지를 회복하자는 데 있다. 따라서 왕양명에 의하면 지행합일의 공은 바로 그 본심의 양지에 이르게 하는 것이다.

양명학의 가치와 문제점

왕수인은 문무를 겸비한 명대 최고의 사상가였다. 그는 무공(武功)으로 혁혁한 업적을 남기기도 했고, 새로운 학설을 제창하여 백성들의 마음에 광채를 안겨 주기도 했다. 그의 학설은 일종의 심학(心學)

으로 생사를 넘나드는 경험을 바탕으로 체득한 것이기 때문에 책상 위에서 이루어진 공허한 이론이 아니었다. 따라서 그의 학설에는 분명 큰 장점이 있다. 매우 역동적이고 주체적이며 실천적이라는 점이다. 이는 주자학의 주지적이고 정적이며 궁리적인 측면과는 완전히 상반되는 양명학만의 장점이자 가치이다.

그리고 그의 문하에서 능력 있는 인재들이 많이 배출되었으나, 그중에서 방종으로 빠져버린 자들도 있었다. 본래 양명학은 고루한 성리학에 반대하여 실천궁행하는 학문이다. 그런데 일부 제자들은 선학(禪學; 禪에 관한 학문)에 더욱 근접하여 선학과 구별이 어려워졌다. 이에 양명학파는 수양을 경시하고, 인성은 본래 밝은 빛이므로 자연스럽게 행하기만 하면 된다고 여겼다.

심하게 타락한 제자들은 치양지설을 남용하여, 사람이 양지에 이르면 비록 술과 음식에 빠지고 마음 가는 대로 광란의 행동을 하여도 성인이 되는데 크게 지장이 없다고 생각했다. 이러한 타락은 급속히 전파되어 날로 방종한 사람을 배출하게 되었고, 결국 세상에 해독이 되었다. 그때부터 뱀과 전갈을 피하듯 양명학의 도(道)를 기피하는 분위기가 형성되었다. 이러한 점은 분명 양명학의 큰 단점이 아닐 수 없다.

제7부

고증학 및 실학에서
배우는
변화의 모색

이제 여행의 종착지에 다다랐다. 시대적으로 명나라가 멸망한 뒤 중원의 주인공으로 등장한 이민족(만주족) 청나라의 통치하에 들어갔다. 이 시기는 양명학이 다양하게 나뉘어져 새로운 학문적 경향들을 만들어 가던 시기였다. 양명학은 일부 후예들에 의해 급진화해서 개인의 완전성과 자유를 더욱 강조하게 되었다. 한편 명나라 말기에 사회 혼란을 수습하고자 했던 동림학파는 양명학으로 흐르는 사회적 분위기를 경계하면서 사회를 올바르게 경영하려는 '경세치용'의 학풍을 이끌었다.

이때 청나라에서는 서양에서 유입된 종교, 철학, 과학 등의 영향으로 새로운 철학을 시도하여 학문적 융성기를 맞이했다. 청나라의 학풍은 우주나 인간의 본질에 대한 질문이 아니라 옛 경전들을 실증적으로 연구해 당시의 현실에 맞게 변용하려는 '고증학'이었다. 그리고 학문적인 태도는 실제적이고 진실해야 한다는 '실학'이었다.

이러한 사상적 대변혁을 이끌었던 대표적인 인물로는 황종희, 고염무, 왕부지 등이 있다. 그들은 주자학과 양명학 모두를 공리공담만 일삼는 사상들이라고 비판하며 실념(實念), 실리(實利), 실정(實政), 실행(實行)할 것을 주장했다. 이는 당시 일반 대중의 반봉건적 요구를 반영한 것으로, 이미 봉건사상의 울타리를 벗어나 민주주의 의식에 접근한 것이었다.

이러한 변화의 모색은 동아시아 사상계에 많은 영향을 끼쳤고, 특히 한국에 전파되어 한국의 근대화를 이끄는 데 정신적 자양분을 제공했다. 이러한 변화와 혁신의 지혜를 찾아보는 것이 본 여행길의 마지막이 된다.

1
고증학 및 실학의 성격

고증학의 성격

명대를 거쳐 청대의 290여 년간 새로운 철학사상은 거의 없었다. 단지 옛사람들이 주장하였던 성현들의 학설에 대한 고증적(考證的) 연구를 능사로 여겼다. 다시 말해서, 고증한다는 것을 제외하고는 독창적인 것은 아무것도 없었다. 따라서 당시에는 경학연구를 고증적으로 하는 것이었는데, 이는 곧 학문함에 있어 하나의 방법론이었다.

이러한 학풍은 성리학적 경향에 대한 반발과 시대의식 등이 복합적으로 작용하여 일어났다. 학문 방법은 매우 치밀하고 꼼꼼하게 글자와 구절의 음과 뜻을 밝히되, 고서(古書)를 두루 참고하여 확실한 실증적 방법을 택하여 종래의 경서 연구 방법을 혁신했다. 그리하여 명말 청초의 변란과 이민족 지배에 대한 반성으로 유학의 근본정신도 '경세치용(經世致用)'에 있음을 깨닫고 새로운 학풍을 탄생시키는 데 크게 기여했다.

고증학에 있어 두드러지는 특징은 명확한 근거를 바탕으로 사실을 파악하는 '실사구시(實事求是)'의 실증주의적 연구 방법에 있다. 즉, 눈으로 보고 귀로 듣고 손으로 만져 보는 것과 같은 실험과 연구를 거쳐 아무도 부정할 수 없는 객관적 사실을 통하여 정확한 판단과 해답을 얻는 것이다.

고증학 연구의 중심은 '경학(經學)'에 있었는데, 이것은 경서를 연구하는 학문으로 곧 유학의 정통 학문이다. 글자와 글귀의 참뜻을 문헌학적으로 추적하였으며, 그 근거는 고대 한나라 때의 '훈고학(訓詁學)'에서 구하였다. 그러나 한대의 훈고학적 해석과는 달리 어디까지나 경세치용을 추구하는 데 연구의 목적을 두었다.

고증학의 발달은 그 방법의 객관성과 실증성으로 인하여 경학 이외의 다른 학문 분야에 많은 영향을 주었다. 새로운 학문이 개척되게 함으로써 여러 학파의 독창성을 촉발한 것이다. 특히 사학, 지리학, 음운학, 문자학, 금석학 등 다방면에 걸쳐 광범하게 학문이 발전하는 데 기여했다. 그러나 고증학 일변도의 학술 성향은 결국 청대 사상의 빈곤을 가져왔다는 지적도 받는다. 고증학은 학문 연구의 방법이지, 사상 자체는 아니기 때문이다.

실학의 성격

실학은 '실사구시'의 줄임말로, 중국 고대 한나라의 반고가 『한서』에서 "학문을 닦고 옛것을 좋아하며 실사에서 옳음을 구한다."라고 한 데서 유래되었다. 원래 의미는 학구적인 태도는 실제적이고 진실해야 한다는 것이다.

중국에서 최초로 실학이라는 용어를 사용한 사람은 송나라의 '정이'였다. 그는 "중용(中庸) 한 권의 책에는 스스로 이(理)에 이르러 사물을 추리하게 하므로, 만약 나라에 구경(九經)과 역대 성인들의 유적들이 있다면 실학 아닌 것이 없다."("이정전서』 권1)고 하였다. 즉, 중용 등 유교경전의 내용을 실학으로 간주한 것이다. 그러던 것이 주희에 이르러서는 유교 윤리사상 중 최고의 도덕 기준인 '중용'만이 실학이고, 이와 배치되는 모든 학문은 무용한 것으로 간주되었다. 즉, 현실 세계를 도피하고 부정하며 세계를 초월하여 피안의 세계를 추구하는 노장과 불교를 이단적인 가르침으로 여겼다.

그 후 명대 중엽에 와서는 나흠순, 왕정상 등이 새로운 실학의 개념을 정립했다. 즉, 사회 인륜 관계의 학문으로만 유학을 중시하던 기존의 학풍에서 벗어나 인간의 실질적인 생활을 중시하는 쪽으로 나아가야 한다고 주장했다. 특히 나흠순은 우두커니 앉아서 마음만 닦는 양명학과 불교 그리고 텅 비고 적막하며 실제적이지 못한 성리학을 비판했다. 반면에 실제적 삶에서 맞이하는 실사(實事)를 학문 연구의 중요한 내용으로 삼았다.

명말 청초에는 황종희(黃宗羲), 고염무(顧炎武), 왕부지(王夫之) 등의 많은 실학자들이 성리만 공담하는 송명 이학의 위험성을 지적했다. 그리고 실념(實念), 실리(實利), 실정(實政), 실행(實行)할 것을 주장했다. 이는 당시 일반 대중의 반봉건적 요구를 반영한 것으로, 이미 봉건사상의 울타리를 벗어나 민주주의 의식에 접근한 것이다.

그들은 정치적으로 전제군주제도를 비판하였고 경제적으로 불합리한 토지제도를 개혁할 것을 주장했다. 즉 '농사짓는 사람에게만 토지를 준다'는 토지 균등의 사상을 제기했다. 그리고 그들은 농업을 중시하고 상업을 억제해 온 전통적 관념을 타파하고 공업과 상업에 힘써야 한다고 주장했다. 결국 중국에서 16세기에 시작된 실학사조는 17세기 들어 황종희, 고염무, 왕부지 등에 의해서 '실학'이라는 학풍으로 자리 잡게 되었다.

16세기 말부터 17세기 말까지는 중국 실학의 전성기였다. 이 시기는 중국 사회가 매우 혼란하던 때로 시민 의식이 싹트기 시작했고, 농민봉기도 자주 발생하던 때였다. 지주계급 개혁파들은 낡은 전통사상을 타파하며 사회 개혁을 주장하였고, 신흥 시민 계층들도 이에 합세했다. 특히 당시 '서학동점(西學東漸; 서양의 학문이 동양을 지배함)'은 중국 전통문화에 충격을 주었으며, 이것이 동서 문화의 교류와 융합을 추진시키고 실학의 발전도 촉진했다.

지식인들은 정주 이학과 육왕 심학이 명나라를 멸망시킨 주요인이라고 생각했다. 그리하여 그들은 실학만이 낡은 학문을 대치할 수 있다고 생각했고, 낡은 의식을 바꿀 수 있다고 믿었다. 즉, 경학의 형식에서 벗어나 경세(經世; 세상을 다스림)의 실학을 추구하였던 것이다.

17세기 말부터 1840년 아편전쟁이 일어나기 전까지 실학은 더 이상 발전하지 못했다. 이 시기는 바로 명청 실학이 쇠퇴하던 시기였다. 전쟁의 폐해와 조정의 중본억말(重本抑末; 농업을 중시하고 상업을 억제함) 정책은 더 이상 실학이 발전할 수 없도록 하였으며, 결국 실학의 토대가 흔들리고 말았다.

18세기 초에 중국에서는 명말 청초와는 또 다른 모습으로 '고증학' 이 성행했다. 이때부터 고증학이 실학파의 이학을 대치하여 학계의 주류를 이루었다. 여러 파로 분화되어 발전하였으나, 그들은 모두 실사구시 정신을 내세우고 역사와 사실을 중시했다. 또한 경전의 뜻 이 왜곡되었던 것을 바로잡기도 했다. 이러한 의미에서 본다면, 그 들은 아직도 명·청 실학의 정신을 어느 정도 계승하고 있었던 듯 하다.

동양의 지혜를 찾아서

2

대표적 실학자들:
전통을 넘어 근대를 열다

민본주의의 새 장을 연 황종희

황종희(1610~1695)는 명나라 신종(神宗) 때 절강 여요현 황죽포에서 태어났다. 호는 이주(梨州) 및 남뢰(南雷)이다. 그는 83세가 되어서도 항상 한밤중까지 책을 읽었으며, 강희 34년 86세의 고령으로 세상을 떠났다. 대표 저술로는『명이대방록』,『명유학안』,『역학상수론』,『송원학안』등이 있다.

황종희는 유즙산의 수제자로서 유즙산이 강조한 '신독(愼獨; 남이 보지 않는 곳에 혼자 있을 때에도 도리에 어긋나지 않도록 조심하여 말과 행동을 삼감)'을 학문의 목표로 삼았고, 유즙산에게서 양명학을 배워 크게 심취했다. 그러나 그의 해박한 지식은 애당초 양명학에서 끝나지 않았다. 그가 저술한『명유학안』에 대해서 어떤 사람들은 비록 그것이 양명학을 옹호하기 위해 저술된 것이라고 말하지만, 그의 역사적 안목은 결코 어느 한곳에 치우치지 않았다.

그는 명대 말기의 양명학자들의 구두선(口頭禪; 행동이 따르지 않는 실속 없는 말)에 불만을 갖고 있었으며, 더욱이 월(越)의 주해문(周海門) 이후의 학문적 폐단에 깊은 불만을 갖고서 그러한 분위기를 말끔히 씻고 양명 당시로 돌아가 보려고 했다. 『청사(淸史)』의 「황종희전」에 의하면 그는 분명히 '심즉리설'에만 정신을 집중하지 않고 주희와 왕양명의 태도를 함께 취하고 있다. 그러므로 그의 가르침을 받은 사람은 학문만 연구하는 폐단을 밟지 않았고, 동시에 분명치 않게 제멋대로 지껄이는 말만 일삼지도 않았다.

청대 초기의 학자는 모두 명대의 학문이 쓸데없이 복잡하기만 한 것에 대해 달갑지 않게 생각하였고, 경세치용의 주장을 그들의 주된 임무로 생각했다. 더욱이 황종희는 매우 상세하게 역사를 연구했고 옛날부터 당시까지의 흥망성쇠의 발자취를 잘 알았으므로 그의 견해와 말은 더욱 근거가 있었다. 그는 추상적 학설을 반대하고 오직 구체적이고 실제적인 논지를 표방하여, 그것을 읽는 사람들로 하여금 일종의 통쾌한 맛까지 느끼게 했다.

그가 저술한 『명이대방록』의 내용은 오늘날 말하는 정치철학으로, 백성의 이익과 백성의 행복을 핵심으로 한 '민본주의'를 정치의 본질로 삼고 있다. 군주는 본래 백성을 위해 있는 것이며, 백성의 뜻을 멸시하고 자기 이익만을 위한 행위를 한다면 군주는 마땅히 그 자격을 빼앗아야 한다고 주장했다.

그리고 그는 대체로 맹자의 왕도를 정치의 본체라고 했는데, 이것은 사회학적 입장에서 보면 역사적 사실을 응용한 것으로서 맹자의 왕도를 이론적인 근거로 하여 자기의 민본정치 철학을 세운 것이다. 그는 이 이론을 기초로 하여 모든 정치 문제를 다루고 있는데, 예를 들면 모든 백성들이 정치를 주관하면 정치는 실행되기 어려우니 한 사람을 선출하여 그에게 정치를 의뢰해야 한다는 것 등이다. 그의 이러한 견해는 비록 오늘날 민본주의와는 소극적인 점과 적극적인 점에 있어서 차이가 있지만, 대체로 민본주의를 주안점으로 생각하는 것으로 오늘날 민주정치와 유사하다고 볼 수 있다. 이러한 점들이 곧 그를 실학자로 분류하는 근저가 된다.

경세치용의 대가 고염무

고염무(1613~1682)는 명나라 만력 41년에 강소 곤산에서 태어나 청나라 강희 21년에 70세의 나이로 생을 마쳤다. 명나라의 신하로서 두 임금을 섬기는 것이 의롭지 못하다고 여겨 청나라의 곡식을 먹지 않았으며, 동분서주 떠돌아다니다가 생을 마감했다. 호가 정림(亭林)이라 흔히 '정림 선생'으로 불렸다. 대표적인 저서로『음학오서』,『일지록』,『하학지남』,『보유』,『천하군국이병서』,『문집』 등이 있다.

그의 학문은 범위가 넓었으며 모든 것을 정밀하고 상세하게 고증하였는데, 특히 '경세치용'의 학에 뛰어났다. 그는 사회를 이롭게 하려는 뜻을 가지고 있었기 때문에 헛된 논의를 가장 싫어했다. 그래서 명나라 말기의 양명학을 '미친 선(禪)'으로 보고 오로지 착실하고 널리 사용되는 주자학에 의해 양명학을 배척했다. 그는 "옛날이나 지금이나 어찌 이학(理學)과 다른 것이 있겠는가? 경학이 곧 이학이다. 경학을 떠나서 이학을 말하면서부터 사악한 말들이 생겨났다."

고 했다. '경학이 이학'이라는 말은 바로 송명 이학을 뒤집어엎고, 육경(六經)에로 돌아간다는 기본적인 표어가 된다.

그의 학문은 비록 이기심성(理氣心性)에 전력했던 송명 유학자들의 정도에는 미치지 못했지만, 사실은 도(道)의 근본과 작용을 밝힌 것이며, 경세(經世)에 대한 방법론에서 그 극치를 이루었다. 그가 쓴 『일지록』은 그의 학풍을 가장 잘 나타내고 있으며, 학문에 대한 그의 탐구 정신은 뒷날 고증학의 기초가 되었다. 이 때문에 그를 '정주학파의 고증학자'라고 말하기도 한다.

송대에 시작된 성리학은 명대에 이르러 그 절정에 도달했다고 할 수 있다. 그들은 이미 사리를 깊이 있게 설명해야 할 문제는 남겨 두지 않았기 때문에 애석하게도 청대의 유학자들이 연구할 분야는 남아 있지 않았다. 그래서 청대의 유학자들은 일단 방향을 바꾸어 고증학에 주의를 기울였다. 그러므로 고염무처럼 철학사상을 논할 수 있는 대가라고 하더라도 역시 쓸쓸함은 면할 수 없었다. 그러나 실천 방면에서는 청나라 유학자들도 할 말은 있었다. 고염무는 자기가 학문을 하게 된 주된 이유에 대해 이렇게 말한다.

나 개인으로부터 국가 전체에 이르기까지 모두 육경(六經)과 염치 있게 행동하는 것을 배워야 한다. 자식, 신하, 형제, 친구에서부터 출입, 왕래, 사양하는 것과 받는 것, 갖는 것과 주는 것에 이르는 모든 것이 염치에 맞아야 한다. 좋은 옷 입지 못하고 좋은 음식 먹지 못하는 것을 부끄러워하지 말고, 다른 사람이 그 혜택을 받지 못하는 것을 부끄러워하라. 그러므로 만물은 모두 나에게 갖추어져 있으니, 자신을 돌이켜보며 성실하라고 하는 것이다.(『하학지남』)

비록 이것이 매우 간단한 말이기는 하지만, 학문과 세상을 다스리는 강령까지도 이 범위를 벗어나지는 않는다. 고염무는 불행하게도 명·청의 혁명 시기에 처해서 자신의 포부를 실행할 수는 없었지만, 그 말과 행동을 미루어 보았을 때 그는 진실로 국왕을 보좌할 수 있는 인재였다. 그리고 그가 돈독하고도 성실하게 실천한 것은 근본적으로 정주학파와 매우 비슷하지만, 오로지 실제적인 것만을 추구하고 헛된 논의로 빠지지 않는 것을 보면 역시 정주학에서 벗어나서 스스로 일종의 새로운 학문을 이룬 것이라고 할 수 있다. 뒷날 고증학파가 그를 선조(先祖)로 추대한 것도 매우 당연한 일이다.

새롭게 유학을 집대성한 왕부지

왕부지(1619~1692)는 자가 이농(而農), 호가 강재(薑齋)로 호남 형양 사람이다. 호남 서부 증좌의 석선산(石船山)에 은거하였다고 하여 흔히 '선산 선생'이라고 불렀다. 저술로는 『주역내전』, 『주역외전』, 『주역대상해』, 『주역비소』, 『서경비소』, 『예기장구』, 『춘추가설』 등이 있다.

왕부지가 살았던 17세기는 총체적 격변기였다. 사회 내부의 모순 때문에 백성들의 삶이 더욱 어려워졌음에도 불구하고 통치자들은 민중의 어려운 삶을 헤아리지 못했다. 통치 집단 내부에서는 오히려 붕당 현상이 가속화되어 권력 투쟁에 여념이 없었다. 이러한 상황은 민중들로 하여금 더 이상 명나라에 희망을 가질 수 없게 하였다. 그들은 스스로의 삶터를 떠나 유랑하기도 하였고 조직을 결성하여 항거하기도 했다.

그리고 이때는 강남 지역을 중심으로 농업과 수공업 및 상품 경제가 예전보다 발달했을 뿐 아니라, 서양의 예수회 선교사들에 의해 천주교 사상과 자연과학에 대한 지식이 광범위하게 소개되었다. 그리하여 자연과학에 대한 저술 활동도 활발하게 진행되었다. 철학적 사조는 송명 시대에 주류를 이루었던 이학(理學)의 위상이 약화되고, 기학(氣學)의 위상이 제고되었다.

그는 이러한 시대 상황에 주체적인 자세로 임하면서 민족과 민중에 대한 애정을 깊게 간직했다. 그는 당시 명왕조의 정책이 민중을 위한 것이 아니라고 생각했기에 개혁의 필요성을 강조했다. 그러나 그는 균등사상을 기치로 내걸면서 좀 더 근원적이고 구조적인 변혁을 요구하며 명왕조에 맞선 농민군의 항쟁에 대해서는 찬성하지 않았다. 이것은 그의 사상적 기반이 민중을 중시한 것임에 틀림없지만, 민중을 역사의 전면에 부각시키는 민중 주체의 관점이 아님을 드러낸 것이다.

그의 학문 영역은 철학과 역사뿐만 아니라 정치·사회·문학 등 광범위한 분야와 깊게 관련되어 있다. 철학의 분야에서도 선진유학, 성리학, 양명학은 물론 도가와 불교를 연구하여 방대한 저술을 남겼다. 그의 이론 탐구는 어느 분야든 소홀하게 취급하지 않고 깊이 있게 분석한 후 자신의 이론을 첨가하며 이루어졌다.

그는 비실제적이라고 생각하는 철학 이론들을 분석하여 비판했고, 실제적이라고 생각하는 이론들을 계승하고 발전시켰다. 특히 송명 시대의 중심적인 철학이었던 성리학과 양명학은 물론 불교와 도가의 이론 가운데 내용이 치밀하지 못하거나 실제적이지 못한 것으로 판단되는 면에 대해 강하게 비판했다. 따라서 그의 학문적인 경향은 현실을 배제하고 추상의 세계에 머무는 것이 아니라, 구체적인 현실의 문제를 인식함과 아울러 그것을 해결하려는 의지가 강했다.

인식론에서도 그는 인간 이외에 객관적으로 존재하는 대상을 승인하고 경험적인 인식을 중시했다. 그는 선험적인 앎의 추구보다 경험과 검증을 중시했다. 그는 실천과의 관계에서도 인식이 실천에 대해 반작용하기도 하지만, 궁극적으로는 실천으로 전화하는 것이라고 했다.

이와 같은 그의 사상은 정주학을 비판적으로 계승한 측면도 있지만, 다른 한편으로는 역동적으로 변화하는 당시의 시대 상황과 더불어 실질을 중시했던 후한 시대의 왕충, 북송의 장재, 명말 청초의 방이지 등으로부터 영향을 받았다.

또한 왕부지의 철학은 사대부들의 관점을 반영하는 것이었다. 그는 민중을 사랑하면서도 민중을 정치의 주체가 아닌 수동적인 대상으로 여겼다. 이것은 그가 오늘날의 민주주의 개념과 일정한 차이를 가지고 있는 유가의 민본주의를 기반으로 하는 정치적 관점에서 이론을 전개한 것에서 드러난다.

따라서 왕부지는 급격하게 변화하는 역사의 소용돌이 속에서 시대적인 한계를 벗어나지 못한 점도 있지만, 다른 한편으로 이전 철학자들의 다양한 사유 방식을 체계적으로 분석하고 종합하여 새로운 철학 세계를 열어 가는 초석이 되었다.

실학의 역사적 가치

이상에서 살펴본 '실학'이라는 새로운 사상 체계는 특수한 역사적 지위를 가지고 있었다. 즉 『명청실학사조사』에 보면 "실학은 고루한 중국 전통문화가 근대 신학으로 통하는 교량이며 근대의 진보적 학자들이 봉건제도를 비판하는 이론적 선구이다."라고 기술하고 있다. 이는 실학이 비록 새로운 전통문화를 반영한 의식은 아니지만, 근대적 요소가 반영되어 있으면서도 근대사상에 완전히 이르지 못했다는 이중적 성격을 지니고 있음을 알 수 있게 한다.

그러나 우리는 실학의 역사적 의의를 과소평가해서는 안 된다. 실학은 시대적 요구에 부응하여 이학(理學)의 논지를 총체적으로 비판하고 계몽의식 등 근대의식의 이론적 선구가 되었다. 그리고 송명이학을 비판함으로써 봉건사회의 낡은 관념의 속박을 씻어 내고 사상 해방을 불러일으켰으며, 새로운 생산적 발전의 길을 개척했다.

그럼에도 불구하고 실학은 봉건이라는 모체에서 나온 관계로 그 역량이 매우 미약했고 계급 관계 역시 분명히 하지 못하였으므로 그 불완전함을 드러냈다. 그리고 실학에는 여전히 구시대적인 사상적 흔적이 남아 있었고 이와 복잡하게 얽혀 있었다. 따라서 후에 이어지는 근대사상과는 확연히 구분된다.

동양의 지혜를 찾아서

3

근대사상의 주역들:
사유의 대변혁

중국에 있어 1840년 아편전쟁 이후 1919년 5·4운동 전까지의 사상을 흔히 '근대사상'이라 한다. 이 시기에 중국 사회는 거대한 변화를 경험하면서 근대 사회로 진입하게 되었다. 사상적으로는 전통철학이 막을 내리고 새로운 근대철학이 시작된 것이다.

봉건사회의 급속한 해체와 동시에 서구 문물이 밀려 들어왔다. 이 때문에 중국에서는 민족과 국가의 생존이 문제시되었고, 전통적인 중화문화에 대한 믿음도 약해졌다. 그러다 보니, 종전의 고증학으로서는 시대의 변화와 문제에 대응할 수 없게 되었다. 그리하여 공자진(龔自珍), 위원(魏源) 등 당시 대표적인 사상가들은 앞 시대의 잘못된 점을 개혁하고 경세치용을 적극 주장하였는데, 이것이 곧 중국 근대사상의 시작을 의미한다.

1851년부터 1864년까지 존속되었던 '태평천국운동'이 중국 근대사상에 미친 영향은 지대하다. 홍수전(洪秀全), 홍인간(洪仁玕) 등이 주장한 '평등'과 '대동'의 사상은 서구의 기독교 교의와 전통적인 중국의 이념이 결합된 것이었다. 그들은 상제(上帝)를 여호와의 위치에 놓고 오직 상제를 경외하며 중국의 위기를 극복하고자 했다.

엄복(嚴復)은 중화민족이 생사존망의 위기에 처하여 있을 때 '변법유신(變法維新; 법을 고쳐 낡은 제도 따위를 새롭게 함)'을 주장하였고, 진화론을 바탕으로 중국 사회 위기의 원인을 분석하고 스스로 부강할 것을 주장했다. 이 시기의 대표적인 사상가로는 강유위(康有爲), 담사동(譚嗣同), 양계초(梁啓超) 등이 있다. 그들은 유신운동의 이론적 기초를 세웠고 신문화운동에도 많은 영향을 주었다. 더군다나 중국에 서구의 사상을 전파하고 소개하는데, 강유위와 양계초는 대표적인 인물이다. 그들은 서구의 정치·경제·역사·철학 등 각 분야의 서적들을 번역하여 소개했다.

1911년(신해년)에 일어난 중국에서의 민주주의 혁명인 '신해혁명'은 그동안 2000년 이상 계속되었던 전제정치를 마감하고 중화민국을 탄생시켜 새로운 정치 체제인 공화정치의 서막을 열었다. 이리하여 유가에 의해서 지배되던 전통 사회는 끝나게 되었다.

대동의 희망을 품고 새로운 시대에 도전한 강유위

강유위(1858~1927)는 청대 말기 유신변법으로 백일유신을 선도한 개혁파의 핵심 인물이다. 광동성 남해현 봉건 관료 집안에서 태어난 강유위는 어릴 때 엄격한 유학 교육을 받으면서 자랐다. 처음에는 전통 유학을 공부하였으나 국가적 위기와 현실적 자각을 통하여 구

학문에 회의를 품게 되었다. 따라서 과거에 나가 벼슬을 하는 데는 관심이 없었다.

1879년 그는 홍콩에 갔다가 처음으로 서양의 자본주의 사상과 당시의 개량주의사조를 접했다. 1882년 상해에서 서양 서적을 대량으로 구입하여 서학 연구에 몰두한 그는 서양의 정치제도와 자연과학 지식을 소개한 책을 통하여 외국 자본주의 제도가 중국의 낡은 봉건제도보다 우수하다는 것을 알았다. 따라서 서양의 자본주의 국가를 모델로 중국을 개혁해야 한다고 주장했다. 저작이 매우 풍부하여 139종에 이르는데, 대표적인 것으로 『신학위경고』, 『공자개제고』, 『대동서』 등이 있다.

강유위는 공자진과 위원 등의 경세치용적 입장을 계승하여 봉건적 사상과 대립했다. 특히 그는 『신학위경고』에서 자신의 고증을 통하여 유가 경전 모두가 한나라의 유흠(劉歆)이 정치적인 수단으로 사용하기 위해 위조한 '거짓 경전'이라고 주장했다. 또한 그는 『공자개제고』를 통하여 '탁고개제(托古改制; 옛것에 의탁하여 제도를 바꿈)'를 주장했다. 즉, 육경은 모두 공자가 고대의 사적에 근거하여 자신의 제도 개혁사상을 선전하기 위한 것이라고 주장한 것이다. 삼대(하, 은, 주)는 이미 고찰할 수 없고 육경에서 말하는 요순도 존재하지 않는데 공자가 위조하였다고 했다. 이러한 그의 주장은 민주주의를 선정하고 봉건적 전제주의를 비판하고자 함이었다.

강유위는 『예기』에 나오는 '대동사회'에 관한 부분을 인용하면서 대동사회를 가장 이상적인 사회로 규정했다. 대동의 관념은 인간과 인간, 인간과 사물 사이의 모든 폐쇄적 경계를 타파하는 평등한 유대 관계, 즉 무차별적 소통성을 본질로 한다. 이 관계는 기계적이거나 논리적인 조합의 관점에서 외적으로 서로 분리된 요소들의 외면적 관계가 아니라, 내적으로 서로 감응하는 혈맥 소통적인 연대성의 관계이다. 이러한 관념을 규정하고 설명하기 위해 강유위는 '인(仁)'을 개체의 자립과 자주를 선행 조건으로 하는 소통적 연대성에 입각하여 재해석하는 동시에 불교와 장자의 관념들을 끌어들였다.

한편 강유위는 사회진화론의 옹호자로 평가받는다. 그는 일찍이 변법유신과 세계 각국의 변법의 역사를 소개하면서 '변화'는 자연계와 인류 사회의 가장 보편적인 법칙임을 강조했다. 이러한 그의 변화에 대한 관점은 '새것'으로 '낡은 것'을 대체해야 함을 강조하는 것이다. 다시 말해서 '자본주의'라는 새것으로 '봉건주의'라는 낡은 것을 대체해야 한다는 것이다.

그러면서도 그는 마지막 유학자로서의 면모도 잃지 않았다. 그는 인(仁)을 근본으로 하는 인애(仁愛)의 철학을 주장했다. 여기서의 '인'은 바로 '불인지심'이다. 이러한 마음은 모든 사람이 생득적으로 가지는 것으로서 그것은 사물 변화의 근원이며 심지어 '태평'과 '대동'도 모두 여기서부터 나온다고 했다. 그가 말하는 대동의 의미는 형이상학적 자기 인식에서 인간의 본질과 우주의 본질이 원기(元氣)라는 하나의 원리에 의해 구성된 것임을 직관하는 데서 나오는 자아와 세계의 동일성에 기초한다. 이 동일성의 가치적 표현이 형제애의 가능근거인 '인'이며 이것이 대동을 지향하게 되고 외적 실용학문에 관심을 갖게 하였다.

강유위는 변법유신운동만으로 기억되기에는 너무 그릇이 크고 영향력이 강한 철학자였다. 그는 근대 마지막 유학자이면서 동시에 서양사상가였다. 다시 말해서, 그는 유토피아적 사회사상가였지만 공자를 숭배했던 유교의 옹호자였던 것이다. 그래서 그는 중국의 전통 사상과 서양사상을 절충한 중국식 역사발전론을 전개했다는 평가를 받는 반면, 그가 말한 대동사회가 비현실적인 무정부주의 또는 공상적 사회주의에 가깝다는 평가도 받았다.

그러나 그의 사상이 19세기 동아시아 사회의 현실과 문제 그리고 가능성을 모두 보여 주는 시대의 거울이라는 점은 누구도 부인할 수 없다. 특히 강유위와 그의 제자 양계초의 사상과 책들은 조선의 선구적 지식인들에게 많은 영향을 미쳤다.

진정한 혁신주의자 양계초

강유위 못지않게 중국의 사회 개혁을 주도했던 사람이 바로 양계초(1873~1929)였다. 그는 광동성 사람으로 자는 탁여(卓如), 호는 임공(任公) 또는 음빙실주인(飮氷室主人)이다. 양계초의 생애는 보통 4단계로 나누어진다.

첫째는 무술변법운동과 이 운동의 실패로 일본에 망명하여 언론과 저술 사업에 진력했던 시기이다. 둘째는 입헌청원운동을 전개하면서 국내 입헌파와 연대하는 등 신해혁명에 간접적으로 영향을 미쳤던 시기이다. 셋째는 민국 이후 원세개(袁世凱), 장훈(張勳) 등에 반대하여 토벌에 나섰던 시기이다. 넷째는 만년에 청화대학 등에서 중국

문화사 등을 강의하며 청년을 지도하던 시기이다. 저서로『중국근삼
백년학술사』,『선진정치사상사』,『중국역사연구법』,『중국문화사』,
『음빙실문집』,『음빙실합집』,『음빙실시화』등이 있다.

양계초는 음양오행설, 도가철학, 주자학, 육왕학, 대진(戴震)의 철
학까지 두루 섭렵했으며, 서양의 칸트, 헤겔 철학까지 연구했다. 그
는 당시 유행하던 '유물(唯物)'과 '유심(唯心)'의 구분에 찬성하지 않았
다. 유물이나 유심은 모두 하나만 보고 고집하는 편견으로 세계의
문제를 정확히 설명할 수 없다고 보았다. 따라서 유물과 유심을 초
월하여 그 절충점을 찾아야 한다고 생각했다. 즉, 정신과 물질은 반
드시 상응(相應)해야 한다는 것이다.

그의 사상 가운데 또 하나 중요한 것은 '신민(新民)'에 관한 것이다.
그의 신민론은 일본에 망명했을 때 형성된 것으로서 복잡한 사회문
제에 대한 사고의 복합체이다. 그가 말하는 '신민'은『대학』의 중요
개념으로서 경세의 핵심은 도덕 수양과 사람에 대한 '혁신'임을 강조
하는 의미를 지닌다. 혁신이라는 의미에서 신민은 '새로운 공민'이라
는 개념으로도 사용된다.

그는 도덕을 두 가지로 구분했다. 하나는 공덕(公德)이고, 또 하나
는 사덕(私德)이다. 공덕은 집단의 응집력을 추진하는 도덕 가치를 말
하며, 사덕은 개인 도덕의 가치를 말한다. 이러한 관점에서 그는 전
통적인 중국의 도덕이 사덕에 편중되었던 것을 지적하고, 이를 변화
시키기 위해서 지금 가장 중요한 것은 공덕이라고 주장했다.

또한 그는 왕명학의 양지설을 찬성하여 칸트의 사상과 결합하여
해석했다. 그는 칸트의 '자유의지'의 개념을 극찬하면서 칸트의 이론

에 따르면 사람의 생명은 두 가지 종류가 있다고 말한다. 하나는 물질적 신체의 생명으로서 필연법칙의 지배를 받으며 자율적이지 못하다. 또 하나는 본질생명으로서의 '참된 나(眞我)'인데, 이는 곧 양심(良心) 혹은 양지(良知)로서 시공을 초월하여 그 어떤 물질적 조건의 제약도 받지 않는 '생동하는 자유'이다. 이러한 자유의지는 선을 택하든 악을 택하든 스스로 선택할 수 있음을 뜻한다.

양계초는 경제 발전을 위해서는 국가나 정부가 민간에게 이권이 걸린 사업에 대하여는 그 설립권, 운영권 등을 넘겨줌으로써 민간경제가 보다 활성화될 수 있도록 해야 한다고 주장하였다. 그리고 지방과 지방 사이, 국가와 국가 사이에 자유교역이 확대되어야 한다고 주장했다. 또한 그는 중국 경제를 위해 '실업진흥론'과 '금융화폐론'을 주장한다.

또한 그는 모든 국민은 상업 · 농업 · 공업 등 각 부문에서 이전과 다른 경영 기법을 찾아야 함을 강조했다. 그는 신기업이 당장 성과를 내기 어렵다면 우선 구기업이라도 재정비하여 생산을 안정 궤도에 올려놓아야 한다고 주장했다. 국민 경제를 위기로 내모는 데는 화폐제도의 문란과 은행제도의 미비 역시 큰 문제라고 지적했다.

양계초는 국민 교육에도 많은 관심을 보였다. 그의 국민교육사상은 근대 국가 건설에 필요한 인적 자원 확보 차원에서 제기되었다. 소위 국가 계발을 모토로 한 국민의 지적 능력 향상이었다. 이를 위해 그는 국민보통교육론, 사회교육론, 경세교육론, 국민계몽론 등을 전개하였다. 앞의 셋은 국민정치 방면에 관심을 두고 진작되었고, 국민계몽론은 문예부흥과 직결된 국민문화운동이었다. 이 때문에 그의 1900년 전후의 초기 교육사상은 국민주의가 우위를 보였고, 1920년대의 후기 교육사상은 국가주의가 우위를 보였다. 1920년대 그는 국가가 이미 국민을 계도할 능력을 잃었다고 보았으며 그리하여 국민 각자의 인성 계발에 주력했다.

양계초의 사상은 우리나라에도 많은 영향을 주었다. 근대 서구적 의미의 '애국' 개념을 조선에 소개한 그의 『애국론』이 황성신문과 독립신문에 게재된 것은 1899년이었다. 그리고 조선의 주권이 빼앗기기 시작한 1905년부터는 그야말로 '양계초 붐'이 일어났다. 안창호 등 근대 학교 설립자들은 양계초 소설과 논문들을 한문 독본으로 쓰고 신문과 잡지들도 양계초의 글들을 번역해 실었다.

『이태리건국삼걸전(伊太利建國三傑傳)』의 4종류 번역판 중 하나는 신채호가 내고, 초기 교육개혁의 청사진인 『학교총론』의 번역은 박은식이 맡고, 약육강식의 세계에서 미래를 논하는 양계초의 여러 글들은 장지연이 옮겨 『중국혼』이라는 단행본으로 내었다. 원로급들은 물론, 문일평이나 최남선 등의 차세대 문화운동가들도 양계초의 글들을 번역하고 게재해 그를 '근대의 교사'로 평했다.

그러나 양계초에 대한 비판적인 평가도 많다. 그중 가장 두드러지는 것은 그가 일정하게 혁명론을 고취·견지하지 않았다는 것이다. 실제 그는 1899년 강유위가 조직한 보황회에 참가한 탓에 그에게서 오랫동안 '보황파'란 꼬리표가 따라다녔다. 더욱이 민국 초기에는 임시대총통 원세개를 지지하여 진보당의 실질 당수로 활동하였고, 또 원세개의 국민당 탄압을 수수방관하기도 했다.

근대사상의 시대적 가치

근대 중국 사회에서 강유위나 양계초만큼 뚜렷한 족적을 남긴 사람도 없을 것이다. 전통사상과 서양사상을 절묘하게 절충하여 중국식 역사발전론을 전개하였다. 그럼에도 불구하고 시대적 한계를 극복하지 못하여 그들의 이상을 제대로 펼쳐 보지 못했다. 그리고 모든 인류의 보편적 가치에 대해서 논했지만, 문명·민족·인종 등에 대해서는 서구 식민주의적 관점을 탈피하지 못했다는 비판을 받기도 한다.

그러나 적어도 그들의 꿈과 좌절이 변화를 강요받던 19세기 동아시아 사회의 현실과 문제, 그리고 가능성을 모두 보여 주는 시대의 거울이라는 점에 대해 부인할 사람은 없을 것이다. 특히 이웃 나라 조선에까지 그들의 사상은 큰 영향을 주었다. 조선의 앞선 지식인들에게 그들의 사상과 책들은 모범 교과서의 역할을 했다. 조선의 지식인들도 자신들의 전통을 부정하지 않으면서 새로운 시대의 변화를 주도할 새로운 사상이 절실했기 때문일 것이다.

4

조선의 실학 및 근대사상: 새로운 시대에 눈을 뜨다

　중국에서의 18세기 말에서 19세기에 이르는 시기의 사상적 변화는 이웃 나라 조선에서도 비슷한 양상을 보였다. 청나라에 강희제와 건륭제가 있던 시기에 조선에는 영조와 정조가 있었다. 영조와 정조 때 조선에서는 정치적 개혁이 시작되었고, 학술 출판 사업 등이 활발하게 전개되는 등 이른바 조선의 르네상스 시대를 맞이했다. 일종의 지각변동을 준비하고 있었던 것이다. 청나라가 그랬듯이 조선에서도 새로운 학문의 경향이 싹트고 있었다. 경직된 학문 풍토와 초월적 세계를 규명하려는 이론적 시도를 넘어서서 현실에 발을 붙이고 미래를 바라보는 새로운 지적 성찰이 생겨나기 시작했다.

　청나라의 새로운 학풍인 고증학이나 서학은 조선 후기 학자들에게 세계를 새로운 눈으로 보게 해 주었다. 이들은 토지제도나 조세제도와 같은 사회 경제적인 측면에서부터 역사, 지리, 군사 등 여러 분야를 실용적 관점에서 연구하기 시작했다. 이렇게 조선 후기의 새로운 학풍을 이끈 학자들과 그들의 학문을 '실학'이라 부른다. '실학'이란 용어는 1930년대 최남선이 『조선역사』에서 처음 언급한 이래 여러 학자들에 의해 일반화되었다. 그런데 실학은 조선 후기의 특정한 학파나 학풍만을 가리키는 고유명사는 아니다. 중국이나 일본에서도 특정 학파의 학술이라기보다는 한 시대의 학문적 경향을 가리키는 용어로 사용되었다.

그렇다면 조선의 실학은 어떻게 정의해야 하는 건가? 일반적으로 실학은 '성리학의 이념 논쟁을 극복하고 근대 사회를 지향했던 조선 후기의 진보적 사상' 정도로 이해한다. 그런데 이러한 상식적 정의 이면에는 보다 다른 문제가 포함되어 있다. 근 현대 학자들이 조선 후기의 학풍을 실학이라고 정의하고 주목한 데는 실학에서 '우리 스스로 근대화할 수 있는 힘'을 찾으려는 의도가 깔려 있었다. 비록 근대화는 외세에 의해 이루어졌지만 조선 후기에 우리 스스로 근대화를 이룰 힘이 있었고, 그 힘의 원동력이 바로 실학이라고 보았기 때문이다.

이처럼 실학은 단편적으로만 이해할 것이 아니라, 그 내면의 의식까지 이해해야만 사상적 의의와 풍요로움을 놓치지 않는다.

실학의 선구자 이익

성호 이익(李瀷; 1681~1763)은 조선 후기 새로운 사상적 경향의 문을 연 사람이었다. 그 자신의 학문도 다양하고 깊이가 있었지만, 그의 제자들에 의해 새로운 사상의 깊이를 더했기 때문이다. 이익의 삶은 그리 성공적이지는 않았다. 당쟁으로 부친 이하진(李夏鎭)과 형 이잠 (李潛)을 잃은 정치 싸움의 피해자였다.

　그는 1681년 당쟁에 휘말려 귀양을 다니던 부친의 유배지였던 운산(평안북도 벽동군 운산)에서 막내로 태어났다. 자는 자신(自新), 호는 성호(星湖)이다. 부친은 이익이 태어난 다음 해에 세상을 떠났다. 어머니 밑에서 비록 어려운 삶을 살았지만, 이익은 시대를 염려하는 올곧은 학자로 성장했다. 양반의 신분이긴 했지만 벼슬길은 막혔고 직접 농사를 지으며 살았다. 따라서 그의 사상은 늘 땅과 땅에 사는 사람들의 삶에 초점이 맞추어졌다.

　재야에 묻혀 산 선비였지만 그의 학문이 뛰어날 수 있었던 것은 그의 부친이 남긴 책의 영향이었다. 그의 부친이 사신으로 중국을 왕래하면서 수천 권의 책을 사 가지고 왔는데, 이 책들이 이익이라는 사상가를 낳은 자양분이 되었다. 그리고 그가 집 안에만 안주하지 않고 여러 곳을 유람하며 사람 사는 이치를 배웠던 것도 그의 학문적 깊이를 더하는 배경이 되었다. 결국 정치 무대에는 나가지 않았지만, 넓은 세상을 바라보는 큰 시야를 지닌 학자였다. 또한 그는 수많은 제자들을 길러 낸 훌륭한 스승이기도 했다. 그의 문하에서 신후담, 안정복, 이가환, 이승훈, 권철신, 정약용 같은 이름난 학자들이 많이 배출되었다.

　이익은 특별한 학파나 당파에 얽매이지 않고 넓은 시야에서 다양한 학문적 흐름을 받아들였다. 청나라와 서양의 책들을 접해 온 이익에게 더욱 중요했던 것은 실용적인 학문이었다. 그는 현실 사회에 대한 관심을 바탕으로 천문 · 지리 · 농법 · 병법 등의 책을 다양하게 읽은 박식한 학자였다. 그가 남긴『성호사설(星湖僿說)』에는 인용한 책만 1,000여 권이 넘는다고 한다.

그러나 그의 근본적인 관심은 고대 유학의 경전을 현대에 맞게 해석하는 일이었다. 사서오경을 읽고 주석서를 남기기도 했다. 그러면서 그는 서학서를 함께 읽었다. 서학은 그의 학문에서 중요한 축이었다. 마테오 리치가 쓴『천주실의(天主實義)』, 알레니가 쓴『직방외기(織方外紀)』등 여러 종의 서학서와 서양 학문을 접한 이익은 서양 학문과 과학에 대해 비교적 객관적이고 중립적인 태도를 견지했다. 그러나 그는 유학과 충돌할 여지가 있는 종교적 주장에 대해서는 거리를 두었다.

이익은 경서를 연구하는 목적이 세상에서 활용하기 위한 것이라고 분명히 말한다. 경서를 논하면서 천하의 일에 아무 쓸모가 없다면 부질없는 것이라 했다. 따라서 현실의 문제 해결에 활용되지 못하는 경학은 관념적 학문에 불과하다고 보았다. 관념적 학문을 넘어서 실제 생활에 보탬이 되는 학문을 주장했다는 것은 그의 학문이 경학을 넘어 경세치용의 학문으로 나아갔음을 의미한다. 이러한 관점에서 그는 정치·경제·사회에 대한 각종 제도 등 현실 사회 전반의 문제들을 비판하고 나아갈 방향을 제시했다고 볼 수 있다.

이익이 가장 중요하게 생각했던 것은 농업의 발전을 통한 사회 안정이었다. 농촌 공동체가 안정되어야 사회가 발전할 수 있다고 본 그는 농업을 중심으로 각종 제도를 개혁해서 농업을 사회 운영의 축으로 삼아야 한다고 주장했다. 농업이야말로 부의 원천이며 백성들을 도덕적인 풍토로 이끌 근본이라고 생각했던 것이다. 이러한 주장 때문에 후대의 학자들이 그를 '성호학파(중농학파)'의 선구자로 분류하여 북학파(중상학파)와 구별했다.

이익이 농업을 중시했던 데에는 절용(節用)이라는 의식이 전제되어 있다. 농업 이외의 산업, 상업 등은 불필요한 욕망을 불러일으켜 사치와 과소비를 조장하게 된다고 보았기 때문이다. 따라서 오직 농업을 통해 경제를 꾸려 나가야 빈부격차나 가난한 자가 굶어 죽는 폐단이 없어진다고 생각했다. 이러한 농업을 통해 국가 경영을 안정시키고 백성들을 도덕적으로 이끈다는 것은 전통적인 유학 이념이라 할 수 있다.

하지만 이익의 사상은 여기서 머무르지 않는다. 그는 농업공동체를 중심으로 사회 개혁을 이루기 위해서는 선비들도 농민과 똑같이 노동해야 한다고 생각했다. 심지어 관리들도 농업을 하는 자 중에서 능력 있는 자를 뽑아야 한다고 주장했다. 양반 중심 사회의 조선시대에 이러한 발상은 실로 획기적인 것이었다. 이는 묵가사상에서 강조하는 절용 및 상현(尙賢)의 정신과도 다르지 않다.

이러한 가치를 지닌 사상이건만 단지 초야에 묻혀 지낸 선비로서의 그의 학설은 사회에 적용되지는 않았고, 그의 학문은 이후 정약용 등 후학들에게 이어져 실학이라는 새로운 학풍을 여는 계기가 되었다.

북학파의 홍대용

이익이 중국에서 들여온 다양한 책을 통해 세상을 보는 눈이 넓어졌다면, 홍대용은 직접 중국에 가서 견문을 넓혔다. 홍대용(洪大容, 1731~1783)은 영조 7년 나주 목사를 지낸 홍력(洪櫟)의 아들로 태어났다. 자는 덕보(德保), 호는 담헌(湛軒)이다. 그는 매우 박학다식하고 다재다능했다. 어려서는 유학 공부와 더불어 거문고도 배웠고, 혼천의 · 자명종을 만드는 등 과학 기술에도 뛰어났다.

그의 인생을 크게 바꾼 것은 36세 때 작은 아버지를 따라 북경에 간 일이다. 북경에 머문 3개월은 그의 인생과 학문에 큰 전환기가 되었다. 북경에서 그는 서양의 새로운 기계와 서적들을 접할 수 있었다. 그곳에서 그는 오르간 · 자명종 · 망원경 등을 구경하고 태양의 흑점에 대해 질문하는 등 서양 학문에 대한 지적 호기심을 펼쳤고, 이러한 경험이 그에게 세상을 보는 눈을 바꾸게 했다.

이후 그는 서학서를 통해 서양의 천문학 등 과학 기술을 배우면서 그에게는 사상적 변화가 일어났다. 과학 이론을 통해 그는 중국이 세계의 중심이 아닐뿐더러 지구도 우주의 중심이 아니라는 것을 알게 되었다. 이는 물론 실측이나 과학적 원리에 의한 결론은 아니지만, 서양의 과학 이론을 인정함으로써 그는 세계를 객관적이고 상대적으로 판단할 수 있었다. 예를 들어, 그는 중국이 세계의 중심이라는 중화주의를 거부하고 세계 각지가 모두 각각의 중심일 수 있음을 알았다.

모든 것은 보는 관점에 따라 달라진다. 사람의 관점에서는 사람이 귀하고 사물이 천하지만, 사물의 관점에서는 그 반대가 된다. 별들의 각도에서 보면 지구는 하나의 별이다. 그런데 지구가 하늘의 중심에 있다는 것은 있을 수 없는 일이다. 이러한 입장에서 홍대용은

'지구가 둥글다'는 지구설(地球說)을 넘어서 '지구가 돌고 있다'는 지전설(地轉說)까지 받아들인다. 결국 그는 우주 전체에서 본다면 인간과 사물은 모두 같다고 보게 되었다. 이러한 시야야말로 세계를 보는 진보적 세계관의 토대가 되었다.

그의 진보적인 생각은 비단 과학 기술을 이해하는 데만 머물지 않았다. 같은 맥락에서 그는 근본적으로 사회 구조를 바꾸어야 한다고 주장했다. 그중 하나가 신분제에 대한 개혁이었다. 그는 신분에 관계없이 교육의 기회를 주어 능력이 있는 자라면 과감히 등용해야 한다고 주장했다. 그리고 신분과 관계없이 누구나 자신의 생각을 밝힐 수 있는 공적 발언권을 가져야 한다고 말했다. 또한 그는 토지제도의 개혁도 강조했다. 그가 제시한 전제개혁안은 균전제(均田制)를 원칙으로 한다. 그것은 농민에게 토지를 균등하게 나누어 주고 그 대신 지대로서 10분의 1세를 국가에 납부하는 제도이다.

홍대용은 실용의 정신으로 백성을 이롭게 하는 정책을 통해 사회를 바꾸고자 한 조선 후기의 대표적 개혁론자였다. 그와 비슷한 발상으로 청나라의 선진 문물을 배우고 상업을 진흥시켜야 한다고 주장한 박지원, 박제가 등의 학자들을 묶어 '북학파'라 한다. 북학파는 만주족이 세운 오랑캐의 나라라고 하여 무시하던 청나라의 문물을 수용해서 백성들의 생활에 실질적인 도움이 되도록 해야 한다고 주장한 조선 후기의 개혁론자들이었다.

이는 분명 개방적인 태도였다. 이들은 이런 태도를 통해 자신의 전통과 현재를 새롭게 조명했던 사람들이었다. 그들은 조선 후기라는 교착된 시대를 헤쳐 나갔던 개방적이고 진취적인 세계관의 소유자들이었다.

실학의 집대성자 정약용

보통 정약용(丁若鏞, 1762~1836)이라 하면 조선 실학을 집대성한 위대한 사상가로 평가한다. 그리고 고대 유학의 실천 윤리를 바탕으로 서양의 철학과 과학 등 새로운 이론들을 받아들여 당대의 학문을 비판하고 혁신하고자 한 비판적 철학자였다. 그러나 그의 삶은 그리 순탄하지 않았다.

정약용은 1762년 영조시대 경기도 광주에서 정재원의 넷째 아들로 태어났다. 자는 미용(美鏞)이고, 호는 다산(茶山) 혹은 여유당(與猶堂)이다. 그의 가계는 실로 대단하다. 어머니는 윤선도의 손녀이고, 정약전과 정약종은 형이며, 이승훈은 매형이고, 황사형은 조카사위다. 한 시대의 주요 인물들이 일가를 이루었다.

부친 정재원은 영조에 이어 왕위를 물려받은 정조에게 등용되었고, 정약용은 가족과 함께 한양에서 살았다. 한양은 지적인 욕망으로 가득 찬 청년 정약용에게는 새로운 세상이었다. 한양에서 그는 이가환, 이벽, 이승훈 같은 성호학파의 인물들과 교류하면서 그들의 학문을 흡수하였다. 형이 이익의 뛰어난 제자 중 한 사람이었던 권철신에게 배우면서 그 역시 권철신을 통해 이익과 윤휴의 사상을 배울 수 있었다.

그의 나이 23세 때 그의 삶 전체를 뒤흔들어 놓은 새로운 학문을 만났는데, 바로 '천주교'였다. 형수의 사망 소식을 접하고 고향으로 내려가는 뱃길에서 사돈뻘인 이벽을 만나 천주교에 대해서 처음 들었다. 이벽의 이야기는 놀라운 것이었다. 천지 만물이 천주(天主)라는 상제에게서 시작되었고, 우리의 영혼은 영원히 불멸한다는 것이었다. 큰 충격을 받은 정약용은 나중에 이벽을 직접 찾아『천주실의』를 빌려 보았고, 곧 새로운 사상에 매혹되었다. 이를 통해 주자학과는 다른 방식으로 우주 만물을 이해할 수 있음을 알게 되었다.

그러나 1791년 진산(珍山) 사건은 정약용으로 하여금 큰 충격에 빠지게 했다. 진산 사건은 윤지충이라는 천주교 신자가 천주교 의식에 따라 제사를 거부하면서 위패를 불태웠다는 이유로 청형당한 사건이다. 이 사건으로 천주교 신앙 문제가 조선 사회에 최초로 표면화되었다. 그리고 이 일을 계기로 조선에서 천주교는 공식적으로 금지되었다.

윤지충의 외사촌이었던 정약용은 이 일로 큰 충격을 받았다. 진산 사건으로 정약용은 천주교에서 발을 뺐지만 그가 천주교를 받아들였다는 꼬리표는 그의 일생 따라다녔다. 그럼에도 불구하고 서학은 정약용의 사상에 자양분이 되었고, 주자학을 넘어서는 새로운 학문을 시도할 수 있는 밑바탕이 되었다.

정약용에게는 천주교만큼이나 중요한 또 다른 만남이 있었는데, 바로 정조 임금과의 만남이었다. 정조를 빼고는 정약용을 이야기할 수 없을 정도다. 정조는 당시 권력을 잡고 있던 노론(老論)을 견제하기 위해 민본주의적인 개혁 성향의 인물들을 대거 기용했는데, 그중 가장 대표적인 인물이 바로 정약용이었다. 노론을 견제하기 위해 남인(南人)에 속했던 정약용을 불러들여 왕권을 강화하고 개혁을 추진하게 했다. 그는 정조의 후원으로 승승장구했다. 화성의 건축에 참여한 것도 이때였다.

그러나 그의 발목을 잡은 것은 젊은 시절 받아들였던 천주교였다. 결국 정조가 죽자, 노론세력들의 모함에 의해서 정약용은 천주교에 관계했다는 명목으로 무려 18년간이나 유배 생활을 해야만 했다. 그러나 유배 생활이 그에게는 새로운 인생의 시작이 되었다. 18년간의 유배 생활은 그를 동아시아 전체를 통틀어 가장 뛰어난 사상가 중한 명으로 만들어 놓았기 때문이다.

정약용의 철학에 대한 일반적인 평가는 그가 주자학적 사유의 틀을 넘어서는 새로운 철학을 세웠다는 것이다. 주자학적 이기론은 당시 지식인들에게 넘어설 수 없는 정통성 그 자체였다. 양명학마저 주자학과 다르다고 하여 받아들이지 않을 정도였다. 그래서 이기론을 넘어선다는 것은 일종의 모험이 아닐 수 없었다. 그러나 정약용은 태극, 이기, 음양오행과 같은 전통적인 주자학적 개념들을 다르게 해석하는 모험을 시도했다.

정약용은 먼저 이(理)는 절대적인 원리가 아니라, 기(氣)에 의존하는 속성으로 보았다. 독립적으로 존재하는 것이 '기'이고, '이'는 다른 것에 의존해서 존재하는 일종의 속성일 뿐이라는 것이다. 이러한 관점은 분명 마테오 리치가 『천주실의』에서 '기'를 자립자(自立者)로, '이'를 자립자에 의존하는 의뢰자로 본 것에 영향을 받은 듯하다.

그는 태극에 대해서도 주자학과 다른 해석을 시도했다. 즉, 모든 '이'를 총합한 근원적인 '이'가 태극이 아니라, '기'의 원형이 태극이라고 하였다. 그는 우주 만물의 근원인 이치라는 태극의 지위를 인정하지 않았다. 왜냐하면 태극이나 '이'는 형체도 없고, 감정도 없으며, 지각활동도 하지 않는 등 아무런 인격적 측면이 없다고 보기 때문이었다. '어떠한 지적 능력이나 인격적 특성이 없는데, 어찌 인간과 만물을 주제한다는 말인가?' 이것이 정약용의 질문이었다.

그리고 정약용은 천을 '이(理; 이치)'로 보지 않았다. 그에 의하면 주자의 가장 큰 한계는 천을 단순히 이치로 본다는 점이다. 그래서 그는 천을 이치로 보지 않았다. 하늘은 물리적인 푸른 하늘도 아니며, 그 자체 인간의 지배자도 아니다. 하늘의 진정한 주재자는 고대 유학에 등장했던 상제(上帝)로 보았다. 인간을 비롯한 만물에게 가장 근원이 되는 인격적인 존재가 바로 상제였다. 이 또한 마테오 리치의 『천주실의』의 내용과 크게 다르지 않다. 단지 정약용의 생각이 마테오 리치와 다른 점은 상제를 신앙의 대상이 아니라 인간의 도덕적 근거로 인식한다는 점이다.

또한 정약용은 본성의 의미도 주자학과는 다르게 해석했다. 주자학에서의 성(性)은 태극이 나에게 들어온 것이지만, 정약용은 본성은 태극과 관계없이 단지 좋아하고 싫어함의 기호(嗜好)일 뿐이라고 주장했다. 좋아하고 싫어하는 성향이 인간의 본모습이라는 것이다. 물론 이때 좋아하고 싫어함의 대상은 일반적인 욕망의 대상이 아니라 도덕적인 성향을 말한다. 사람은 본성상 도덕적인 것을 좋아하고 부도덕한 것을 싫어한다는 것이다. 이와 같이 그는 본성의 문제까지 주자학적 테두리를 벗어났다.

같은 맥락에서 정약용은 인간이 선을 택하고 악을 버리도록 결정할 수 있는 주제적 판단과 선을 행할 수 있는 능동적인 실천 능력이 있다고 믿었다. 정약용은 하늘이 사람에게 자유롭게 결정할 수 있는 권한, 즉 자주지권(自主之權)을 부여했다고 주장했다. 이 자주의 권한이 있기 때문에 사람은 선을 행할 수도, 악을 행할 수도 있다는 것이다. 물론 정약용의 자주지권이 근대적 의미의 개인의 자유와는 다르다. 그러나 강제된 규범을 억지로 따르는 수동적인 인간이 아니라, 스스로 선택하여 실천하는 능동적 인간의 모습을 보여 준다는 점에서 충분히 근대적 성격을 지닌다.

이밖에도 정약용은 민본주의를 바탕으로 하는 구체적인 개혁안을 제시했는데, 「원목(原牧)」과 「탕론(湯論)」에 잘 드러나 있다. 「원목」에서는 피치자로서의 백성과 치자로서의 수령의 관계를, 수령이 백성을 위해 존재하는 것으로 규정하였다. 그리고 「탕론」에서는 중국 봉건사회의 역성혁명을, 예를 들어 민권사상의 정당성을 논증하였다. 즉, 천자(天子)는 하늘이 내린 존재가 아니라 백성에 의해 존재하기 때문에 백성이 그의 행동에 찬동하지 않으면 천자를 다시 뽑을 수 있다고 말했다. 아울러 그는 군주제를 백성들의 협의회로 대체하자고 주장했다. 이는 당시 조선에서는 실현 불가능한 것이었다. 그러나 그것은 평등한 사회를 바라는 백성들의 요구를 반영한 것으로, 반봉건적이며 민주적인 계몽사상이었다.

또한 그는 인재 등용의 중요성을 강조했다. 즉, 당파나 당색, 그리고 지역이나 신분 등에 구애받지 않는 공평한 인사 정책을 펼쳐야 한다고 주장했다. 그뿐만 아니라 그는 민본사상을 바탕으로 당시의 피폐해진 민생의 구제를 위해서 전제의 개혁도 주장했다. 개혁을 실행에 옮기던 시기에는 여전제(閭田制)를, 이후 농민의 생활을 직접 관찰할 수 있었던 유배 시절에는 정전제(井田制)를 주장했다. 여전제는 30가구를 1여로 공동 경작하여 공평하게 분배하는 제도이고, 정전제는 토지를 우물정자로 9등분하여 가장자리 8개의 토지는 개인이 소유하고 가운데 토지는 공동으로 경작해 국가에 세금으로 바치는 제도이다.

이와 같이 정약용은 너무나도 다양한 분야의 개혁을 시도했다. 청나라의 고증학과 서학을 개방적이고 포용적인 자세로 받아들였기 때문이다. 그러나 그는 고증학의 실증적 태도 등 객관적 학문 자세는 충실히 따랐지만, 실증이라는 수단에만 빠지지 않고 실용이라는 목적을 추구했다. 즉, 인간과 사회가 보다 풍요롭게 사는 것을 추구하였다.

실학의 시대적 가치

앞서 살펴본 성호 이익, 담헌 홍대용, 다산 정약용 같은 인물들은 당대의 주류 철학에 대한 비판적 성찰을 통해 자기 목소리를 낸 개혁사상가들이다. 그리고 이들은 경세치용과 이용후생적 사유 체계를 지녔기에 그들을 '실학자'라 부른다. 그런데 이들은 대부분 여러 가지 이유로 정치적인 인정을 받지 못하고 재야에 묻혀 세계를 변혁할 자기 이론을 구축해 나간 은둔의 학자들이기도 했다. 이 때문에 이들의 사상은 대부분 당대에는 인정받지 못했다.

그러나 이들의 사상적 모험은 실현 여부와 관계없이 시대의 모순과 불합리를 개혁하고 백성들의 삶을 풍족하게 만드는 실천적인 문제에서 떠나지 않았다. 그리고 이들의 사상적 진보는 외세의 각축장으로 변하게 되는 조선 후기 사회가 자생적으로 자기 문제를 극복할 수 있는 힘을 가지고 있었음을 보여 주는 중요한 징표가 되었다. 이들의 사상은 고스란히 조선 후기 개화사상으로 계승되었다.

근대사상, 마음의 문을 열다

19세기 조선 후기 사회는 정치의 부패로 인하여 민생의 파탄과 제국주의 열강의 도전이라는 이중적인 과제에 직면하고 있었다. 즉, 대내적으로는 세도정치와 삼정(三政; 전정田政, 군정軍政, 환정還政)의 문란으로 인하여 정치적 혼란과 민란이 끊이지 않았고, 대외적으로는 서양 함선이 출현하여 통상을 강요했다. 이는 조선의 지식인들로 하여금 위기의식을 가지게 했다.

이러한 내부적인 모순과 외부적인 도전으로 인한 위기의식 속에서 특히 1870년대 개항을 전후하여 몇 가지 대응 논리가 대두되었다. 서구 열강들의 도전을 제국주의적 침략으로 규정하여 그들의 문명 일체를 배격하고 유교적 문물을 계승하여 민족 보전의 길을 찾아야 한다는 '위정척사(衛正斥邪)사상'과 서구 문명을 적극적으로 수용하여 근대적인 개혁을 시도하고자 한 '개화(開化)사상'이 그것이다.

위정척사란 '바른 건 지키고 사악한 것은 물리친다'는 의미이다.

여기서 바른 것은 곧 성리학과 조선의 문화이며, 물리쳐야 할 것은 조선의 성리학과 문화와는 다른 이질적인 사상과 문화 모두를 의미한다. 대표적인 인물로 이항로, 최익현, 유인석 등을 들 수 있다. 그들의 위정척사는 무조건 서양 문물을 배척하는 극단적 보수 성향을 띠었다는 비판을 받기도 한다. 그러나 그들은 온 국민이 단결하여 자주적으로 나라의 위기를 이겨 내고, 특히 인륜(人倫)을 보전해야 한다는 사명감 또한 뚜렷했다는 점에서는 결코 과소평가되지 않는다.

반면에 개화사상가들은 위정척사론자들과는 다른 각도에서 나라의 위기를 극복하려 했다. 그들은 궁극적으로 서구 시민사회의 이념과 제도를 수용하고 자본주의적 생산 약식을 도입하여 부국강병을 달성함으로써 시대적 과제를 해결하려 했다. 또한 대외적 국제 관계에 대한 인식에 있어서도 그들은 제국주의 열강을 선진문명국으로 인정하고 통상개국을 통하여 나라의 부(富)를 증진해야 한다고 생각했다. 개화파의 이러한 입장은 이미 서구 시민사회와 자본주의적 생산 양식, 그리고 근대적 국제 질서에 대한 이해를 반영하는 것이다. 이러한 개화사상은 실학사상 가운데서도 특히 북학파의 영향을 많이 받았다.

개화사상의 대표적 인물로는 김옥균, 서재필, 홍영식, 박영효, 서광범, 김윤식, 신기선, 김홍집 등을 들 수 있다. 그들은 후에 온건적 성향을 지녔던 '동도서기(東道西器)적 개화파'와 급진적 성향을 지녔던 '변법(變法)적 개화파'로 나뉘었다. 동도서기적 개화파는 동양의 도(道)를 중시하면서 서양의 기술을 받아들이자는 것이었다. 김윤식과 신기선 등이 바로 이러한 입장에 있었다.

김윤식은 유학의 육예(六藝)의 차원에서 서양의 과학 기술을 수용해야 한다고 주장했다. 그는 조선은 문명국가이므로 시무(時務; 시급한 일)에만 힘쓰면 된다고 했는데, 그가 말하는 시무는 가난을 제거하여 백성을 구휼하는 데 힘쓰며 조약을 잘 지켜 우방과 틈이 벌어지지 않도록 하는 것이었다. 그러나 그는 서양의 종교는 근본적으로 거부했다. 서양 종교를 수용할 경우 동양의 윤리 질서가 해체될 것이라고 보았기 때문이다.

신기선 또한 분명한 동도서기론을 전개했다. 그는 도(道)는 바뀔 수 없는 것이지만, 기(器)는 시대와 장소에 따라 바뀔 수 있다고 보았다. 이러한 논리로 그는 동양의 도를 잘 간직한 채 서양의 기를 융합해야 한다고 주장했다. 다시 말해서, 동양의 전통적인 도덕규범을 준수하면서 서양의 문물을 수용해야 한다는 것이었다. 이러한 그의 동도서기론은 1894년 이후에 자주개화사상으로 승화되었다. 즉, 개화는 결코 외세에 의해 이루어져서는 안 되며 자주적인 차원에서 이루어져야 한다는 것이다.

한편 급진적으로 개화사상을 전개했던 사람들도 있었다. 대표적으로 김옥균, 박영효 등을 들 수 있다. 김옥균은 조선이 발전하지 못하는 이유는 양반(兩班)이라는 신분 체제와 그들의 횡포에 있다고 믿었다. 따라서 문벌제도를 폐지하고 유능한 인재를 등용하며 널리 학교를 세우고 서양의 종교를 받아들여 교화에 힘써야 한다고 주장했다. 그의 주된 관점은 전통적인 유학으로는 조선 사회의 현실을 타개할 수 없다는 것이었다. 따라서 급진적으로 서구화를 추구해야 된다고 믿었다.

박영효 역시 더 이상 유학의 굴레에 머물지 않았다. 그는 동양의 학문이든 서양의 학문이든 단지 실용을 취해서 발전시키면 똑같이 격물치지(格物致知), 수신치국(修身治國)의 학문이 될 수 있다고 생각했다. 따라서 그는 동도서기적 차원을 넘어 실용의 관점에서 무엇이든 수용해야 한다고 주장했다. 이들의 개화사상은 조선을 근대국가로 만들자는 것이었다. 이러한 그들의 진보적 사고는 더 이상 유학적 전통의 울타리에 머물지 않았고, 일체의 비합리적인 권위를 부정했다.

개화사상의 시대적 가치

400년 이상 조선 사회를 지탱해 오던 성리학이 변화하는 세계 질서 속에서 적극적인 대응을 하지 못하고 있을 즈음, 개화사상이 출현했다. 개화사상은 종래의 전근대적인 폐습을 타파하고 개인의 권리를 존중하였다. 그 결과, 우리는 자유와 풍요를 역사적 진보의 성과로 제시할 수 있게 되었다. 특히 김옥균과 박영효 등의 변법개혁론자들에 있어서는 전통적인 화이관(華夷觀; 중국과 오랑케에 대한 관점)이 자취를 감추었고, 문명과 야만의 기준도 바뀌었다. 그들이 추구한 것은 오로지 개인의 자유와 물질적 풍요였다. 그들은 자유방임적 기조에 입각하여 부국강병을 달성하고 제국주의 열강과 승부를 겨루자는 이상을 지니고 있었다. 즉, 그들은 세계사의 조류를 통찰하고 부국강병에 의한 자주독립사상을 견지했던 선구자들이었다.

그러나 모순점 또한 지니고 있었다. 개화사상가들은 효과적인 부국강병의 수단으로 기존의 의리사상을 멀리하고 공리주의를 추구했다. 이러한 공리주의의 추구는 결국 갑신정변(甲申政變)과 같은 무모한 정변으로 이어졌고, 그러한 시도는 김옥균, 유길준 등에 의해 몇 차례나 계속되었다. 그리고 공리주의에 입각한 개화파의 근대적 개혁사상은 결국 민족 개조의 논리로 발전되었고, 이는 일제가 식민 통치에 대해 불가피한 것으로 정당화하는 빌미를 제공한 격이 되었다.

동양 문화의 중심이었던 중국에서는 긴 역사의 흐름 가운데 흥망성쇠를 거듭하면서 수많은 영웅호걸들이 천하를 호령하였고, 제자백가의 걸출한 인물들이 많이 배출되었다. 그들은 때로는 정치 현실에 참여하여 자신의 역량을 발휘하기도 하였지만, 대부분 철저한 자기 수양을 통하여 각 사상 체계의 기틀을 마련하였고, 많은 제자들을 길러 각 학파의 종주로서의 역할을 다하였다.

이들의 사상 체계는 오랜 역사의 과정 속에서 새롭게 변화하고 발전을 거듭해 왔다. 그러면서 불교와 같은 이민족의 사상도 받아들여 창조적으로 발전시키고 조화를 이루며 동양 문화의 틀을 굳건히 해 왔다. 그뿐만 아니라 근대의 시대가 열리자 서양의 발전된 사상과 문화까지도 큰 충돌 없이 수용하였고, 그러한 과정 속에서도 자신들의 문화를 지키면서 새롭게 변화를 모색했다.

지금까지 우리는 이러한 동양사상 일반의 사상 체계를 개략적으로 탐구해 왔다. 그러면서 오늘날까지 면면히 내려오는 유의미한 지혜를 찾아보려 했다. 독자 여러분은 만족할 만한 지혜를 얼마나 얻었는지 모르겠다. 모든 탐구가 다 그렇듯이 탐구자의 열정에 따라 많은 차이가 있을 것이다. 필자는 단지 이 책이 동양사상에 대한 개설서 정도의 역할을 하길 바란다. 그리고 독자들의 뜨거운 열정과 지적 성찰에 의해 필자 의도의 수준을 훨씬 넘어서는 성취가 있었으면 하는 기대감을 가진다.

　아울러 필자는 본 책의 미진함을 좀 더 보완할 수 있도록 독자들에게 참고 자료들을 소개하고자 한다. 사실 동양사상 내지는 동양철학 분야의 책 가운데서 사상적 깊이와 넓이를 모두 만족시키는 책을 고르기는 그리 쉬운 일이 아니다. 그렇지만 최근 들어 비교적 흥미를 끌 만한 책들이 많이 나와 있는 편이라, 그러한 책들을 통해서 충분히 즐거운 지적 여행을 즐길 수 있을 것이다. 다만 사상 전체를 세밀하게 탐구하고자 하는 사람들에게는 이러한 책에서 다소 부족함을 느낄 것이다.

　가장 기본에서 시작해 보고자 하는 사람들에게는 우선적으로 '중국철학사'를 추천한다. 시중에는 다양한 수준의 중국철학사가 있다. 그중에서 풍우란의 『중국철학사』나 노사광의 『중국철학사』와 같이 전문적인 연구서도 있지만, 일반 대중들을 위한 가벼운 중국철학사도 많이 있으므로 자신의 눈높이에 알맞은 책을 골라 보면 될 것이다. 그밖에 이규성의 『동양철학, 그 불멸의 문제들』, 신영복의 『강의―나의 동양고전 독법』, 김선희의 『동양철학 스케치』, 조현규의 『동양윤리사상의 이해』 같은 책들이 비교적 쉽게 동양사상 전반을 조망해 보는 데 많은 도움이 될 것이다.

　만약 중국 신화 분야에 관심이 많다면 하신의 『신의 기원』, 알란의

『거북의 비밀: 중국인의 우주와 신화』, 이토 세이지의『중국의 신화와 전설』같은 책을 통해 좀 더 쉽게 신화의 세계를 탐구해 보면 좋을 듯하다.

유가 사상에 대한 이해의 깊이를 더하려면 무엇보다『논어』,『맹자』,『순자』를 읽어야 하는데, 번역된 책들이 수없이 많이 있다. 좀 더 쉽게 공자 사상에 접근해 보고자 한다면 김덕균의『공문의 사람들』, 신정근의『논어의 숲, 공자의 그늘』등의 책이 도움이 될 것이다. 그리고 김선희의『맹자, 선한 본성을 향한 특별한 열정』, 프랑수아 줄리앙의『맹자와 계몽철학의 대화』등의 책들은 맹자에 관한 새로운 시야를 제공한다. 또한 최영갑의『순자, 인간의 악한 본성과 그 해결의 길』은 순자 사상을 이해하는 데 많은 도움이 될 것이다.

도가 사상에 관해서는 우선 노자의『도덕경』과『장자』를 읽어야 하는데, 많은 번역서들이 있다. 그중에서도 최진석의『노자의 목소리로 듣는 도덕경』, 조현규의『왕필의 도덕경』, 모로하시 데쓰지의『장자이야기』, 강신주의『장자, 차이를 횡단하는 즐거운 모험』, 특히 비교종교학자 오강남의『장자』등의 책들이 좀 더 흥미롭게 노자와 장자 사상을 접하게 한다.

묵가 사상 관련 도서를 찾기는 그리 쉽지 않다. 동양사상 연구 자체가 유가나 도가 위주로 진행되어 온 경향 때문이다. 박영하의『묵자, 사랑, 그리고 평화를 향한 참지식인의 길』, 김학주의『묵자, 그 생애, 사상과 묵가』, 이운구의『동아시아 비판 사상의 뿌리』등의 책들이 묵자를 중요하게 다루고 있다. 법가 사상 관련으로는 윤지산, 윤태준이 공동 번역한『법가 절대 권력의 기술: 진시황에서 마오쩌

둥까지 지배의 철학』, 박종성의『조선은 법가의 나라였는가』 등이 법가 사상을 좀 더 쉽게 이해할 수 있도록 도울 것이다.

　불교 관련 책으로는 이태승의『인도철학 산책』, 핫토리 마사아키의『고대 인도의 신비사상』, 길희승의『인도철학사』, 오강남의『불교 이웃종교로 읽다』, 데미엔 키언의『불교란 무엇인가』, 프레데릭 르누아르의『불교와 시양의 만남』, 심재룡의『중국불교철학사』, 김형효의『하이데거와 화엄의 사유』, 우봉규의『달마와 그 제자들』, 혜능의『육조단경』 등의 책들이 좀 더 흥미롭게 불교사상을 접할 수 있게할 것이다.

　신유학 관련으로는 시마다 겐지의『주자학과 양명학』, 김우형의『새로운 유학을 꿈꾸다』, 이용주의『주희의 문화이데올로기』, 뚜 웨이밍의『한 젊은 유학자의 초상』, 최재목의『내 마음이 등불이다-왕양명의 삶과 사상』, 아라키 겐고의『불교와 양명학』, 왕양명의『전습록』 등의 책이 주자학과 양명학에 대한 깊이와 흥미를 더해 줄 것이다.

　기타 참고할 만한 책으로 홍승직의『이탁오 평전』, 미조구찌 유조의『중국 전근대 사상의 굴절과 전개』, 마테오리치의『천주실의』, 송영배의『동서 철학의 교섭과 사유 방식의 차이』, 강재언의『선비의 나라 한국유학 2천년』, 홍대용의『우주의 눈으로 세상을 보다』, 임부연의『정약용과 최한기, 실학에 길을 묻다』 등을 소개한다.

　끝으로, 필자가 일전에 펴낸『신 앞의 침묵』은 이 책과는 직접 관련된 내용은 아니지만 필자의 철학적·신학적 사유 체계를 이해하는 데는 도움이 될 것이다.